심우도

尋牛圖

심우도(尋牛圖)

본성을 찾아 수행하는 단계를 동자(童子)나 스님이 소를 찾는 것에 비유해서 묘사한 불교 선종화(禪宗畵)로 십우도(十牛圖)라고도 한다. 본래 도교의 팔우도(八牛圖)에서 유래된 것으로 12세기 중엽 중국 송나라 때 확암선사(廓庵禪師)가 2장면을 추가하여 십우도(十牛圖)를 그렸다. 도교의 팔우도는 무(無)에서 그림이 끝나므로 진정한 진리라고 보기 어렵다고 생각하고 이 그림을 그렸다고 한다.

심우도(尋牛圖)
이설산 장편소설

초판 인쇄 | 2007년 03월 15일
초판 발행 | 2007년 03월 20일

지은이 | 이설산
펴낸이 | 신현운
펴는곳 | 연인M&B
디자인 | 이희정
기 획 | 여인화
등 록 | 2000년 3월 7일 제2-3037호
주 소 | 143-874 서울특별시 광진구 자양동 680-25호(2층)
전 화 | (02)455-3987, 3437-5975 팩스 | (02)3437-5975
홈주소 | www.연인mnb.com / www.yeoninmb.co.kr
이메일 | yeonin7@hanmail.net

값 10,000원

ISBN 89-89154-77-4 03810

이·설·산·장·편·소·설

심우도
尋牛圖

아아, 인생이여. 대체 인생이란 무엇인가요?
그러나 아무도 대답을 해 주지 않는 것이요,
바로 이것이 인생인 까닭이다.
그래서 인생은 자신이 스스로 생활 속에서
터득해 나가는 수행의 과정인 것이다.

연인 M&B

　소설을 쓰기 시작하면서 마음속에 담아둔 것이 바로 심우도(尋牛圖)였다. 심우도란 선수행의 단계를 소를 찾아 나서는 것에 비유하여 묘사하고 있는 것이다. 예로부터 소(牛)는 인도나 중국에서 농경생활의 필수적인 동물이었다. 따라서 인간과 매우 친숙한 동물이 소라는 것이다. 석가세존께서 성불(成佛)하시기 이전에 '고타마' 태자라는 말을 썼는데 '고타마' 란 말이 바로 '소' 를 의미한다.

　'심우도' 는 잃어 버린 소를 찾아 나서 소를 만나 보고 소를 잡아끌어서 마침내 '나' 와 '소' 가 하나가 되어 공적(空寂)이 되고, 다시 일상생활로의 복귀 과정을 차례로 그리고 있다. 깨달음을 향한 마음의 과정을 심우도에 비유하여 나타내고 있는 것이다. 오늘날 우리나라 사찰의 벽에는 심우도가 어김없이 그려져 있는 것을 볼 수가 있다. 수행자들이 항상 잃어 버린 자신을 찾고 본래의 자기를 되찾는 일에 정진할 것을 바라는 의미에서이리라.

한 인간의 삶이란 대체 무엇일까? 평생을 수행정진하노라 힘써 온 수행자이지만 쉽게 삶에 대한 대답을 들려줄 수가 없는 것이다. 삶이란 이처럼 어려운 것이다. 삶이 어렵다는 것은 깨달음의 과정 또한 어렵다는 말이다. 어느 볕이 좋은 봄날 눈앞에 보이는 손에 잡힐 듯한 신기루처럼 신비로운 것이 삶이거니, 또한 신기루처럼 허무한 것이 삶이다. 그 허무를 메우는 일이 소생은 바로 깨달음의 과정이라 생각한다.

사람들은 모든 면에 있어서 성질이 급할 뿐만 아니라 어떤 목적지를 향해서 빠르게 서두르고 있다. 발밑이 진흙 수렁인 줄을 모른 채 급히 달려간다. 방초 우거진 석양 속에서 끝내 부질없음을 탄식하며 물가의 나무 아래서 괴로워 읊는 것이다.

아아, 인생이여. 대체 인생이란 무엇인가요? 그러나 아무도 대답을 해 주지 않는 것이요, 바로 이것이 인생인 까닭이다. 그래서 인생은 자신이 스스로 생활 속에서 터득해 나가는 수행의 과정인 것이다.

생활 속에서 뜻을 헤아리고 가르침을 받아서 그 자취를 아는 것이다. 내 자신이 곧 우주만물이란 사실을 체득하며 바름과 삿됨을 가려내는 분별력을 터득한다. 우리가 깨달음을 얻기 위해 찾아 나선 소가 희지도 않고 푸르지도 않음을 체득한 순간 우리는 자신을 보는 것이다. 마치 소를 보는 것처럼 말이다. 소를 보는 만남을 통해 인간의 야성을 또한 발견하게 된다. 인간은 모름지기 야성을 지니고 있다. 그런데 깨달음의 길이란 바로 그 야성을 온순하게 잠재우는 과정이다. 야성의 소에게 고삐와 채찍을 들이대는 것처럼 야성을 다스리기 위해 자신에게 채찍을 들이 밀어야 하는 것이다.

이제 티끌이 날리는 거리를 활보하더라도 물들지 않을 수가 있다. 태평한 모습으로 소의 등에 누워 아득한 허공을 바라본다. 어디선가 나를 유혹하며 부르는 소리가 들린다. 그러나 불러도 불러도 뒤돌아보지 않는다. 머물 집이 앞 언덕에 있을 뿐이다. 어디선가 들려오는 환향의 음악 소리, 저녁노을 물들어 있는데 맑은 바람이 편안하다. 달이 구름을 벗어나고 있으니 한 몸이 자유로울 뿐이다.

깨달음에 목말라 이 글을 썼습니다. 어디로 가는 길이 깨달음의 길인지 몰라 글을 쓰고 읽고 또한 글을 썼습니다. 만물이 항상 변한다는 제행무상(諸行無常)의 길 위에서 중생을 회향코자 다시 원고지를 메웠습니다. 나름의 공덕이 있다면 중생들의 해탈을 위해 들려주고 싶었다는 말을 전하고 싶습니다. 원고지를 메우면서 이 일의 수행이 쉽지 않은 길이었음을 또한 절실히 느끼게 됩니다. 이 글을 대하는 모든 분들에게 지혜와 복덕이 가득하시기를 바라며, 모두가 성불(成佛)하시기 바랍니다. 나무관세음보살.

2007년 2월 15일
백련사 뜰에서
설산 합장

심우도

| 차례 |

1. 尋牛(심우: 소를 찾는다)

심우(尋牛)는 소를 찾는 동자가 고삐를 들고 산속을 헤매는 모습으로 묘사된다.
이것은 처음 수행을 하려고 발심(發心)한 수행자가 참마음을 찾아 나서
번뇌를 헤치고 찾으려고 하지만
마음은 어디 있는지 잘 모르고 현실만 눈에 보이는 것을 의미한다.
사람들은 마음을 닦아라 비워라 하지만
어디서 어디까지가 마음이고, 어떻게 닦고, 어떻게 비워야 되는지 잘 모른다.

물가 나무 아래서

원각(圓覺) 스님은 한동안 멍하니 앉아 있었다. 깊고 아늑한 곳으로 한없이 빨려드는 꿈속에서 깨어났기 때문이었다. 꿈에서 깨고 보니 허탈했다. 아아, 차라리 깨지 말았더라면 좋았을 것을…… 원각은 입맛을 다셨다.

꿈속에서 원각은 소(牛)를 따라 어디론가 가고 있었다. 그런데 소가 전혀 낯설게 느껴지지 않고 마치 따뜻한 여인처럼 느껴지는 것이었다. 소를 따라 갈수록 감미로운 기분에 휩싸이며 온갖 마음이 아늑한 느낌이었다. 태고의 생명 속으로 걸어 들어가는 느낌처럼 신비스럽고 까닭 모를 기운이 온몸을 감싸안았다.

원각은 언젠가도 이런 꿈속에 빨려들었다. 그때에도 소를 따라가다가 어느 순간에 깨고 말았다. 허탈한 느낌은 여전하고 깨고 나니 아쉬움이 가슴 가득히 고여 있는 느낌이 들었다. 소를 따라 계속 깊은 데로 갔더라면 더욱 아늑해졌을 것이라고 생각했다. 거기에 이르렀다면 아마 다시는 이 세상에 돌아오지 못하고 거기에서 안주했을 것 같은 느낌이 들었다. 대체 어째서 이런 꿈을 꾸게 되는 것인지 모를 일이었다.

—이놈아, 너는 여적 꿈 타령이로구나.

은사 스님인 운해(雲海) 스님의 말 속에는 어딘지 모를 염려가 담겨 있었다. 언젠가 원각이 꿈에 관한 얘기를 했던 적이 있었다.

—스님, 이상해요. 한두 번 이런 꿈을 꾼 게 아니라니까요.

—꿈은 망상이야. 잡생각이 많은 게로구나. 네가 여적…….

운해 스님의 말은 계속되지 않았다. 이럴 때에 운해의 눈가에는 우수가 어려 있었다. 원각이 운해의 속내를 모를 리가 없었다. 어릴 때부터 운해 스님의 품안에서 자식처럼 자랐으니 원각으로선 스님의 가슴속에 수없이 드나들었고 스님의 속내에 품은 심정을 훤히 꿰뚫어볼 정도가 되었다.

원각은 어지러운 상념을 털어내듯 몸을 일으켜 세우며 밖으로 나왔다. 밤은 고즈넉한데 달빛이 곱게 절간 뜨락에 떨어져 내리고 있었다. 처마 밑에 가만히 바람이 저 혼자 불어가고 있었다. 풍경소리가 달빛을 흔들며 덜그렁거렸다.

진리를 찾아 나선 세월이 얼마인가? 일찍부터 절간에 들어와 운해 스님의 보살핌을 받으며 살면서 자연히 어릴 적부터 진리를 탐구하고 위로 깨달음을 구하는 분위기에 익숙해져 버린 터였다. 그러나 깨달음은 멀고 한낱 꿈타령이요 바람처럼 훌쩍 어디론가 떠나고픈 심정이니 절간 생활이 어찌 무색하지 아니 하겠는가?

—스님, 극락이 어디메쯤 되나요?

─거차불원(去此不遠)이야, 여기서 멀지 않아. 이 자리가 극락이
지…….

극락정토에 이르는 길이 비록 서방십만억토 된다지만 운해 스님은
이미 거기에 다녀온 사람처럼 쉽게 대답했다. 깨달음의 세계는 대체 어
떤 세계인지 원각으로선 근처에도 이르지 못했다. 엉덩이에 군살이 배
기도록 숱한 세월 참선도 해 보고 오체투지 천 배를 올리기도 했지만
시간이 흐를수록 번뇌와 망상에 빠져들고 있었다.

원각은 절간 뜨락의 석등에 몸을 기댄 채로 눈을 감았다. 달빛의 고
요함이 절로 느껴지는데 다시 좀 전의 꿈속으로 마음이 달려가고 있었
다. 그의 가슴에 웅어리진 덩어리가 밤새 꿈이 되어 나타났을 거라는
생각이 들었다.

나는 누구인가? 나는 대체 어디서 왔는가? 나를 여기까지 이끈 것은
무엇인가? 온갖 상념들이 가지를 치고 일어섰다. 절간을 어머니 품처럼
여기며 살아온 세월이 무릇 얼마인가? 원각의 기억에 속세의 기억이 없
으니 이곳 절도량이 그로선 고향이나 다름 아닌 것이었다.

"여기서 잠을 자려는 것은 아닐 테고……."

"……."

"이놈아, 네가 소를 제대로 타는 모양이구나!"

운해의 손이 원각의 옆구리를 찔렀다. 원각은 비명을 지르듯이 놀라
눈을 떴다. 바람 부는 쪽에서 풍경소리가 들려오는데 눈을 떠 보니 은
사 스님이었다.

"에이, 스님. 놀랬잖아요.??

"이놈아, 그렇게 잠을 여기서 자느냐? 네가 소뿔을 단단히 잡은 모양

이구나. 그래, 소를 타고 방초 우거진 데서 풍년가라도 불렀느냐?"

"참 스님도, 진흙 수렁에 빠져 허우적이고 있었는 걸요."

원각의 비아냥거리는 말투에 운해는 손가락으로 원각의 코를 잡아 비틀었다. 원각은 매콤한 은사 스님의 손맛에 눈물을 찔끔거렸지만 이제는 스님의 손맛도 이골이 나서 차라리 개운한 느낌이 들었다.

"요즘 네가 생각이 늘었구나. 능인(能人)은 못될망정 불망선(佛忘禪)에 빠지다니…… 내가 너를 헛가르쳤구나."

스님의 말씀에 원각은 아무런 대꾸를 하지 못했다. 짤막한 일갈이지만 원각의 폐부를 단박에 찔러 버리는 말이었기 때문이었다. 원각이 어렸을 때부터 은사 스님께서 일체중생(一切衆生)을 화도(化導)하는 일에 장차 몸을 바쳐야 하리라고 누누이 강조했다. 그런데 화도는커녕 제일신(一身)마저 탐진치로 눈이 어두워 있으니 감히 승려라 이를 수가 없을 것이었다.

"스님, 저는 아무래도 승려 되기 글렀나 봐요. 달마대사도 면벽구년에 도를 깨달았다는데 제 나이 스물여섯 먹도록 명실공히 스물여섯 해를 절밥 먹지 않았는가요? 밥만 축내고 깨달음은 온데간데없고, 이렇게 번뇌 망상에 빠져 있으니 말입니다."

원각은 자신의 본심을 사실대로 은사 스님께 말했다. 그 고백의 내면에는 이제 그도 어디서 왔으며 대체 누구인가? 근본을 알고 싶다는 마음의 표현이 깃들어 있었다. 핏덩이 때부터 원각을 데려다가 키운 운해로선 원각의 이런 마음을 모를 리가 없었다. 머리가 자랄수록 깨달음의 시간만큼 깊어지는 원각의 자신에 대한 번뇌가 늘고 있음을 운해는 일찍부터 간파하고 있었다.

"지금 네 머릿속에 가득찬 것이 대체 무엇이더냐?"

운해의 목소리가 달빛의 심장을 가르듯이 날카로웠다. 앞 번의 부드러운 목소리는 이미 달빛 속에 녹아 버렸다. 은사 스님은 언제나 그런 식이었다. 원각을 교육시킬 때에 부드러움과 완고함이 동시에 배어 있었다. 부드러움이란 제자식이나 다를 바가 없는 부자간의 정이요 완고함이란 그를 절간에 눌러 앉혀 불제자가 되게 했던 사제지간의 위엄이었다.

"스님, 용서하세요. 저도 모르겠어요. 어째서 본향(本鄕)이 그리워지는지 말예요. 저도 승려이기 전에 한 인간인가 봐요. 애초에 도작불(圖作佛) 꿈을 꾼 게 욕심이었나 봐요. 자꾸만 꿈속에 소를 타고 가느니……."

"이놈아, 소를 타도 제대로 타야지, 너는 소를 거꾸로 타고 가니 탈이지…… 아무리 생각해도 원각이 네가 니방(尼房) 생각이 나는 모양이구나. 정히 그리하면 저잣거리에 한번 다녀오너라. 부처는 산중 절간에만 있는 것이 아닐터……."

"에이 스님도……."

원각의 말이 끝나기도 전에 운해 스님은 찬바람이 나도록 싸늘하게 돌아섰다. 원각은 갑자기 얼굴이 붉어 올랐다. 은사 스님한테 자신의 속내를 들켜 버린 것처럼 여겨졌다. 그러나 원각이 정말 니방(尼房) 생각이 났던 것은 아니었다. 여승의 방이라니 참으로 가당찮은 말이었다. 언젠가 여승의 방을 엿보았던 적은 있지만, 그의 마음이 한낱 여승의 방 따위에 사로잡혀 있을 리가 없었다. 몸속에 뜨거운 기운이 올라올 때면 석간수를 들통 가득 받아서 전신에 끼얹고는 했었다. 이제 그러한 푸념은 사치에 지나지 않는다고 원각은 생각했다. 젊음이 몸속에 가득한 원각으로선 이렇게 다짐을 하지 않고서는 승려로서의 본분을 지켜나가기 어렵다는 사실을 진작에 깨달아 버렸기 때문이었다.

원각은 달빛을 즈려 밟으며 방으로 들어왔다. 세상을 향한 그리움을 잠재우려 벽을 바라보고 앉았다. 원각은 그랬다. 어린 시절, 어머니 얼굴이 보고 싶을 때, 아버지 음성이 듣고 싶을 때면 언제나 벽을 마주하고 앉아 그 그리움을 잠재웠다. 그러면서 이렇게 먹물옷 입고 중이 된 것이 모두 자신의 운명이거니 생각했다. 그러고 나면 마음이 무척 편안해졌다. 물론 거기에는 친부모처럼 여기는 은사 스님이 있었다.

여승의 방을 엿보고 잠을 이루지 못할 때에도 어김없이 벽을 마주하고 밤새 어지러운 기운을 다스려 나갔다. 그러다가 문득 뒤란에 나가 석간수 물을 받아 온몸에 끼얹고는 했다. 만행을 하러 오어사(吾魚寺)를 찾은 여승들을 만나는 날은 어김없이 그랬다. 속세의 여자들이 오어사에 올라와 마음을 어지럽힐 때에도 그랬다. 원각은 승려로 살아가는 일이 참으로 쉽지 않음을 그때부터 깨닫기 시작했다. 은사이신 운해 스님이 존경스러웠다. 열두 살에 출가해 법랍 사십 해가 되었으니 말이다.

원각의 머릿속은 복잡했다. 꿈속에 소를 타고 가던 일은 대체 무슨 의미인가? 본래 소란 불교에서 보자면 본성이다. 그런데 소를 타고 꿈속을 헤매이고 있으니 이를 어떻게 해석해야 하는가 말이다. 차라리 여자에 대한 그리움은 잠재울 수 있으련만 가슴 깊숙이 파고드는 소의 향기란? 원각은 자신의 내면을 속이지 않으리라 생각했다. 이제 정말 자신을 숨기고 살기는 싫었다. 그가 어린 시절부터 승려로 살아오면서 이제 스물여섯이 되었지만, 가슴 깊숙이 간직한 그리움의 한 톨 씨앗을 잠재울 수가 없었다.

　—동자 스님, 이름이 뭐지요?

　그가 여덟 살도 채 되지 않았을 때에 한 여인이 다가와서 물었다. 얼굴이 어찌나 예쁜지 원각은 하마터면 어머니, 라고 부를 뻔하였다.

　—인홍이예요. 박인홍…….

　—참 잘 생겼구나. 스님 말씀 잘 듣는 거지?

　원각은 고개를 끄덕거렸다. 여인의 눈에 눈물이 맺혀 있는 듯이 보였다. 은사 스님이 다가와서 여인을 데리고 방으로 들어갔고, 원각은 멍하니 여인이 들어간 방 쪽을 바라보고 있었다. 인홍이란 이름은 그가 계를 받고나서 더 이상 사용하지 않았다. 그러나 원각의 마음속에 인홍이란 이름은 깊이 새겨져 있었다. 그 여인의 고운 목소리가 인홍이란 이름 속에는 여전히 간직되어 있는 느낌이었다.

　산 밑의 아이들을 보면 어째서 어머니가 보고 싶다는 생각이 들었는지 모른다. 읍내에 은사 스님의 손을 잡고 구경 나가는 날은 아이들이 맨숭머리를 놀려먹기 일쑤였는데 놀림을 받으면 어째서 아버지가 보고 싶었을까? 산사에 터를 내리고 승려로 살아오면서 까마득히 잊어 버린 줄 알았는데 언젠가 산등성이 먼빛으로 붉은 노을이 지는데 불현듯 원각은 자신의 존재에 대해 의문이 일었다.

　곪은 피부는 반드시 터뜨려야만 아무는 이치처럼 한번 불거진 존재에 대한 의문은 어떤 식으로든 실마리를 잡아 보고 싶었다. 그래서 은사 스님한테 넌지시 자신의 태생에 대해 물었던 적이 있었다.

　—스님, 내가 몇 살 때 오어사에 왔나요? 어머니가 데리고 왔나요?

　—이놈아, 새삼 그걸 알아서 뭐에 쓰려고? 도작불 마음먹으면 첫째도

부처, 둘째도 부처, 깨달음이 절대목적이라는 걸 네가 몰라서 그러느냐?

　—에이 스님, 까마귀도 반포보은을 한다는데 그래도 이 몸을 주셨는데……

　—그거야 세상 사람들 일이지, 너는 이미 세상과 인연이 끊어진 몸이 아니냐? 생각해 봐라. 세상 인연 만나서 뭐에 쓰려고…… 넌 하늘에서 떨어진 몸이다.

　원각의 대꾸를 듣고 싶지 않았는지 운해 스님은 재게 원각에게서 멀어져 버렸다. 원각은 언젠가 은사 스님이 무심결에 흘리던 말을 기억하고 있었다.

　'그 아비에 그 자식이로구나.'

　그래서 원각은 모르긴 해도 은사 스님이 자신의 출생에 대해 비밀을 간직하고 있으리라 여기고 있었다.

　원각은 온갖 잡생각에서 떨어져 나오듯 몸을 털어냈다. 이날 따라 면벽참선도 말뿐 생각은 산 밑에 있었다. 산 밑에 가면 차부가 있고 버스에 타고 오르면 언제나 세상과 만나는 통로가 되었다. 그러나 원각이 버스를 타고 읍내에 나가는 일은 연중 두 서너 차례에 지나지 않는 것이었다.

　행여 마음이 흐트러질까 은사 스님은 좀체 원각으로 하여금 저 혼자서 읍내에 나가 돌아다니게 하지는 않았다. 동행이라면 모를까 소의 고삐를 놓고서는 불안해서 견딜 수가 없는 운해 스님이었다. 원각이 제법 스님다워졌다고는 해도 운해의 눈에 원각은 여전히 철없는 아이처럼 여겨지는 모양이었다.

　원각은 가부좌를 풀고 방문 고리를 다시 열어 젖혔다. 때는 이미 축시(丑時)를 넘어 달도 서쪽 마루에 기울고 있었다. 툇마루를 내려와 뜰 앞을 걷다가 무이(無二) 스님의 토굴 쪽을 바라보았다. 무이의 토굴은 어스름 달빛에 고즈넉히 앉아 있었다. 원각은 도반인 무이 스님이 무척 부럽다는 생각이 들었다.

무이는 자신처럼 어지럽지 않고 이미 번뇌 망상에 초연한 사람처럼 보였다. 무이와 더불어 이십여 년 오어사 산문에서 생사고락을 나누었지만 원각에게 흐트러진 모습을 무이가 보인 적은 결코 있지 않았다. 그런 무이가 존경스럽고 대견히 여겨지는 것은 어쩌면 당연한 것인지도 몰랐다.

언젠가 무이가 원각에게 말했다.

─달을 보는 마음은 선(禪)이요, 달을 보라는 말은 교(敎)이며, 달을 가리키는 것은 율(律)이다. 참선만 하는 것도, 계율과 문자에만 얽매이는 것도, 염불만을 외는 것도 옳은 방법이 아니다.

무이의 깨달음은 언제나 가늠하기 어려울 정도였다. 원각으로선 적어도 무이의 깨달음을 따라가기 어렵다는 생각이 들었다. 대자유, 대해탈, 무이는 정말 얽매이지 않는 자유인이요 그럼으로써 온갖 번뇌와 망상에서 해탈한 스님 같았다.

원각이 언제던가 무이한테 태생에 대한 자신의 속내를 약간 내비친 적이 있었다. 그때 무이의 대답 역시 원각보다 불제자로서 훨씬 앞서 있었다. 원각의 하소연에 대한 무이의 대답은 다만 한마디였다.

방하착(放下着), 일체를 모두 놓아 버리라고 했다. 그러나 원각은 결코 무이의 말처럼 그렇게 하지 못했다. 생각은 참으로 가지를 치고 올라가기 마련인 모양으로 한번 이끌어낸 생각의 너울은 파도를 치며 자꾸만 드세지기 시작했다.

일순 잠잠한 듯하지만 그것은 다만 위장일 뿐으로 바다 밑에서 솟아오르는 해일처럼 끝내 잠재울 수가 없었다. 원각의 이런 마음을 일찍이 눈치 챘던 이가 바로 은사 운해 스님이었다. 원각은 은사 스님이 문득문득 해가 떨어지는 저물녘에 먼산바라기하시던 모습을 잊지 못했다. 은사 스님의 뇌리 속에는 대체 어떤 생각들이 잠겨 있을까? 은사 스님에 대해 훤히 꿰뚫어 보고 있는 듯하지만 정작 알고 싶은 것은 하나도 꿰뚫어 보지를 못하고 있었던 셈이었다.

원각이 자신의 태생에 대해 호기심을 가지고 있음을 알고서 은사 스님은 마치 탯줄을 잘라 버리기라도 하려는 듯이 이렇게 말했다.

—애초에 잃지 않았는데 어찌 찾을 필요 있단 말이냐? 네가 깨우치는 일을 등지고서 세간을 동경하다 길을 잃었구나.

운해는 원각에게 본디 자취 없음을 누누이 강조했다. 깨달음의 고향 집에 멀어져 갈림길에서 어긋나니 얻고 잃음의 불이 타오르며, 옳고 그름의 분별력도 어지럽게 소용돌이 친다고 했다. 물가 나무 아래서 스스로 침음할 날이 멀지 않았구나, 탄식마저 쏟아놓을 적에 원각은 등을 굽히고 돌아앉아 허벅지를 송곳으로 찔렀다. 아아, 삶이란 대체 무엇인가요?

사찰 경내는 너무도 고요해서 달빛이 스러지는 소리마저 묻어 들릴 듯했다. 걸음을 옮기는 것이 머뭇거려질 정도의 고요함이 경내를 가득 채우고 있었다. 모든 사물들이 요사체와 더불어 말없이 날이 밝기를 바라는 기다림이 느껴졌다. 새벽의 엄숙함이 신비로우면서 마치 감로처럼 느껴지고 있었다.

"원각 스님 아니십니껴?"

기울어 가는 달빛을 출렁이는 목소리가 어깨 너머로 들렸다. 원각은 본능적으로 고개를 돌렸다. 공양주 보살이 잠에서 덜 깬 매무새로 뒤에 서 있었다.

"일찍 일어나셨네요."

"예, 스님이 요즘 생각이 많으신 모양입니다."

원각은 공양주 보살한테 속내를 들킨 듯해 얼굴이 붉어지는 것을 느꼈다. 저번 날에도 새벽 동틀 무렵에 이날처럼 마주친 적이 있었기 때문이었다. 보살의 말에 원각은 객쩍게 머리를 숙이는 것으로 대꾸했다.

보살의 모습이 자취를 감출 때까지 망연히 서서 새 날이 열리는 모습을 지켜보고 있었다. 한 떼의 기러기 떼들이 대오를 이루어 날아가고 있었다. 부지런한 기러기 떼들은 어디로들 날아가고 있는 것일까?

무이처럼 얽매이지 않고 대자유인이 되는 길은 쉽지 않을 것이다. 무이는 어떻게 똑같이 수행정진해 왔는데도 그렇게 흔들림 없이 초연한 것인가? 원각은 석탑에 등을 기댄 채로 한동안 그런 생각에 잠겨 있었다. 먼동이 이제 뻔하게 텄고 무이의 토굴방에도 불이 밝혀지고 있었다. 마음을 다해서 경전을 읽고 독송을 하는 데도 수행은 멀리에 있을 뿐으로 깨달음의 길은 보이지 않았다.

그래서 언젠가 은사 스님께서 이렇게 말씀하신 적이 있었다.

─무이는 과천비구(寡淺比丘)요 원각이는 다문비구(多聞比丘)니라.

은사 스님의 말씀을 원각이 결코 흘려듣지 않았다. 스님의 말씀이 하나도 그르지 않다고 생각했다. 은사 스님처럼 원각을 제대로 보는 이는 오어사에 없을 거라고 원각은 스스로 그렇게 믿고 있었다. 경전을 읽고 독송을 쉼없이 하는 데도 수행정진의 길은 멀었다. 그러나 무이는 경전이나 독송 등이 원각보다 나을 리가 없는 데도 불제자로서의 수행은 빼어나 보였다. 그래서 이따금 원각이 무이를 접할 때는 마치 광명불(光明佛)을 보는 느낌이 들었다. 지혜의 빛이 빛나는 부처의 모습을 무이에게서 느낄 수가 있었던 것이다.

무이의 행처(行處)는 거침이 없었다. 절 밖을 나서기가 원각으로선 몹시 쉬운 일이 아닌데 무이는 거침이 없었다. 저잣거리는 물론 작부집도 드나드는 모양이었다. 그런데도 무이의 행동에는 똑바름이 배어 있었고 그의 말은 깨달음으로 가득 차 있는 듯했다.

—이봐 원각, 옛날에 말이야. 머리에 뿔이 달린 일각선인(一角仙人)이란 스님이 있었어. 어찌나 도력이 깊고 뛰어나던지 선정을 닦아 그 신통력이 빼어났다네. 그런데 한낱 작부(酌婦)한테 유혹당해 신통력을 잃어 버렸단 말이야. 내가 요즘 그 일각선인 뿔 하나쯤 잡은 거 같아 후후후…….

무이는 이렇게 말하면서 입을 호무라쳤다. 절간에서 수행을 할 때도 절간 밖에 나가서도 무이가 문제되는 경우는 한번도 없었다. 말대로라면 땡초처럼 여겨질지 몰라도 원각의 기억에 무이가 어떤 경계를 넘은 적은 없는 듯했다. 그러면서 절간과 속세도 자유롭게 넘나들고 있었다. 원각에게 무이는 정말 대자유인처럼 보였다. 맺힘이 없고 거침이 없고 흐트러짐이 없는 해탈의 경지가 아닌가?

—원각이, 나하고 같이 세상구경이나 가세. 원효 스님은 말이야 머리에 바가지를 쓰고 저잣거리에 돌아다녀도 후세에 큰스님 되어 우리 곁에 오지 않았는가? 능지방편(能止方便)을 어디 절간에서만 찾으란 법

있는가? 허물을 만들어야 허물을 여의지 않겠는가?

무이의 한마디 한마디는 뼈가 박혀 있었다. 그 말 속에 고뇌한 그의 흔적이 묻어 있지만, 이제 고요를 찾은 듯한 모습이었다. 화두처럼 던지는 무이의 말은 되새길수록 원각에게는 커다란 울림을 주었다. 깨닫기 위한 무이의 몸부림은 어쩌면 처절한 각타(覺他)의 경지로 가기 위한 의도적 몸짓인지도 모른다. 스스로 깨닫고 법을 설(說)하여 다른 사람마저 깨닫게 하고 마침내 생사(生死)의 괴로움을 여의게 하는 길.

원각의 가슴에 앙금처럼 괴어 있는 것은 자신의 종적이었다. 머리 깎고 먹물옷 입은 불제자가 자신의 출생과 종적을 알아서 무엇에 쓰겠는가? 은사 스님은 말씀하시지만 원각의 가슴 깊숙이 고여 있는 의문과 호기심은 언제나 수행의 발목을 붙들었다. 그가 무이와는 달리 경전에 얽매이고 독송을 게을리하지 않는 데도 수행의 정도가 늦어진 데는 모두 이러한 앙금이 가슴 깊이 고여 있기 때문이었다.

원각은 생각을 접어 방으로 돌아왔다. 거의 날밤을 새웠지만 의식은 뚜렷했다. 가사장삼을 갖춰 입고 절간 뒷터 3층 석탑으로 향했다. 3년을 넘게 경을 외면서 도량석을 하는 일이 원각에게는 일과의 시작이었다. 원각은 도량석을 하면서 가슴에 박힌 앙금들을 풀어내려고 애를 썼지만 그게 쉽지 않았다. 간절한 기도와 독경으로 올라오는 잡념의 싹들을 잘라내지만 그뿐, 싹은 끊임없이 비집고 나왔다.

정구업진언 수리수리 마하수리 수수리 사바하

오방내외안위케신진언 나무 사만다 못다남 옴

도로도로 지미 사바하……

원각의 입에서 천수경이 계속되고 있었다. 목탁을 두드리며 외는 천수경은 원각에게 어린 시절부터 익숙한 모습이었다. 어떤 순간보다 원각은 목탁을 두드리며 천수경 독송을 할 때 모든 업장과 죄업과 번뇌 망상에서 놓여날 수가 있었다.

복덕과 지혜를 주옵소서
발원하옵나니 지혜와 자비의
빛으로 어둔 마음을 밝혀주소서
나무 서가모니불
나무 서가모니불
나무 시아본사 서가모니불

발원이 절로 튀어 나왔다. 목탁소리와 더불어 염불소리가 탑어방 가득 차서 온 경내가 울리는 느낌이었다. 몸뚱이가 뜨겁게 달아오를 때에도, 저잣거리에 들어가 보고 싶을 때나 자신의 존재에 대해 궁금증이 일어날 때는 목탁을 두드리며 독송을 했다. 한 시간 남짓 똑같은 행동을 반복해서 계속했다. 어릴 적부터 고독이나 그리움 등을 잠재울 때는 반드시 이렇게 했다.

은사 스님께서 원각의 이런 행동을 모를 리가 없었다. 운해 스님은 그래서 원각의 목탁소리만 들어도 현재 어떤 심경에 있는지 훤히 꿰뚫고 있을 정도였다. 목탁소리며 독경소리 만으로 원각의 내부를 훤히 들여다보고 있는 것이었다. 원각 스님 역시 마찬가지였다. 은사 스님이 지금 어떤 생각을 하고 계시는지, 원각 자신에 대해 어떤 염려를 담고 있는지 모르는 바가 아니었다.

은사 스님이 작년부터 틈틈이 다듬고 있는 목각인형에 대해서도 원각은 알고 있었다. 다만 모른 척할 뿐이었다. 스님의 방에 기척을 내고 찾아들 때 후다닥 깎던 목각인형을 앉은뱅이 책상 밑으로 밀어 넣는다는 것도 모두 알고 있었다. 은사 스님의 사적인 문제이기에 다만 관여하지 않는 것이었다.

은사 스님이 목각인형을 다듬는 의미도 이해할 수가 있었다. 운해 스님 역시 마음이 편하지 않음은 원각과 같았다. 특히 원각이 자신의 본분과 출생에 대해 묻고 나서 운해 스님의 이러한 행동은 두드러지기 시작했다. 원각이 훤히 은사 스님의 내면을 들여다보고 있지만 심려를 끼칠까 자제하고 있는 것이었다.

원각은 아침 예불에도 참석하지 않으면서 석탑을 돌았다. 온몸에 땀이 나기 시작했다. 모락모락 김이 올라오는 것이 느껴졌다. 끊임없이 목탁을 치며 독송을 하고 나니 마음이 개운했다. 원각은 석탑 옆의 너럭바위에 걸터앉았다. 이마에서 물 땀이 끈적거렸다. 장삼 자락으로 눈꺼풀을 닦아냈다. 그리고 가만히 눈을 감았다.

─정불정(定不定)이요 정불정(淨不淨)이라.

은사 스님께서 언제던가 뜻 모를 화두를 내렸다. 문자대로면 실제 있으면서 실제 있지 않다. 맑고 맑지 않다. 선하고 선하지 않다. 마음에 들고 마음에 들지 않다. 원각을 바라보는 은사 스님의 내면이 담겨 있는 화두였다. 원각은 은사 스님이 주신 화두를 한동안 꽉 붙들었던 기억이 있었다. 알 듯 모를 듯했다. 자신의 존재에 대해서 분명 얘기하고 있는 듯한데 어지러운 마음을 잡아주지는 못했다.

대체 깨달음이란 무엇일까? 깨달음을 얻어야 보리가 되는 것인가? 깨달음이란 가르치고 배우는 것이 아닐 것이다. 누구를 모방해서도 아니 될 것이요 오직 자신의 길을 옹골차게 걸을 때에 가능할 것이다.

일상생활 자체가 모두 수행의 과정일진대 깨달은 눈으로 보지 못하기 때문에 매사에 번뇌 망상에 얽혀 있는 것이었다. 무이라면 어떻게 번뇌망상을 해쳐나갈 것인가? 무이가 이따금씩 던지는 말 속에서 무이가 어떻게 하리라는 것쯤 충분히 알 수 있지만 원각은 무이처럼 그렇게 되지 못했다.

자신의 근본을 알고자 하는 것, 보고 싶은 사람을 보고자 하는 것, 먹고 싶은 음식을 먹고자 하는 마음, 어디론가 훌쩍 떠나고자 하는 충동, 이러한 모든 것들이 일상생활 가운데 일어나는 일이라면 이것도 수행의 과정임에는 틀림없지 않을까?

─스님, 저도 아버지가 있었습니까?

─물아(物我)니라. 사물과 인간이 하나요, 객체와 주체가 하나요, 타인과 자기가 하나인데 네가 어찌 그런 질문을 하는고?

─스님, 저를 알고자 합니다. 이물방편(利物方便)도 나를 알아야 가능하지 않습니까요? 자신을 모르면서 어떻게 중생구제를 한다는 말씀입니까?

─네가 아무래도 아집탐착(我執貪着)에 사로잡힌 모양이구나. 자기를 탐애하여 사로잡히는 것은 수행자가 경계해야 할 그 첫째니라. 육체와 정신이 결코 둘이 아니거니 네 마음에 있다 여기면 그리 여기거라.

은사 스님은 원각에게 전혀 빈틈을 보이지 않았다. 원각의 마음은 그럴수록 더욱 어지럽고 복잡해졌다. 운수납자가 되어 어디든지 바랑 하나 걸쳐 메고 훌쩍 떠나고 싶은 충동마저 일었다. 무이가 문득 부럽다는 생각이 들었다.

스스로 바람이라 칭하면서 풍행불(風行佛)을 자처하며 자유롭게 풍행여래가 되어 이곳 저곳을 넘나드는 스님, 그러면서도 깨달음의 깊이가 느껴지는 스님, 아아, 대체 자신은 무엇인가? 원각의 입가에서 절로 탄식의 소리가 새어나왔다.

은사 스님이 원각을 부른 것은 점심공양이 끝나고 각자 제 맡은 일들에 빠져 있을 시간이었다. 운해 스님의 시봉을 드는 행자가 원각의 방문을 두드렸다. 원각은 벽면을 마주보고 마악 참선에 빠져들려는 순간이었다.

"스님, 운해 스님께서 부르십니다요."

"은사 스님께서?"

"무이 스님도 찾으셨어요. 무이 스님은 어디 멀리 떠나시려는가 봅니다."

"그게 뭐 새삼스러운 일이냐? 내려갈 터이니 먼저 내려가거라."

행자한테 이렇게 말을 하고서도 원각은 긴장하고 있었다. 스님이 특별히 행자를 시켜서 부르시는 일이나 무이까지 찾았다는 사실이 대수롭지 않은 일은 아니라고 생각되었다. 무이가 멀리 떠나리란 소식은 한편에선 가슴이 들썽거리게 만들었다. 예전에도 무이가 만행을 떠날 때에는 한동안 원각의 마음이 편치 못했다.

바랑을 걸쳐메고 자유롭게 떠나는 도반이 한없이 부럽기까지 하였다. 그러나 원각은 무이처럼 훌쩍 절간을 빠져나가지 못했다. 어렸을 적부터 터를 내리고 살았던 절간을 떠나서는 하루도 마음 편히 살지를 못할 것만 같았기 때문이었다. 그런데도 무이를 보면 까닭 없이 마음의 동요가 느껴졌다.

마음을 가다듬고 은사 스님을 향해서 걸었다. 절간 생활이 이때처럼 따분히 여겨진 적은 아마 없었을 것이었다. 깨달음은 멀고 잡념의 가지들만 갈래를 치고 일어나니 아아, 모든 실체가 공무(空無)하여 대체 사려분별할 수가 없구나. 원각은 심호흡을 한 다음에 은사 스님의 방문 고리를 열어젖혔다.

"스님, 부르셨습니까?"

"들어오너라."

원각은 은사 스님께 합장반배를 올렸다. 은사 스님은 담담한 표정으로 원각을 기다리고 있었던 모양이었다. 스님의 손에는 목각인형이 두 개 들려 있었다. 원각은 은사 스님의 손에 들린 목각인형을 보고 적이 놀랐다. 스님이 남의 눈을 피해 가며 조각하고 있었던 목각인형이었다. 그런데 그 인형을 보란 듯이 꺼내놓은 것이었다. 게다가 심각한 표정을 하고서 그 목각인형을 뚫어져라 바라보고 있었다.

"스님, 대체 그건……."

"네 눈에 뭘로 보이느냐?"

스님의 갑작스런 물음에 원각은 얼른 대답을 하지 못했다. 나무로 깎아 만든 목각인형이었다. 자세히 보니 고양이 같은 모습이었다.

"나무인형 아닙니까?"

"단순히 그렇게 보일 테지. 나는 삼 년 동안 나무를 깎아서 이걸 만들었다. 내가 이걸 왜 만들었는지 이해할 수 있겠느냐?"

은사 스님의 이러한 태도에 원각은 당황했다. 대체 어째서 이걸 만들었으며 어떤 목적으로 이렇게 물어오는 것인가? 은사 스님의 눈빛은 목각인형 속으로 빨려들 듯 타들어 가는 느낌이었다. 원각은 스님의 물음에 아무런 대답을 하지 못했다.

"이건 단순히 나무로 만든 인형만은 아니다. 여기에 기운을 불어넣으면 생명이 된다. 내가 이제 기운을 불어넣을 것이야. 너는 잠시 눈을 감거라."

원각은 스님의 말에 가만히 눈을 감았다. 생명의식을 치르는 순간처럼 의연한 분위기에 휩싸이는 느낌이었다. 대체 스님께선 이 인형을 어떻게 할 셈인가? 어째서 나무로 인형을 깎았단 말인가?

"눈을 뜨거라."

원각은 눈을 떴다. 눈을 떠서 은사 스님을 쳐다보는데 좀 전까지 은사 스님의 손에 들려 있었던 목각인형이 보이지 않았다.

"아니, 스님. 그 인형은 어디에 있습니까?"

"저들도 생명이니 각자 제 길을 찾아 세상으로 떠났느니라."

"스님, 그게……."

믿어지지 않았다. 한순간에 종적을 감추다니, 대체 스님은 어떻게 목각인형들을 떠나보냈단 말인가. 제 길을 찾아 떠난 목각인형이라니…….

"믿어지지 않을 것이다. 어떤 현상을 보고 순간적으로 믿음이 생긴다는 것은 어려운 일이다. 깨닫기 위해서는 그만큼 많은 시간을 필요로 하는 법이지. 이제 시간이 흐르면 내가 보낸 목각인형들을 이해할 수 있을 것이다."

원각은 나무조각들의 행방에 대해서 결코 의심하지 않으려고 했다. 스님의 손에 들려 있던 조각들이 대체 어디로 갔을 것인가? 은밀한 공간에 감춰둔 것이 분명할 것이지만 결코 내색하지 않으려고 애를 썼다. 원각을 불러 난데없이 목각인형을 화두로 삼은 은사 스님의 까닭은 무엇인가 말이다.

"원각아, 내가 너를 너무 오래 가둬놓은 것 같다. 이제 너도 스스로 책임을 느낄 나이도 되었고 법랍 또한 짧지 않으니 무이 따라 세상공부나 하고 오너라. 마침 무이도 만행을 떠날 모양이니 일이 잘 된 듯하다. 나는 이제 너를 붙들지 않으리라 마음먹었다. 그러니 이제 모든 일이 너의 몫이다. 네가 그리도 붙들고 있었던 그 존재마저도 네 스스로 해결하거라. 기억하느냐? 네가 언젠가 그랬느니라. 세상에 나가 네 존재를 찾고 싶다고 말이다. 그렇게 하려면 그렇게 하거라……."

"스, 스님, 어째서 그런 생각을……."

원각의 어깨가 떨리고 있었다. 은사 스님으로부터 이런 말을 들어 보기는 절간 생활을 통틀어 처음이었다. 막상 이런 말을 듣고 보니 가슴이 콩닥거렸다. 세상에 대한 그리움이나 자신의 존재에 대한 탐닉보다 두려운 마음이 앞섰다. 스물여섯 살이 되도록 절간에서 생활한 몸이 절간을 떠나 어떻게 살아 볼까? 은사 스님을 따라 며칠간 스님의 도반이 구법(求法)하고 있는 한 암자에 갔던 것이 전부였던 것 같다. 버스를 두 번씩 바꿔 타고서 두 시간 남짓 걸어 올라간 심산유곡의 한 암자에 은사 스님의 도반인 산해(山海) 스님이 있었다.

먹물옷 입은 스님이 머리까지 길었으니 영락없이 파락승(破落僧)처럼 보였다. 그럼에도 말은 화통하고 눈빛이 살아 있었다. 원각의 기억에 특히 거침없는 소리가 잊혀지지 않았다. 소리꾼이나 한가지처럼 뽑아대던 소리가 뇌리에서 여적 지워지지 않았다.

"가만 생각해 보니 맹파(盲跛)가 따로 없구나."

"그 무슨 말씀이십니까? 장님과 절름발이라니요?"

"나는 지혜가 없으니 장님이 아니고 무엇이며 너는 실천이 없이 오직 쳇바퀴만 돌고 있으니 절름발이가 아니고 무엇이냐? 그래 이번에 쳇바퀴를 벗어나 보거라. 네가 그토록 동경하던 세상 속에 발을 담가 보거라. 경험이 있어야 중생회향도 가능한 법이 아니겠느냐? 그럼, 나가 보거라. 무이가 너와 동행할 것이니라."

은사 스님은 이미 각오를 다진 모양이었다. 무이도 불렀다는 행자의 말을 들었지만 같이 동행하라는 말씀은 뜻밖이었다. 그럼, 스님께선 이미 무이를 불러 어떤 지시를 했단 말인가? 원각은 입술을 지그시 깨물었다. 그동안 너무 문자에만 메어 지냈는지 모른다. 숲만 보았지 정작 나무는 보지 못한 수행자의 길이 얼마나 공허한 일인가를 원각은 모르는 바가 아니었다. 언젠가는 훌쩍 산사를 떠나 세상 속에 발을 담가 보리라는 반항심이 일었던 것도 사실이다. 그거야말로 이미 깨달음을 구하는 마음을 일으킨다는 이발심(己發心)인지도 모른다.

원각은 마음속으로 각오를 다지며 은사 스님을 향해 합장반배를 올렸다. 스님의 결단에 따르리라. 죽어도 헛되이 보내지는 않으리라. 숲의 나무들을 통해 산의 진짜 모습을 보리라. 코끼리의 코와 코끼리의 넓적다리도 만져 보고 귀도 만져 보고 코끼리의 등에 올라타 보리라.

가슴에 여적 숨어 있는 듯한 소의 모습도 찾아나서 보리라. 산사에 틀어박혀 백날 천날 마음속으로 소의 모습을 보고자 한들 한낱 오는 것은 공공적적(空空寂寂)이라. 우주에 형체가 있는 것이나 없는 것이나 모두 실체가 공무(空無)하여 사려분별할 수가 없는 것이다.

원각은 몸을 일으켜 세워 뒷걸음질로 물러났다. 이날 따라 은사 스님께 깍듯한 예의를 갖추고 싶었다. 부모처럼 의지하며 허물없이 지낸 터라 자칫 마음이 풀리면 버르장머리 없는 승려처럼 보일 것이다.

"너를 붙들지 않으리라 맹세했느라. 간밤 달빛 아래서 너를 만났을 때 나는 이미 결심했다. 네가 더 이상 내 그늘에 얽매어선 안 될 것이니 고삐를 풀어주리라. 새벽 탑신 밑에서 도량석을 하는 네 모습 보고 당장 너를 놓아주리라."

은사 스님의 눈가에 눈물이 맺히는 것이 보였다. 원각의 머릿속을 지난 세월의 모습들이 스쳐 지나갔다. 스님의 등에 업혀서 어리광을 부리던 일, 속세의 아이들과 다투다가 스님한테 혼나던 일, 어머니가 보고 싶다 스님 붙들고 울던 일들, 깨달음 앞에 놓고 징검다리에서 게으름 피우며 해넘이를 구경하던 일들이 주마등처럼 눈앞에 스쳐갔다.

"스님 뵐 면목 없습니다. 저를 꾸짖어 주십시요."

"그런 소리 말거라. 네가 부족함이 있다면 잘못은 으레 내게 있을 일이야. 하지만 그걸 따져 어디에 쓰겠느냐. 나도 예전 같지 않으니 언덕에 있는 마른 우물 생각이 나는구나. 세상 나이 쉰을 넘었을 뿐인데 몸이 늙어 쓸 수 없는 헐렁한 구정(丘井)처럼 여겨지니 아아, 삶이란 참으로 덧없는 일이야."

스님의 모습은 뜻밖에 약해져 있었다. 원각은 스님을 제대로 모시지 못한 자신이 순간 야속하게 느껴졌다. 스님의 안색이 예전만 못하며 몸의 기력도 많이 떨어진 사실을 원각이 모르는 바가 아니었는데도 원각은 딱히 스님께 아무것도 해 드리지 못했다. 오히려 심려만 끼쳤던 일이 아닌가? 이제부터라도 제대로 부모처럼 모셔야 하는 일인데 이제 스님을 얼마간 떠날 수밖에 없는 처지가 아닌가 말이다. 원각의 가슴에서 덩어리 같은 기운이 솟구쳐 올라왔지만 원각은 지그시 입술을 깨물었다. 그의 눈에서 눈물이 흘러내렸다.

"절을 떠난다 하여 욕계삼욕의 유혹에서 해방된 것이 아니니라. 단신정념(端身正念)이요 단신정행(端身正行)이라 하였느니라. 몸의 행동을 바르게 하고 마음의 생각을 바르게 하고 탐·진·치 삼독을 제지하고 모든 악업을 짓지 않는 것은 승려의 본분이거니 네가 절 밖에 나가서도 이 점을 명심하거라."

"예, 스님……."

"그리고 마지막으로 당부할 것이 있느니라. 내가 깎아 세상에 내려 보낸 목각인형의 행방은 이제 네가 찾아야 할 몫이다. 그러지 못할 양이면 다시 절간으로 발을 들이지 말거라. 그럼, 어서 나가 보거라. 무이가 너를 기다리고 있을 것이야."

조심스럽게 방문을 열치고 나왔다. 까닭 모를 공허감이 엄습해 왔다. 싸움터에 나가는 병사의 마음처럼 조급하고 초조한 심정, 원각은 발걸음을 세듯한 걸음으로 천천히 걸었다. 목각인형의 행방을 찾아라. 은사 스님이 깎아 만든 목각인형의 행방을 찾는다? 이것은 원각에게 안긴 화두나 다름 아니었다. 목각인형의 행방…….

원각은 방으로 돌아와 짐을 꾸렸다. 한번은 거쳐야 할 통과의례 같은 것이라고 생각했다. 절간에 눌러 앉은 세월만큼 그리움도 컸다. 세상에 대한 동경은 결코 아니었다. 그런데도 원각의 마음 한켠에는 세상을 향해 열려 있었다. 세상과 벽을 만들고 살아온 세월의 어느 순간에 문득 세상으로 향하는 통로 같은 경험이 있었다. 그의 이름을 묻고 나이를 물어온 여인, 아름다운 선녀의 모습을 하고서 이름이며 나이를 묻던 여인에 대한 아련한 기억, 그것은 산아래를 내려다볼 때마다 가슴 저쪽에서 울렁울렁 하고 일어섰다.

인생이란 대저 무엇인가? 세상으로 발을 들여놓는 길이 바랑 하나에 담겨 있다. 바랑 하나면 세상으로 나가는 통로인데 여적 그 바랑 하나를 꾸리지 못했다. 세상 땅을 밟지 않은 것은 아니지만 이렇게 작정하고 바랑을 꾸리기는 정말 처음이 아닌가?

무엇이 이토록 절간에만 발을 묶어놓았을까? 산문의 도반들이며 불제자들이 세상과 절간을 오르내릴 때에 원각은 대체 절간에서 무슨 생각을 했던 것인가? 고백하건대 원각의 마음속에서 한번도 세상에 대한 그리움의 씨앗을 완전히 없애 버리지는 못했던 일이다. 멀리 산아래로 내려다보이는 하늘 밑의 사람들을 만나고 싶은 마음이 숨겨져 있었다.

승려의 삶이란 바랑 하나라는 듯이 원각의 삶이 바랑 속에 담겨졌다. 막상 바랑을 꾸리니 뜻밖에 절을 떠나 보는 일이 어려운 일이 아니었음을 느끼게도 했다. 원각은 언제나 그랬듯이 벽을 향해 가부좌를 틀었다. 그 단단한 벽이 언제나 가슴을 짓누르지만 또한 이렇게 단단한 벽을 향해 좌정하지 않고는 소통할 수가 없었다. 언젠가 무이가 그랬던 말이 생각났다. 기차를 타고 왔다가 기차를 타고 가 버린 사람. 그래서 간이역을 보면 기쁨과 슬픔이 동시에 떠오른다고 했던가?

"이보게 원각이……."

무이 생각을 하고 있는데 무이가 원각을 부르고 있었다. 원각은 깊은 좌선에 빠지지는 못했던지 무이의 부르는 소리를 들을 수가 있었다. 원각은 가부좌를 풀고 문을 열면서 무이에게 말했다.

"무이 자네도 양반 되긴 글렀어. 자네 생각하고 있었네."

"절간에 갇힌 몸이 양반은 돼서 무얼해……."

"무이 자네 입에서 그런 소리가 나오다니, 대체 언제 자네가 절간에 갇혔어? 절간에 갇힌 세월보다야 세상을 떠돌았던 세월이 많지 않은가?"

"그러니 자네가 방안퉁수지, 이 사람아 절 밖에 나가면 자유라던가? 승려가 만행을 하면 오만 가지가 경계요 스승이니……."

원각은 입을 달싹이지 않고 가만히 웃었다. 무이를 대하니 까닭 없이 옛날의 향수에 젖어드는 마음이었다. 무이와 해바라기를 하고 앉아서 한 생각을 나누는 일, 이십대 어린 승려들의 일과였지 않은가?

ー무이, 태양은 뭘까?

ー어, 우리 엄마 얼굴.

ー무이, 달은 그럼 뭘까?

ー덕순이 엉덩이.

원각은 무이와 배꼽을 잡고 웃었던 기억이 떠올랐다.

ー원각, 저기 서 있는 소나무는 뭘까?

ー어, 땅 속에 발빠진 나무귀신.

ー원각, 그럼 저 풍경소리는 뭘까?

ー우리 엄마 잠꼬대 풀리는 소리.

"이 사람아, 똥 싸다 그만둔 사람처럼 무슨 생각을 그리하고 있어?"

"옛날, 무이 자네하고 농담 따먹기하던 생각……."

"그 참, 원각이 자네 오늘 작정을 한 사람 같군. 농을 하고 말이야……."

원각과 무이는 동시에 입을 벌려 웃었다. 원각은 무이를 도반으로 두었던 탓에 승려로서 힘이 들 때에 위안이 되었다. 원각이 어렸을 무렵, 무이의 출현은 원각에게 대단한 변화를 주었다. 절간에서 허물없이 얘기할 대상이 생겼다는 것은 원각으로선 놀랄만한 변화임에 틀림없던 일이었다.

"은사 스님께서 이번에 각오를 단단히 하신 모양일세. 자넬 내게 묶어서 절 밖으로 나가게 하시다니 말일세. 하긴 내가 보기에도 자네 요즘 너무 가라앉아 보였거든."

무이의 말에 원각은 대답하지 않고 웃었다. 예전에 무이한테 이런 말을 들으면 승려로서 치욕처럼 들릴 수도 있었다. 그러나 이상하게 모든 말들이 자연스럽게 받아들여졌다. 깨달음이 깊어서도 아니며, 아량이 넓어서도 더욱 아닌데 말이다.

"그래 보여서 미안하네. 이 나이에 망령이 들어가는 모양이야. 발은 둘 뿐인데 까닭 없이 이곳저곳 걸어 보고 싶고 없는 날개도 겨드랑이에 달고서 날아 보고 싶단 말씀이야. 귀도 남의 말 엿들으려는지 간지럽고 말이야……."

예전 같으면 무이한테 이런 식의 말을 하지 못했을 터이지만 이제 자연스럽게 말이 되어 나왔다. 침묵도 결코 침묵이 아니요 내면에서 일어서던 소리의 정거장일 뿐이었다. 언젠가 때가 되면 침묵을 열고 기적을 울리리라.

"허엇, 자네가 이제 제대로 중이 되어 가네. 진리가 나를 허락지 않음을 느낀다는 것은 바로 진리의 세계에 한 발짝 다가서고 있다는 증거 아닌가? 이 세상 삼계(三界) 가운데 욕계(欲界), 색계(色界)를 거쳐야만 깨달음에 이를 수 있는 법일세. 그러니 너무 상심 말고 마음 가는 대로 가게나……."

무이의 말에 원각은 대답하지 않고 빙그레 웃었다. 원각의 이러한 태도는 무이의 말에 긍정한다는 표현이었다. 무이의 말은 깊은 의미가 느껴지고 있었다. 절간과 절간 밖을 무시로 들락거려도 무이의 깨달음이 원각을 뛰어넘은 사실을 원각은 부인하기 어려웠다.

원각은 바랑을 걸쳐메고 밖으로 나왔다.

"원각이 자네, 큰맘 먹은 거 맞지?"

"큰맘 먹지 않았으면 창루(倡樓)에라도 데려다 줄 테야?"

"끄윽……."

무이와 원각이 동시에 웃었다. 원각은 자신의 태도가 스스로 믿기지 않았다. 입에서 기생집을 들먹이는 일은 없었기 때문이었다. 무이 역시 원각의 이러한 태도에 믿기지 않는다는지 연신 쳐다보며 웃고 있었다.

"은사 스님한테 작별인사나 드리세. 절간통수 잠시 절을 떠나는 마당인데 예의는 갖춰야지. 원각이 자네한텐 부모님이나 다름없으신 은사 아니신가?"

"그러세. 무이 자네하고 동행을 하니 마땅히 같이 뵙기는 해야지. 무이 자네가 있어서 정말 마음 든든하네."

은사 스님의 방을 향해 걸으면서 원각이 말했다. 해가 화사하게 머리

위를 비춰주고 있었다. 햇살의 곱고 밝은 느낌을 가져 보던 기억이 언제인가? 옛날 생각이 절로 나니 발걸음을 세듯이 여유를 가지고 걸었다. 발길을 내딛으면서 과거의 기억을 한 점 찍어 올렸다.

—무이, 햇빛은 참 좋겠다.

—세상을 밝힐 수가 있어서?

—아니, 어디라도 쏜살같이 닿을 수가 있으니까.

—원각, 그럼 바람은 어때? 바람이야말로 못가는 데가 없는데, 아마 원각이 어머니도 바람은 알고 있을 걸······.

—그래, 우리 그럼 바람 따라 저기 올라가 볼래?

누가 먼저랄 것도 없이 쏜살같이 언덕에 올랐었다. 언덕에 올라서 시간 가는 줄도 모르고 해바라기를 하고 있었다. 절간의 풍경소리 바람에 흔들리는데 솔향이 귓전을 스치며 지나가는 길목에서 생각에 젖는 일은 참으로 호젓한 순간이었다.

"원각이 자네, 요즘에도 어머니 생각하는가?"

"아아니, 내가 애기라는가? 이 사람아······."

원각은 무이의 갑작스런 말에 놀라듯 변명을 늘어놓았다. 무이가 원각의 이러한 마음을 훤히 꿰뚫고 있다는 듯이 빙그레 웃었다. 무이도 원각이처럼 지난날의 한때를 생각하고 있었는지 모를 일이었다.

"자네 소를 타 본 적이 있는가?"

"갑자기 그건····· 소를 어떻게 타 보았겠는가?"

"내면에서 타는 소 말일세. 나도 그런 적이 있거든····· 그런데 말이야, 이놈의 소가 자꾸만 거꾸로 간다니까, 내가 가고자 하는 데와는 정반대로 말야."

무이가 흘긋 쳐다보았지만 원각은 미소만 지을 뿐 대답하지 않았다. 그러면서 무이가 자신의 속내를 완전히 들여다보고 있음에 놀랐다.

"자네 보았는가?"

무이의 물음이었다. 원각은 가던 길을 멈추고 무이를 쳐다보았다.

"무얼 말인가?"

"은사 스님께서 깎으신 나무조각……"

"아아 보았네. 내게 화두를 내리신 뜻이라 보네."

"으음……."

무이 역시 은사 스님의 목각인형을 그런 의미로 받아들이고 있는 모양이었다. 그리고 보면 무이는 생각보다 깊은 내면을 지니고 있는 게 분명해 보였다. 자유분방한 승려처럼 보이는 가운데서도 조약돌 하나에 담겨 있는 철학 같은 진지함이 배어 있었다. 무이가 고개를 끄덕이는 것을 보면서 은사 스님의 방문 앞에서 인기척을 내었다.

"스님, 문안입니다."

"……."

스님의 대답이 없자 무이가 문을 열면서 몸을 들이밀었다. 은사 스님은 아무런 대꾸 없이 벽면을 바라보며 등을 보이고 앉아 있었다. 원각과 무이는 은사 스님이 등을 보이고 있었지만 가슴에 두 손을 얹어 지읍(祗揖)하며 가볍게 절을 했다. 그리고 은사 스님의 등을 향해 시선을 곤두세우고 무릎을 꿇은 채로 앉았다.

"스님, 절이나 올리고 떠날까 합니다."

"절은 무슨…… 어서 나가 봐. 시방세계를 보아야 깨달음도 얻는 법이야."

스님은 등을 보인 채로 말했다. 원각과 무이는 동시에 몸을 일으켜 큰 절을 올렸다. 이렇게 절까지 올리니 마치 대단한 결의를 다지며 하산하는 느낌이 들었다.

"스님, 다시 뵈올 때까지 무탈하십시오."

"편안한 마음으로 다녀오거라."

스님은 입을 다물어 버렸다. 원각은 은사 스님의 이런 태도에 마음이 착잡해졌다. 세상에 내려가는 그에게 당부할 말씀이 이토록 간단하지는 않을 것이었다. 무이로서도 그런 느낌을 받았던지 원각을 조심스레 쳐다보면서 밖을 향해 턱짓을 했다. 뒷걸음질로 은사 스님의 방을 빠져나올 때에 원각의 눈가에 눈물이 맺히고 있었다.

운해 스님은 원각에게는 부모와 다를 바 없는 분이기에 잠시라도 부모의 곁을 떠나는 원각의 마음 역시 편할 리가 없었다. 이렇게 여러 날 작정을 하고 운해 스님 곁을 떠나는 일이 원각으로선 마음 편할 리가 없는 것이었다. 요즘 들어 부쩍 힘들어 하시는 은사 스님이 아닌가?

밖으로 나온 뒤에 운해 스님의 방 쪽을 향해 원각과 무이는 가슴에 두 손을 얹어 지읍을 하며 다시 가볍게 절을 했다. 원각의 머릿속에 갑자기 간밤 꾸었던 소의 형상이 떠올랐다. 그를 태운 소가 자꾸 거꾸로 가고 있었다.

"이제 내려가세."

무이가 원각을 향해 말했다. 원각은 흘러내리는 눈물을 들키지 않으려고 머리를 외로 틀었다. 스님과 이별하는 것도 아닌데 여러 날을 떠난다는 사실이 마음을 미어지게 만들었다. 운해 스님의 심정도 자신과 같을 것이라고 원각은 생각했다. 원각은 무엇보다 자신의 존재에 얽매이며 자유롭지 못한 자신이 싫었다. 매사에 얽매이지 않고 자유로운 무이가 이럴 때는 부럽다는 생각이 들었다.

"원각이 자네, 너무 상심 말게. 아주 내려가는 것도 아닌데……."

"이 사람, 내가 뭘 어쩐다고……."

무이가 원각을 곁눈질하며 실긋 웃음기를 머금었다. 발자국 소리만을 들어도 둘은 서로의 마음을 읽을 수 있었다. 그런 무이가 곁에 있어서 원각은 내심 든든한 마음이 들었다.

그들은 이제 입을 다문 채로 일주문 쪽으로 걸었다. 원각은 걸으면서 몇 번이나 운해 스님의 방 쪽으로 시선을 주었다. 그러면서도 원각은 가슴 한켠에 각오를 다지고 있었다.

'나는 어디서 와서 어디로 가는 남자인가? 꿈속에 나타나던 소를 정말 한번 제대로 타 보리라.'

2. 見跡(견적: 발자국을 보다)

　견적(見跡)은 소의 발자국을 발견한 것을 묘사한 것으로서
마음이 어디 있나 헤매다 어렴풋이 마음이 어디 있는지 알게 되어
반드시 찾을 수 있다는 자신감이 생기게 되고,
분명히 마음이 있다 마음을 닦으면 해탈할 수 있다고 하신
삼세여래의 말씀에 확신이 생겨 이때부터 더욱 수행에 정진하게 된다.

산의 북쪽과 남쪽을 보라

구불구불한 산길을 따라 원각은 걸어 내려오고 있었다. 이 길을 따라 걷는 일이 해마다 몇 번씩 되풀이되었지만 지금처럼 무이와 나란히 걷는 것은 흔한 일이 아니었다. 어렸을 적에 은사 스님을 따라 무이와 함께 걸었던 적은 있었다. 그러나 성장해서 무이와 동행한 기억은 그리 떠오르지 않는 것이었다.

사람들은 이 산길을 따라 올라오고 내려간다. 절간에 오는 사람들은 누구나 이 산길을 걸어 올라야 한다. 첩첩산중은 아니지만 산길이란 가파르지 않아도 수월하지 않으니 절간이 산속에 있는 것은 당연한 일이다. 이 산길을 오르내리면서 사람들은 숱한 생각들을 꺼내거나 지워나갔을 것이다.

"무슨 생각하는가?"

무이가 불쑥 원각에게 물었다. 원각을 향해 슬쩍 고개를 돌려 물어 오는 무이의 표정은 공연히 들떠 있는 듯한 모습이었다.

"글쎄, 난 별반 생각 안 했는데…… 무이 자네는?"

"이 사람아 얼굴에 쓰여 있어. 은사 스님 걱정하고 있었어 자네."

"그래 맞아. 은사 스님께선 이 길을 오르내리면서 무슨 생각을 하셨을까?"

"은사 스님이야 자나 깨나 자네 걱정하시지. 자넨 그래도 행복한 납자네 그려. 은사 스님한테 잘해 드려야 하네. 부모라도 자네한테 그렇게는 못해 줬을 걸세. 안 그런가?"

원각은 이가 드러나지 않을 만큼 대꾸하지 않은 채로 웃었다. 무이의 말처럼 그런 점에서는 행복한 터였다. 부모나 다름없는 은사 스님인데 자신의 존재가 궁금해질 때에 원각으로서는 미안하기 그지없는 일이었다. 은사 스님을 원각은 언제나 부모처럼 여기고 있었다. 산문(山門)에서 오랜 세월 견딜 수 있었던 것도 바로 이러한 마음가짐의 영향이라 할 수 있었다.

"자넨 감옥이란 말을 들어 봤나?"

무이가 앞 번처럼 고개를 넌지시 돌리며 물었다. 원각은 무이의 입에서 튀어나오는 말들이 예사로운 것이 아니라는 사실을 알기에 바로 대답하지 못했다. 무이가 불쑥 내뱉는 말에는 언제나 깊은 뜻이 담겨져 있었다. 무이의 행동이 거침없어 보여도 가만히 들여다보면 불제자로서 고뇌한 흔적들이 배어 있었다.

"글쎄…… 자네가 세상 감옥을 말하는 것은 아닐 테고……."

"우리 같은 스님들이 갇혀 사는 감옥 말일세. 말을 아껴야 하니 말의 감옥이요 몸을 아무 데나 눕힐 수 없으니 몸의 감옥이요 사물마다 생각을 얻어야 하니 애시당초 망상의 감옥에 갇힌 죄인이 아닌가 말일세."

무이의 말은 역시 비장한 의미가 담겨 있었다. 무이의 입에서 흘러나온 '감옥'이란 말이 마치 화두가 되어 원각의 뇌리에 꽂히고 있는 느낌이었다. '감옥', 무이에게 '감옥'의 의미는 어떤 것인가? 어떤 것에도 구속되지 않은 듯이 거침없는 무이에게 일견 '감옥'이란 말이 전혀 낯설어 보였다.

"모든 사슬과 고리를 끊고자 하면 거기엔 거짓과 허망이 울타리를 치고 있어. 그래 아무리 발버둥을 쳐도 미혹한 중생을 밝히는 등불 하나 가슴에 밝힐 수가 없단 말이야. 대관절 어디를 가든 가엾은 부처뿐이라네."

무이의 입에서 가늘게 한숨이 새어 나왔다. 원각은 무이의 발걸음을 좇아 걸으면서 내심 무이한테 부끄러운 마음이 들었다. 도반으로서 오랜 세월 함께해 온 자신이 무이한테 아무런 위로가 되어주지 못한다는 사실 때문이었다. 원각이 힘이 들 때 무이의 존재는 보이지 않는 힘이 되어주었다. 어린 시절에 만나 같은 길을 걸어온 동료로서의 탓도 있지만 무이는 그만큼 의젓한 사람이었다. 그런 무이에게도 나름의 '아픔'은 있을 터, 도반이라면 모름지기 무이의 심정 정도는 헤아릴 수 있어야 하는 것이었다. 그런데 대체 무이한테 어떤 말로 작은 '배려'라도 보여야 하는 것일까.

원각은 무이와 함께 걷는 느낌이 남달랐다. 마치 속세의 동무를 만나 걷는 길처럼 편안하고 정겨운 발자국 소리가 들리고 있었다. 이렇게 몇 시간을 걷는다 해도 원각은 힘이 들지 않을 것 같았다. 구불구불 이어져 내려오는 오솔길이 속세와 산문을 이어주며 육체와 정신, 현실과 이상을 연결하는 가교 역할을 하는 것임에 분명할 것이었다. 그래서 뻗은 길을 따라 걷는 만행이 값진 수행의 방식이 되고 있는지도 모른다.

"그래, 날짜 구속받지 않고 이렇게 자유롭게 떠나오는 느낌이 어떤가?"

무이가 이번에는 뒤돌아보지 않은 채로 솔가지를 손바닥으로 한번 훑으면서 물어왔다. 솔가지가 흔들리자 산새들이 화드득 날아오르고 있었다.

"아직 모르겠어. 얼떨떨하고…… 무이 자네는 어떤데?"

"글쎄, 원각이 자네하고 동행하니 감회는 새롭네만 한편 마음이 무겁네."

"마음이 무거워? 어, 어째서?"

무이는 얼른 대답하지 않고 묵묵히 걸어 내려가고 있었다. 원각은 무이의 대답을 더는 재촉하지 않고 발걸음을 세듯이 걷고 있었다. 그의 가슴속에는 여전히 은사 스님에 대한 염려가 남아 있었다.

"원각이 자네한테 많은 도움이 되지 못할 듯해서 말이야. 은사 스님께서 내게 특별히 자네를 부탁하셨는데 과연 내가……."

무이를 불러 당부했을 은사 스님의 마음을 원각이 모르는 바가 아니었다. 집 밖으로 나가는 다 큰 자식에 대한 부모의 심정은 어떤 부모나 마찬가지일 터였다. 그럼에도 무이로부터 이런 말을 들으니 한편 부끄러운 생각이 들었다. 무이에 비해 원각은 자신이 턱없이 부족한 승려처럼 여겨졌기 때문이었다.

"그런 소리 말게. 무이 자네가 나와 함께하는 것만으로도 내게 큰 도움이 되네. 난, 언제나 무이 자네를 믿으니까."

"고맙네. 오늘 따라 원각이 자네하고 걷는 기분 참말 좋으이. 우리가 십수 년 넘게 같은 절에 살아온 몸이지만 이렇게 둘이서 중생들을 향해 내려갔던 경험은 그리 많지 않을 걸세. 언제던가 아마 까마득한 옛날 얘기가 되어 버렸지만 저 밑 차부에서 차편이 없는데 이십 리를 걸어 삼포역에 갔었지. 자네 그 생각나는가?"

무이의 말에 원각의 가슴이 순간 설레었다. 삼포역, 이름만 들어도 원각의 가슴은 설레고 뛰는 것이었다. 무이가 기억하고 있는 것을 원각이 잊을 리가 없었다. 원각은 사실 겉으로 드러내지 않았지만 마음속에 항상 삼포역이라는 간이역이 자리 잡고 있었다. 어린 시절 어떻게 그런 용기가 솟아났을까.

"그럼, 생각나고 말고. 그땐 날이 저물었는데 밤길을 더듬어 밤새 걷지 않았었나. 아니 흐릿한 달빛을 자취 삼아 걸었던 것 같네 그려. 그때가 아마 우리 나이 여덟 살 무렵 아니었나 모르겠어."

"그 무렵이었지. 자넨 그때 참 마음이 여렸어. 우리가 이십 리를 어째서 걸었는지 알아? 자네 그 망상 때문이었네. 지금 생각하면 정말 가슴 저민 얘기야. 근데 원각이 자네 정말 그때 그 여자가 자네 엄마, 라고 생각했던 것 같은데……."

무이의 입에서 마침내 여자에 관한 얘기가 흘러나왔다. 원각은 아직도 그때 절간에서 잠시 만났던 여자가 '어머니' 일지도 모른다는 생각을 가지고 있었다. 그때 여자가 다녀간 뒤로 줄곧 그런 생각에는 변함이 없었다. 다만 드러내지 않았을 뿐이었다. 자신을 낳아준 어머니가 보고 싶을 때에 원각의 마음은 항상 그 여자한테 달려갔다. 그의 나이를 묻고 이름을 물어온 여자, 사실 원각의 마음속에서 그 여자를 지운 적은 한번도 없었다. 산 밑의 아이들을 보면 어머니가 보고 싶었다. 아이들이 놀릴 때에는 어디엔가 있을 아버지도 떠올려 보고는 하였다. 그런 자신이 원각은 제일 싫었다. 은사 스님의 품안에서 먹고, 입고, 자랐지만 스님이 자신을 낳아준 부모가 아니라는 사실 때문에 괴로운 나날이었다. 그때마다 비록 어린 나이지만 자신이 배은망덕한 파렴치처럼 여겨져서 정말 싫었던 것이었다.

"어째 말이 없어. 설마 아직도 원각이 자네 그 미련 버리지 않고 있는 거야? 자네 낳아준 부모님 만난다는 미련 말이야."

무이가 힐끔 뒤를 돌아보았지만 원각은 눈을 마주치지 않았다. 무이의 말에 부정할 생각은 없었기 때문에 원각은 대꾸하지 않았다. 승려한테 이런 얘기는 체면이 깎이는 일이나 다름없는 것인데도 무이의 말이 그르지 않기 때문이었다. 원각의 가슴을 짓누르는 것이 언제나 자신의 '태생', 다시 말해 '근본'에 관한 것이었다. 수행자로서 '태생'을 따져서 인연을 만드는 일이 가당치도 않은 일이지만 원각은 반드시 이러한 사실을 확인하고 싶었다. 어디서 와서 어디로 가는지 깨닫기 위해서 태초 자신의 생명을 불어넣은 사람들을 만나 보지 않고는 어려울 것이라고 생각했다.

"내가 언젠가 자네한테 말했을 거야. 방하착, 일체를 내려놓으라고. 그러지 못하면 산속에서 생활하기가 쉽지 않을 거라고 말이네."

원각이 대답하지 않고 발자국 소리만 피워 올리자 무이가 자문자답하듯이 말했다. 무이는 뒤돌아보지 않고 구불구불 산길을 걸어 내리면서 말하고 있었다. 원각은 이대로 끝없이 걸어 보고 싶었다. 내리뻗은 길을 따라 차부를 지나 들판을 지나 개울을 넘어서 그때처럼 그렇게 걸어 보고 싶었다.

"무이 자네 말 기억하고 있네. 내가 무이한테까지 감추고 싶지는 않아서 하는 말인데 난 말이야 지금 그때처럼 자네하고 그랬던 것처럼 그렇게 걸어 보고 싶네. 저기 저 삼포역까지 말일세."

"세상에 발 담그니 걸어서 수행이라도 하시겠다 이 말이군. 내 마다할 이유야 없네만 가는 길에 만나는 주막집을 피해 갈 수 있으려나?"

"이 사람아, 공연히 마음 떠보지 말게. 사립문 나서자 치마폭이라더니 떠도는 운수(雲水)가 술집이 웬말이란 말인가?"

"흐엇 참, 그럴 줄 알았지. 여기가 극락인데 어디 가서 극락을 찾겠다는고. 중생이 부처요 중생이 깨달음인데 세상 속에서 고매한 스님 되시겠다?"

무이는 한쪽 발로 땅바닥을 쿵 내리밟으며 호령을 하듯 말했다. 원각은 무이의 말에 이제는 정말 아무런 대꾸를 하지 못하고 엄벙뗑 걷고만 있었다. 무이의 말이 하나도 그르지 않다는 느낌이 순간적으로 드는 것이었다. 산속에서 부처를 수없이 찾고 부르짖지 않았던가 말이다. 그런데 원각은 부처의 모습을 정말 제대로 보지 못했으니 부처도 모르고 깨달음은 멀리에 있는 것이었다.

"그럼, 무이 자네 발길 닫는 대로 하게. 설마 날 시궁창에 처박지는 않겠지. 이제 삼포역까지 걸어줄 텐가?"

"원각이 자네 소원이라면 그러지. 죽은 사람 소원도 들어준다는데 내 살점 같은 도반 심중 하나 헤아리지 못하면 스님이라 할 수 없지 않겠는가. 자, 그럼 갈 길 바쁘니 좀 빨리 걷세 그려. 차부를 두고 삼포역이라…… 아는 신도들이라도 만나면 그것 참 뭐라 얘기를 할꼬?"

무이의 말이 떨어지기 무섭게 무이는 정말 걸음을 빨리하고 있었다. 원각은 그런 무이가 그저 고마울 따름이었다. 원각은 정말 차부에 당도해 버스를 타고 가기는 싫었다. 옛날 일을 떠올리며 그 정겹던 길을 추억하며 예전처럼 무이와 함께 삼포역까지 걸어 보고 싶었던 것이다.

원각과 무이는 차부를 지나치고 있었다. 무이는 약속처럼 아무렇지도 않게 차부를 지나쳐서 신작로를 따라 걷고 있었다. 원각은 그런 무이가 고맙기 그지없어서 걸음을 늦추지 않은 채로 무이를 바짝 따르고 있었다. 차부 쪽을 얼핏 돌아보니 대여섯의 승객들이 기다리던 버스에 올라 차가 출발하기를 기다리고 있는 모습들이 보였다.

"무이 고맙네. 내 심정 헤아려 줘서……."

"고마워할 거 참 없구만. 지금부터 시간 반 남짓 걸으면 그땐 내가 원각이 자네한테 고마워하게 되는데 피장파장이네."

무이가 뒤를 돌아보며 실긋 웃음기를 머금었다. 원각은 무이의 말뜻을 크게 새겨듣지 않고 걸으면서 무이와 눈이 마주치자 잇바디를 드러내며 웃었다. 차량들이 먼지와 더불어 바람을 일으키며 빠르게 내달리고 있었다. 그러나 원각은 이런 풍경들이 그렇게 싫지는 않았다. 어린 시절 무이와 함께 걸었던 상황이 비슷하게 전개되고 있었다. 아직은 겨울이지만 찬바람 속에는 훈훈한 봄의 기운이 묻어 있는 듯한 느낌이었다. 저기 아득하게 둘러쳐진 병풍 같은 산마루턱을 넘어 드넓은 벌판을 휘이휘이 지나온 바람은 이제 봄이 먼산 발치에 당도해 있다는 것을 보여주고 있었다.

무이가 가로수 늘어선 신작로를 따라 걷다가 갑자기 길을 따돌리고 오른쪽 언덕길로 접어들었다. 원각은 무이가 이끄는 대로 따라 걸었다.

"원각이, 이 논둑길 생각나는가?"

"글쎄, 우리가 옛적에 걸었던 둑길 아닌가?"

원각의 생각이 틀리지 않는다면 무이와 삼포역까지 갈 때 논둑길을 따라 걸었던 것인데 바로 그때의 논둑길이었다. 신작로를 따라 걷는 것보다 정겹기도 하지만 곧장 무찔러 가는 셈이 되는 것이기에 택한 길이었다.

"그렇네. 곧장 가는 지름길이지. 눈도 모두 녹아서 걷기에 괜찮구만. 차라리 뽀드득거리는 언덕길이라면 더욱 정취가 있을 건데 말이야."

"이제 보니 무이 자네도 감상적인 데가 있네. 이런 분위기도 모르는 나무 지팡이 같은 사람이라 여겼는데…… 그나저나 논둑길을 곧장 지르면 어디에 당도하게 되는가?"

"어딘 어디야, 삼포 발바닥쯤 될까? 거 만만히 봐선 안 되네. 이러봬도 저 끝까지 시간 반쯤 걸릴 걸세. 저기 언덕길 올라채면 주막집이 하나 있어. 거기 대포맛이 그만이라네. 자, 땀 좀 나도록 걸어 보세. 땀 뺀 뒤에 걸치는 막걸리 맛은 계집 치마폭 뺨친다네. 끄륵……."

"사람참 싱겁기는…… 고작 한다는 소리가 막걸리타령에 계집타령이네. 그래 탁주에 계집에 또 뭐가 필요하는가?"

무이의 말이 원각에게도 싫지 않았다. 원각은 무이의 따분함을 메우려고 적당히 농을 받아넘겼다. 그러면서 옛날의 느낌을 건져 올리려고 애를 썼다.

"흐엇, 원각이 자네가 농을 다 하고…… 뭐, 탁주에 계집에 빠질 수 없는 거이 뭔가 하면 바로 신세타령이지. 막걸리타령, 계집타령, 신세타령, 이름 하여 셋 타령일세."

원각과 무이는 동시에 까르륵 웃었다. 논들 머리 위로 한 떼의 철새들이 출렁거리듯이 지나가고 있었다. 철새들은 가만 보면 대오를 지어서 나는데 흩어져서 달아나는 듯하더니 일제히 정연한 대오를 다시 만들며 일정하게 날아가고 있었다. 원각은 철새들을 올려다보면서 마치 자신이 철새가 되어 어디론가 떠나가고 있는 듯한 느낌이 들었다.

"무이가 했던 말이 생각나네."

"무슨 말? 숨겨논 마누라?"

무이는 흥에 겨운 말투로 농을 걸었다. 신작로를 버리고 논둑길을 걸으니 마음놓고 농지거리를 할 수가 있어 좋았다. 차가 내달리는 소리도 없어 고즈넉하고 훈훈한 바람 맛이 볼을 간지럽히니 절로 농이 나오는 모양이었다.

"그래 자네 숨겨논 자식 새끼들!"

"끄윽……."

그들은 동시에 웃음을 쏟아내고 있었다. 배꼽이 출렁거리며 흔들리는 듯이 웃어 버리자 원각의 답답한 마음이 한결 풀리고 있었다. 어느새 은사 스님의 염려에서도 놓여나 버렸던 것이다.

"언젠가 무이가 그랬지. 간이역을 보면 기차 타고 왔다가 기차 타고 가 버린 사람이 생각난다고 말이야. 뭐라나 기쁨과 슬픔이 동시에 떠오른다고 하였지. 그 말 생각나는가?"

"생각나고 말고. 나야 세상을 벗 삼아 다녔던 몸이 아닌가. 간이역 숱하게 지나쳤지. 근데 말이야 인생이란 게 간이역, 같은 것이라니까."

"인생이 간이역?"

원각은 조심스레 발걸음을 떼면서 놀라움을 감출 수가 없었다. 무이는 사고(思考)의 깊이에 있어서 역시 자신보다 뛰어나다는 것을 원각은 무이의 앞 번 말에서 깨닫고 있었다.

"자네 어디든지 하루만 간이역 대합실에 족 개고 앉아 있어 봐. 거기 모든 인생이 다 담겨 있음을 발견할 걸세. 오는 사람 가는 사람, 만나는 사람 이별하는 사람, 껴안고 얼싸안은 사람, 바람나 외입 나가는 놈 서 건……."

"자네 마누라는?"

"예끼 이 사람, 정말 원각이 자네 오늘 흥이 돋는 모양이네 그려. 자네 입에서 마누라 소리 터져 나오니 참 오래 살고 볼 일일세. 나야 땡초 되기 작정한 몸이니 입방정 떨어도 괜찮네만 멀건 들판에서 원각이 자네가 농을 하니……."

"나는 농지거리 하면 안 된다는 법이라도 있다는가? 입으로 짓는 죄도 구업(口業)이네만 자네하고 이 들판에서 농지거리조차 못하면 세상 의미가 다 무엇이겠는가. 이제 나도 나 자신에 충실할 셈이야. 정말 내가 누군지 어떤 사람인지 알아볼 셈이란 말이라니까."

"원각이 자네, 이제사 제대로 스님이 되네 그려. 산속에 처박혀서 무슨 깨달음을 얻겠다고 허구한 세월 거기 묶어 두었는지…… 난 말일세, 저기 펄쩍펄쩍 날아가는 새들이 그렇게 좋을 수가 없네. 저것 좀 봐, 아주 제 마음대루 이리 날구 저리 날구, 얼씨구 가만 보니 저것들이 아주 입맞추구 교미까지 하네. 끄륵……."

무이의 입에서 덜떡진 소리가 흘러나왔다. 무이는 논둑을 따라 걸으면서 간혈적으로 창공에 시선을 던지고 있었다. 들판 머리 위에 새들이 끊임없이 날고 있는 모습이 보였다. 무이의 입에서 터져나온 말을 생각하니 원각의 얼굴이 붉어지고 있었다. 은사 스님이 이런 대화를 엿들었다면 가슴을 치며 통탄했을 일이었다. 무이와 더불어 까르륵 웃다가 원각은 스스로 마음을 다잡으며 헝클어진 분위기를 붙들었다. 보고 있지 않는다 하여 정신이 이렇게 파해서는 안 될 일이었다. 그러나 원각의 내부에서는 자꾸만 이런 생각들을 짓뭉개고 이제 당당히 뛰쳐나가라고 소리치고 있었다. 그의 가슴속에서 두 사람이 서로 자신의 목소리를 내세우고 있었다. 원각은 둘의 목소리 가운데 진짜 자신의 목소리가 어떤 것인지 어떤 목소리를 따라야 하는 것인지 헷갈리고 있었다.

"빨리 걷세. 자네 말마따나 마누라 생각 간절하네."

"정말 마누라라도 숨겨놓았는가 어디?"

"숨겨놓았지. 어디 한둘이겠는가? 마음속에 품으면 다 마누라지. 그래 이 뱃속에 숨겨논 마누라가 많아서 배가 이렇게 나왔다네. 갈수록 배가 나오니 난, 애시당초 머리 깎고 먹물옷 입은 게 잘못된 것이었어."

"흐엇 참, 무이 자네가 무슨 의지로 스님이 되었나? 자네나 내나 이리될 운명이니 이리 되었던 것이지. 말하자면 우린 태어날 때부터 팔짜 정해진 몸들이었다 이런 말이네. 자네도 좀 이른 나이에 산문에 들어왔 잖는가?"

"원각이 자네처럼 나도 코흘리개였지. 난 말이야, 자네가 처음에는 정말 은사 스님 아들인 줄 알았다니까. 스님도 아이를 낳는 줄 알았으니까. 더군다나 은사 스님이 자네를 무척 아껴주셨거든, 그러니 영락 그렇게 믿을 수밖에 없었지. 이제 와서 무슨 소용 있겠는가 마는 그래도 나와 피를 나눈 부모형제들이 있다는 거는 대단한 위로가 되거든.

난 말이야, 이제 고백하네만 산에서 내려갈 때마다 가족을 만나 보네. 그래 이렇게 견딜 수가 있는 모양일세."

무이의 고백에 원각은 퍼뜩 놀라고 있었다. 무이는 매우 강인한 사람이라고 원각은 기억하고 있었다. 무이는 슬프고 괴롭고 힘들어도 너끈히 참아낼 수 있는 사람이라 여겼다. 어릴 적 약한 마음을 들키지 않으려고 무이 앞에서 원각은 내숭을 떨어야 했다. 산속에 살아야 하는 운명이기에 세상의 아이들처럼 어머니가 보고 싶은 내색을 하면 안 되는 것이었다. 해마다 초파일이면 고운 색동 한복을 입고 와서 불전에 기도하는 보살들의 치마폭에 마냥 안기고 싶었다. 그 언젠가 다녀간 고운 여인의 가슴에 안겨 투정을 부려 보고 싶었지만 산중에서 살아야 하는 몸이기에 내색하면 안 되는 것이었다.

"정말 무이가 가족을 만났어? 자네도 나처럼 출생 족보를 모른다고 하지 않았나? 그런 자네가 가족을 만나다니 정말 놀라운 일이네. 대관절 어떻게 가족을 만나게 된 거야?"

"놀랄 거 없네. 사람치고 출생 족보 없는 놈 있다는가? 다리 밑에서 태어난 놈도 어미 아비는 있는 법. 하늘에서 떨어지지 않고서야 마음만 먹으면 만나게 되는 법이라네. 근데 원각이 자네도 낳아준 부모는 한번쯤 만나 봐야 할 게 아닌가?"

"예끼 이 사람, 그런 소리 말게. 내가 언제 가족을 만난다는가? 난, 가족 같은 거 꿈에도 생각해 본 적이 없는 사람이야."

원각은 펄쩍 뛰며 아연실색을 했다. 그러나 원각의 머릿속에는 가족에 대한 생각으로 가득 차 있었다. 무이에게 그런 본심을 들키지 않으려는 것뿐, 가족을 그리는 원각의 마음은 예나 지금이나 변함이 없는 것이었다.

"끄윽, 이 사람아 자네 행동에 벌써 쓰여 있네. 오어사에서 누가 가장 원각이 자넬 잘 아는가? 은사 스님? 그야 은사 스님은 부처의 눈으로 보는 거고…… 난 말이야 인간의 눈으로 자넬 보는 거야. 자네 눈빛 속에 말이야 까닭 모를 그리움이 온통 가득 차 있거든. 아니 까닭 모를 그리움이 아니라 가족에 대한 그리움, 옛날 그 소시적 절을 찾아온 여자, 자네 아직도 그 보살님을 잊지 못하고 있지? 안 그런가?"

무이의 말은 단호한 느낌이었다. 무이는 가던 걸음을 멈춘 채 뒤돌아서서 마치 조근조근 따져 묻듯이 말하고 있었다. 무이의 말에 원각은 아무런 대꾸도 하지 못했다. 무이의 말이 너무도 확신에 차 있었기 때문이었다. 원각으로서도 변명할 거리를 딱히 찾지 못했다. 이렇게 마음먹고 사찰을 떠나는 이면에는 분명 가족에 대한 그리움이 있었다. 원각의 뇌리를 붙들고 있는 것이 어떻게든 가족에 대한 실마리를 한 가닥이라도 잡고 싶은 것이었다.

"자, 걷세. 무이 자네 말을 부정하지 않겠네. 내가 자네한테까지 자신을 속이고 싶지는 않네. 그런데 무이, 자네 어떻게 가족을 만나게 된 거야? 어떤 경로로? 출생 족보를 어떻게 알았느냐 이 말이야."

원각의 입술이 타들고 있었다. 이제 무이 앞에서 자신을 숨길 어떤 이유도 없었다. 무이의 도움을 받아서라도 원각 역시 가족을 만나 보고 싶었다. 누가 자신을 낳아준 부모이며 어디 있으며 형제자매들은 어떠하며 어떻게 절간으로 보내졌는지 정말 알고 싶었다. 은사 스님이 자신의 출생에 대해 알고 있는 것이 분명하나 원각은 은사 스님한테 내색할 입장이 되지 못했다. 친부모처럼 거들고 여적 뒷바라지해 오신 분이 바로 은사 스님 아니신가. 그런 분에게 생모를 묻고 생부를 물음은 산문에 도 닦으러 들어온 승려로서 더욱 도리가 아닐 것이었다.

"고맙네 원각이. 나한테 자네 그 심정 감추지 않아서, 근데 말이야 사람은 개 돼지하고 달라서 말이야 추적해 보면 반드시 족적을 만나게 되네. 사람은 말이야 실낱같은 단서 하나만 발견하면 그 끝을 추적할 수가 있어. 핏줄에 대한 사람들의 기억은 대단하거든. 그래 이산가족 상봉할 때 보면 시시콜콜한 얘기까지 다들 기억하고 있잖나 그래."

무이의 말에 원각은 불쑥 희망 같은 느낌이 불솟고 있었다. 실낱같은 단서, 대체 그에게 이러한 단서란 어떤 것이 있을 수 있을까? 모르긴 해도 은사 스님은 그의 비밀을 분명히 알고 있다고 생각했다. 그러나 은사 스님한테 대놓고 물어볼 수는 없는 노릇이었다. 그렇다면 대체 어디서 어떤 경로를 통해 일의 실마리를 붙들 수가 있을까?

"등잔 밑이 어둡다고 했네. 찾고 보니 지척에 가족이 있더라니까. 재 있는 거는 나만 모르고 가족들은 나를 알고 있었던 거네."

"그게 무슨 말이야? 가족들이 알고 있더라니······."

원각은 한쪽 발을 헛딛을 뻔하면서 물었다. 시간이 흐르면서 얼었던 땅들이 차츰 풀리기 시작하면서 길이 약간 질척거리는 느낌이었다.

"그러니까 우리 가족들이 절간에 다니면서 먼발치에서 나를 보곤 했다는 거네. 어머니, 아버지, 형과 누이······ 내가 다섯 살 때 절간에 나를 팔았다는 거야. 세상에 우리가 사는 이 시대에도 사람을 팔았다니 이게 말이 되는 소린가?"

"이 사람아, 자네 부모들이 무슨 돈 받고 팔았겠나? 입 하나 덜자거나 아니면 자네 앞길 위해 그리하셨겠지. 나도 그런 연유로 절간에 보내지지 않았을까 생각하네. 우리처럼 동자스님 출신들이 대개 그런 연유로 일찌감치 머리 깎은 거 알면서 그러나?'

"그래 맞는 말이네. 절간에서 나를 사들일 이유가 없지. 자네처럼 총명한 아이라면 몰라도, 더군다나 탁발을 나가는 것도 아니잖나. 어머니 말씀이 그러시더구만. 사람 입 하나가 참 무섭더라구, 그래 입 하나 덜까 생각하다 그리된 모양이네."

"것봐, 이 사람아. 자식 키운 부모가 어찌 자식을 돈을 받고 절간에 팔아넘기겠나? 다 그만한 사연이 있게 마련이지. 굶어 죽는 것보다야 당연히 절간에 수양 보내는 것이 낫다고 생각하신 게지. 자네가 다만 어려서 가족에 대한 기억을 못했을 뿐, 자넬 영원히 남의 자식처럼 버릴 생각은 아니었을 것이야."

"그건 그래. 자식이 어디에서 무슨 일을 하고 있는 줄 알기 때문에 자식을 절간에 보내고도 버티신 게지, 모르는 데에 보냈다면 그게 가능했겠는가? 그런데 하여간 우리 은사 스님께서 말이야 일 년에 꼭 한 차례는 쌀가마를 사람 시켜서 집에 내려 보낸 거야. 세상에 그렇게 하구선 우리한테 태연하셨다는 말일세."

무이의 말을 들으면서 원각은 일이 잘 되었다고 생각했다. 어린 시절부터 함께 지내온 터라 그런 무이한테 가족의 발견은 정말 놀라운 일이 아닐 수가 없었다. 은사 스님이 무이의 가족을 보살폈다는 말은 더욱 원각을 놀라게 만들었다. 원각은 일순 은사 스님이 무이의 가족에게 그랬던 것처럼 자신의 가족과도 연결되어 있는지 모른다고 생각했다.

"무이 자네도 그렇네. 그런 일이 있었으면 나한테는 얘길해 줬어야지. 그런 사실을 나한테까지 여적 숨기고 자네 가족을 만나곤 했다니……."

"그리되었어, 이해하게. 하지만 나 역시 그만한 까닭이 있었네. 이제 은사 스님도 이런 사실을 알게 되셨지만 처음에는 은사 스님한테도 비밀로 했지."

"그럼, 은사 스님 도움 없이 자네 스스로 가족을 찾았다는 말인가?"

원각의 입술이 바싹 말라가고 있었다. 원각은 마치 앞으로 자신에게 벌어질 일들을 만나기라도 하듯이 무이의 말에 관심을 기울이고 있었다.

"그런 셈이네. 은사 스님한테 한번 운을 떼긴 했지만 지청구만 들었는데 참 기적 같은 일이 내게 일어났다네."

한 자락 바람이 귓불을 가볍게 스치고 지나갔다. 바로 그 순간 원각의 가슴은 마구 뛰기 시작했다. 무이의 일이 마치 자신의 일이나 되었던 것처럼 설레이는 것이었다. 이것은 자신에게도 무이와 같은 기적 같은 일이 일어나기를 바라는 내면의 표현일지도 몰랐다.

"기적 같은 일이라니……."

"내가 아까 말했잖나, 등잔 밑이 어둡다구. 마음속에 품은 가족을 어디에서 찾겠나? 사람 일이란 게 이리 되려니까 그러는지 내 마음이 절로 이렇게 시키더구만, 가족을 찾으려는 마음이 있거든 내 몸 있는 데서부터 찾을 생각을 하라구. 그러니 자연스레 내 처지를 만나는 사람들한테 말하게 되더라니, 처음엔 승려 신분에 가당찮은 짓이라고 생각했지만 그런 마음 가지고는 절대로 가족을 찾을 수가 없고 만날 수도 없네."

무이의 말도 이제 흥분되어 있었다. 무이는 마치 가족을 처음 만났을 때의 느낌을 그대로 간직한 채로 말하고 있었다. 원각이 역시 무이의 상황처럼 빨려들고 있었다. 가족을 만날 수도 있을 거라는 생각을 하니 정말 가슴이 벅찼다.

"그래서 어떤 일이 기적처럼 일어났어?"

"원래 절간 소문이란 것이 사람들이 모이고 흩어지는 장터거리에서 제철을 만나는 법이 아니던가. 난생처음 장터 쇠전 밑 대포집에 들렀지 않겠나. 마치 파장 뒤끝이라 장똘마니들이 자리를 비우는데 소생은 막걸리 한 사발을 걸친 터라 주인 아낙하고 혼연스럽게 얘길 하다가 어릴 적 오어사에 들어온 얘기를 들려주었지. 그때 주인 아낙이 뜻 모를 소리를 하더란 말이야."

"뜻 모를 소리라니? 대체……."

"단골로 드나드는 술손님 가운데 술만 취하면, 오어사 내 새끼 큰스님 되시게, 오어사 내 새끼 큰스님 되시게, 하더란 것이야. 정말 뜻 모를 소리 아닌가? 가만 생각해 보니 무슨 곡절 있는 소리가 분명한 것 같았네. 그래 주인 아낙한테 그 사내를 만나 볼 수가 없겠느냐고 물었는데 장날이면 매번 들른다는 것이었네. 나는 그때만 해도 원각이 자네 생각을 했어. 나한테 그런 가족이 나타나는 행운 같은 거 꿈에도 생각지 못했거든."

무이는 걸음을 멈춘 채로 고개를 쳐들어 하늘을 바라보았다. 파란 하늘을 가르며 새들이 떼 지어 날아가고 있었다. 무이의 말에 원각의 가슴은 몹시 뛰었다. 원각은 마치 자신의 가족을 만난 것처럼 상기되어 있었다. 무이의 입에서 감회의 탄식 같은 소리가 새어나왔다.

"무이, 햇빛도 좋은데 예서 좀 앉지. 그래 어찌 되었어?"

마른 잔디가 듬쑥한 데를 찾아서 원각이 먼저 앉자 무이가 바로 곁에 무릎을 세운 채로 앉고 있었다. 아직도 걸어야 할 길은 멀지만 원각과 무이는 괘념치 않았다.

"그날 이후 장이 서는 날은 읍내 장터를 찾았어. 쇠전이며 난전들을 두루두루 살피면서 그 술집 근방을 배회했네. 물론 술집 아낙한테 그 사내가 나타나거든 기척을 좀 달라 하였지. 그렇게 몇 번은 허방을 쳤지만 네 번째 장터를 찾은 날, 그 사내를 바로 그 술집에서 마주하게 되었는데……."

"……."

무이는 그날의 감회에 벅찬 나머지 곧장 말을 잇지 못하고 있는 모양이었다. 원각은 이제 재촉하지 않았다. 무이의 다음 말이 아니라도 원각은 이제 일의 사리를 분별할 수가 있었다.

"핏줄이란 것은 누가 뭐라 하지 않아도 끌리는 데가 있나 봐. 술집 아낙의 기척을 받고 들어서는 순간 여러 사내들 가운데서도 바로 저 사내로구나, 하는 분이 있었어. 물론 그 사내야 나를 알고 있었으니 뻔히 당신 자식인 줄을 알지만, 나는 아니잖나. 그래 그 사내 앞으로 뚬벙뚬벙 걸어가는데 사내가 술잔을 켜다 말고 불쑥 일어서더니 나를 덥석 안아 버리는 거야. 아, 그 품속이 그렇게 아늑할 수가 없었지."

"……."

원각은 타드는 입술을 혀로 축이며 숨을 죽이고 있었다. 그러나 더는 말을 꺼내 대꾸하지 않았다. 무이의 감정을 자연스럽게 내버려 두고 싶었기 때문이었다. 무이를 가만 들여다보니 회상에 잠기듯 가만히 눈을 감고 있었다. 무이의 얼굴이 마치 부처 같다는 생각이 들었다. 무이야 말로 불가견(不可見), 경험할 수 없는 것을 경험한 사람이니 그 깨달음이 어떤 것이었든 부처에 다름 아닌 것이었다.

"내 생전 처음으로 아버지, 하고 불러 보았네. 머리 깎고 먹물옷 입은 승려 입에서 아버지, 찾는 소리라니 장똘마니들 눈에도 곱지는 않았을 테지만 그런 사정 가릴 경황이 없었어. 그렇게 기쁜 눈물은 정말 처음 흘렸을 걸세. 그런데 아버지는 역시 아버지셔. 나보다 아버지가 사람들을 먼저 의식하더라니. 나를 가만히 품에서 밀쳐내시더니 곧장 자리를 떴네."

이 대목에서 원각은 어쩔 수가 없이 입을 열고 말았다.

"그래 어찌 되었어? 그 길로 그만 헤어진 거야?"

"밖으로 나와서 아버지 말씀이 '스님, 이제 어서 절간으로 올라가세유, 애시당초 절간 올려 보낼 적에 우리 인연은 이미 끊어졌는데 이제 와서 이러시면 큰스님 못 되시지유' 하시며 내 등을 떠밀더구만. 난, 이제 막 가족을 만난 기쁨에 설레고 있는데……."

무이가 불쑥 일어서더니 바랑을 집어 메고 있었다. 무이를 따라 원각 역시 자리에서 일어섰다. 무이는 아까처럼 논둑길을 다시 걷기 시작했다. 무이의 말을 들으니 원각은 가슴이 다시 서늘해졌다. 가족의 상봉이란 것이 한순간은 좋지만 어느 순간 아픔이 될 수도 있겠다는 생각이 들었기 때문이었다.

"그래 그 길로 절간에 올라와 버린 거야?"

"어쩔 수가 없었어. 아버지 성화가 어찌나 드세던지 말이야. 다만 어느 날 어느 시에 어머니와 가족을 만나기로 약속했네. 그런데 깜깜한 밤중에 남들 눈을 피해서 만나자는 말씀이셨어. 한사코 남들이 알면 흉이 되는 거라며 삼경이 넘은 시간을 고집하시더구만. 아버지의 뜻에 따라서 그리하였네."

"부처는 바로 자네 부친이시네. 자넨 부친의 기대에 보답해 큰스님 되어야겠구만. 그래, 어머니 만나는 기분은 어땠는데?"

"예끼 이사람, 큰스님은 아무나 한다는가? 난 땡추라도 지금의 나로서 만족한 몸이네. 어머니를 보는 순간 온몸에 전류가 흐르더구만. 긴 세월 맘속에 그리워한 어머니가 저 앞에 서 계시구나, 생각하니 정말 온몸이 바르르 떨렸네. 캄캄한 마당에 서 계신 어머니를 한눈에 알아보고 품에 안았어. 그러안은 채로 안방에 드는데 불빛 아래서 바라보는 어머니 얼굴이 옛날 그 얼굴이 새록새록 떠오르는 것이야. 아아……."

"이보게 무이, 더는 얘기하지 않아도 되네. 이제 자초지종 알았으니 그냥 걷기나 하세. 아무튼지 무이 자네 큰스님 되시게."

"놀리지 말게. 큰스님, 아니 나는 땡중도 제대로 못할 몸일세. 근데 말이야 정말 놀라운 것은 가족을 만나고 나니 무구무착(無求無着)의 마음이 생기더구만. 어떤 것도 구하고 싶지 않고 어떤 것에 집착도 없고……."

"그것 봐, 무구무착의 경지에 올랐다는 것은 큰스님 될 수 있다는 거야. 자넨 말끝마다 땡추 어쩌고 하지만 그도 구업을 짓는 것이네. 함부로 그런 말 내뱉지 말게나. 자네 부모님들이 자넬 위한답시고 얼마나 지극정성으로 부처님전 기도를 하셨겠나. 자네 도력 남다르다 했는데 이제 보니 다 자네 부모님들 공덕 덕분이었네 그려."

원각과 무이는 흠뻑 웃었다. 원각은 오랜 세월 도반으로서 같은 길을 걸어오면서 무이의 깨달음이 남다르다는 생각을 하고 있었다. 무이가 다소 자유분방하고 괴짜스럽기는 해도 그 깨달음의 깊이는 정말 남다른 데가 있었다. 농 삼아 던지는 말들 중에도 불쑥불쑥 깨달음이 돋보이는 말들이 튀어나오곤 했다.

"흐엇 아마 그런 셈이지. 가족이란 거 참말 좋은 거 같네. 면벽구년을 해도 그 느낌 모른다면 깨달음이랄 수 없어. 가족이란 말이야, 만나는 순간 오만 가지 느낌을 모두 느낄 수가 있는 것일세. 그러니 내가 무구 무착의 경지에 이른 거 아닌가? 안 그래?"

"그럴 법도 하겠네. 무이 자네 정말 좋겠어. 보고 싶을 때는 언제나 만나 볼 수도 있는 거 아닌가? 큰스님 되겠다고 정말 가족 인연조차 끊어 버린 멍충이는 아닐 테지."

"역시 원각이 자네밖에 없네. 우리 같은 처지 경험 없는 스님들은 필경 손가락질할 일이지만 자넨 나와 같은 처지이니 이해하겠지? 내가 석 달이 멀다 하고 집에 드나드는데 이건 은사 스님밖에 모르는 비밀이라네. 하지만 이제 숨기고 자실 것도 없어. 몸을 낳아준 부모 만나러 가는 자식 누가 탓하겠는가? 우리가 부모 이름도 모르고 지내온 세월이 얼만데……."

"나도 무이한테 털어놓고 얘기하네만 정말 가족이 그립네. 나도 무이처럼 어머니, 아버지, 형제자매들도 있겠지?"

"자네가 하늘에서 떨어지지 않구서야 당연한 말씀. 내가 아까 말했잖나, 가족이란 그리 멀리에 있지 않다니까. 오어사에 자식을 맡기는 사람이면 오어사에서 그리 멀리 떨어진 사람은 아니란 말이네. 아마 나처럼 자네 가족들도 자네를 먼발치에서 보고 있는지도 모르는 일이네. 나하고 다를 바가 없잖는가? 은사 스님은 절대로 자네한테 비밀 얘기해줄 어른이 아니시니 스스로 추적해야 하네. 나처럼 쉬이 만날 수도 있겠고 또는 힘들 수도 있겠지. 하지만 아무리 승려라도 근본은 알아야 하지 않겠어? 나를 낳아준 부모는 한번쯤 만나 보아야 하지 않겠나 이 말이네."

무이의 말에 원각은 고개를 주억거렸다. 은사 스님의 하해와 같은 배려 속에 기한을 두지 않고 떠나는 바로 이 길이 무엇 때문인가? 원각은 무이가 한없이 고마울 따름이었다. 무이와 이렇게 동행하는 길이 원각에겐 커다란 의지가 되었다. 자신의 일도 잘 되겠지, 하고 원각은 생각하며 논둑길을 다근다근 밟으면서 걸었다. 귓불을 스치고 불어가는 바람이 아까보다 더욱 정겹다는 생각이 들었다.

시간 반 남짓을 걸어 논둑길을 완전히 뒤로 물리쳤다. 언덕길을 올라채니 무이의 말처럼 주막집이 있었다. 무이는 물을 것도 없이 원각에게 턱짓만을 하고는 주막집으로 들어서는 것이었다. 원각은 무이의 기분을 잡치지 않으려고 군말없이 주막집 안으로 따라 들어가고 있었다.

"스님, 어서 오세유."

"주모, 그간 잘 계셨는지요?"

마흔이 넘어 보이는 아낙이 합장반배를 하며 손님을 맞았다. 주모를 대하는 무이의 태도는 매우 익숙해 보였다. 술청에 다른 손님은 보이지 않았다. 원각은 무이를 따라서 어설프게 아낙을 향해서 합장반배를 올렸다. 그럴 것이 원각으로선 몸을 술집에 들인다는 사실이 낯설고 승려로서 일탈을 하는 듯이 여겨졌기 때문이었다.

"무이 스님 기다리다 목이 떨어져 나가겠수. 여기 이 양반은 처음 보는 스님이신데……."

"내가 언젠가 말했잖아요. 절간에 어릴 적부터 함께 수행한 친구 말이요. 나 같은 맹추하곤 비교 안 되는 우리 원각 스님입니다."

무이가 덜퍽 의자에 바랑을 부리면서 말했다. 원각은 낯이 간지러워 미칠 지경이었다. 하지만 주모한테 정중히 예의를 갖추었다.

"처음 뵙습니다 보살님. 머리 깎은 몸이 술집에 들러 면구스럽습니다."

"예끼 이 사람, 머리 깎은 스님은 사람이 아니라는가? 목이 타면 으레 마시는 것이 막걸리라는 것을 조선 팔도가 다 아는 법인데……."

"그럼은요. 스님, 참 원각 스님이라 하셨제. 절에서는 절간법을 따르고 세상에서는 세상법을 따르라는 말도 있어유. 길 가다 목 타는 나그네는 막걸리가 제격이지유. 가만 보니 삼포로 가는 길 같은데 삼포를 가시려면 예서 탁주 한 사발은 걸쳐야 제 맛이구만유. 아직 가야 할 길이 많이 남았으니께……."

"어허 주모, 사설 필요 없고 어서 시원한 탁주나 한 되 내어와요. 행운유수(行雲流水) 나서는 길에 잠시 취흥이나 돋웁시다. 거 안주는 주모 알아서 내어오고……."

"예 스님, 무이 스님은 화통해서 좋으셔……."

주인 아낙이 부산하게 움직이기 시작했다. 원각은 나무의자에 비스듬히 걸터앉았다. 승려로 살아오면서 이렇게 술집에 들어온 것은 처음이었다. 그러니 자신이 마치 파락승처럼 느껴지는 것이었다. 손님들이 자리에 없어서 다행이라는 생각이 들었다. 사람들이 이런 모습을 보면 승려의 체면이 말이 아닐 것이다. 원각은 자꾸만 마음이 조급해지기 시작했다. 무이는 마치 반나절을 쉬어갈 사람처럼 바랑을 부리고 앉아서

콧노래를 흥얼거리고 있었다.

십여 분도 되지 않아서 주인 아낙은 막걸리와 안주를 내왔다.

"스님 오랜만에 한잔 받으시이소."

"가득 치시오. 이 친구 잔에도……."

"무이 이 사람아, 나는 됐네. 난, 그저 술국이나 마시겠네."

"예끼 이 사람, 먹물옷 입었어도 우린 엄연히 사내 아닌가? 사내가 막걸리 한 사발 정도는 들이켜야지 술국이 다 무언가?"

"에이 스님, 그리 빼신다고 알아주는 사람 이 동네에선 아무도 없어유. 자, 원각 스님도 한잔 쭈욱 켜 보우. 막걸리 안 마셔 보셨어유?"

주인 아낙이 원각의 잔에 술을 가득 따라주었다. 원각의 코끝에 싸아한 탁주 맛이 느껴져 왔다. 코끝을 자극하는 탁주, 마치 탁주가 원각의 자신을 시험이라도 하고 있는 듯이 원각에게 느껴지고 있었다. 무이는 눈치 개의치 않고 넙죽 술 사발을 가져다 단숨에 잔을 비워내고 있었다.

"으흠 그 맛 좋다. 어이 원각이 쭈욱 들이켜 봐. 자네도 한번쯤 막걸리 마셨지 않은가? 그전에 토굴집 지을 때 말이야. 거, 정히 힘들면 곡차라 여기게. 스님네들이 마시는 술은 그대로 곡차가 되는 거 아닌가?"

주모 역시 한입에 잔을 비워내고서 무이의 잔에 다시 술을 따르고 있었다.

"스님, 마셔유. 마시는 놈이 최고유. 여긴 절간이 아니니께……."

"이봐, 원각이 자네. 마시기 싫으면 됐네. 나 마실 술도 없는데 억지로 먹일 필요는 없는 것이고…… 근데 깨달음을 얻으려면 세상을 알아야 쓰는 법이야. 세상을 모르고 어떻게 승려가 된단 말인가. 부처는 육년고행을 했고 달마는 면벽구년을 했는데 그게 세상을 등지고 그리된

거 아니네. 세상을 끌어안았을 때 도가 보인 것이라네. 자네가 그리 갈
망하는 그 가족들이 모두 세상 사람들이 아닌가?"

"에이 사람…… 아, 알았네. 마실게……."

원각이 잔을 끌어 입술로 가져갔다. 코끝에 후욱 달큰한 기운이 느껴
졌다. 막걸리를 마셔 본 적이 하도 오래라서 적이 당혹스럽지만 무이의
말처럼 세상에 발을 내딛은 이상 무시할 일은 아니라는 생각이 들었다.
원각은 눈을 질끈 감고 한 손으로 코를 막았다. 코를 자극하는 냄새가
너무 강렬했기 때문이었다.

"옳지 옳지……."

"코를 떼야 제 맛인데……."

원각이 눈을 질끈 감고 코를 틀어막은 채로 잔을 비우기 시작하자 무
이와 주모가 한마디씩 거들고 있었다. 원각은 겨우 잔을 비워냈다. 잔
을 비우는 순간 은사 스님의 모습이 어룽거렸다. 이것은 승려로서 느끼
는 죄책감 같은 것이었다.

"어때, 혀끝에 턱 달라붙지 않나?"

"스님, 한잔은 섭섭하지유."

술잔을 비우자 마자 주인 아낙이 다시 술잔을 채웠다. 다섯 해 전에
토굴을 지으면서 막걸리로 입 모금 축인 적은 있지만 이렇게 잔을 통채
로 비워낸 적은 없었다. 매콤한 술기운이 온몸에 느껴지는 느낌이었다.
무이는 원각이 잔을 비우는 것을 재미있는 표정으로 바라보듯 음미하
면서 다시 잔을 비워내고 있었다.

"원각이, 내가 말이야 이 막걸리가 아니었다면 꿈에 그리던 가족들
만나지 못했을 걸세. 범을 잡으려면 호랑이굴로 들어가라 하였네. 가족

을 만나려거든 가족이 있는 세상 속으로 들어가야 한다 이 말이네. 그러려면 이깟 막걸리 한 말쯤은 마셔야지. 아니 그래 주모?'

술이 들어가자 무이의 취흥이 올라오는 모양이었다. 주인 아낙에게도 이제 무이는 숫제 반말을 뿌리고 있었다. 이미 격식 같은 것은 없고 승려의 격조도 달아난 듯한 분위기에 원각은 마음이 편치 못했다. 몸을 술집에 들인 몸이 승려의 격조는 따져 무엇을 한단 말인가?

"스님은 오어사에 언제 적부터 있었나유? 오어사 스님치고 이 술집 안 들른 스님 없는데 우리 원각 스님은 처음 보네유."

"나하고는 어릴 적부터 함께 오어사에 있었어. 이 친군 숫제 오어사에서 태어나고 자란 사람이니 명색 오어사 터줏대감이지. 그 세월 동안 이런 술집 한번 들락거리지 않은 사람이니 성불(成佛)을 열 번은 했을 것이네. 말하자면 살아 있는 생불(生佛)이시지. 하지만 아무리 부처요 생불이라도 먹고 마셔야 사는 것을……."

"맞아유 스님. 옛말에 부처님 앉은 자리는 풀도 나지 않는다 했는데 사람은 정이란 것이 있어야 하는거유. 줏어들은 말이지만유 떠돌이 십여 년에 깨달음 얻고 보니 제자리에 돌아왔더라구유. 인생은 '지금 나' 유. '지금 나'가 누구고 '지금 나'가 무엇을 하고 '지금 나'가 어디로 갈 것인가? 바로 이 거라구유. 내 말이 틀렸어유?'

"어허 주모, 오늘 보니 세상 이치 에누리 없이 터득했구만. 그래 주모 보기에 이 친구 됨됨이가 큰스님 되시겠는지?'

"예끼 이 사람 무이야, 부처님 욕보이지 말고 술이나 한잔 따라주게. 거 술맛 뒤끝이 참 달착지근하네."

무이는 부러 과장을 하여 분위기를 돋기 시작했다. 바랑을 메고 술집에 들어온 터수들이 부처니 큰스님을 입에 담는 일이 참으로 경망스러운 일이 아닐 수가 없는 것이었다. 원각은 순간 주모의 말에 얼굴이 붉어졌으나 이미 붉어진 몸, 내색할 수도 없어 어정쩡한 분위기를 탈피하고 싶었다. 그리고 보니 주모의 말에도 깊이가 느껴졌다. 무이나 주모가 거침없이 주고받는 텁텁한 말들이 원각의 뇌수에 꽂히며 마음을 자극하고 있었다.

"어허, 진작 그럴 일이지. 원각이 자네 그런 모습 보니 내 마음이 풀리네. 그저 앞으로 원각이 자네가 부딪치는 일들은 그러려니 해야 하네. 부처님이 그러셨지. 인간들이 사는 이 세상을 화택(火宅)이라고 말이여. 이 세상의 모든 것들이 번뇌나 고통으로 불타고 있다 이 말이네. 그러니 어딜 가서 무엇을 만나든 편할 리는 없는 것일세. 그저 이 몸이 불타지 않으려면 이 몸이 불처럼 뜨거워져야 되는 법일세. 자, 한잔 쭈욱 켜세나."

무이는 원각의 잔과 자신의 잔에 가득 술을 따라서 건배를 했다. 주인 아낙이 붉어진 얼굴을 하고 각각의 잔에 사발을 부딪치며 눈을 씽긋거리면서 말했다.

"맞아유. 운해 스님 어른도 그러셨지유. 부처는 절간에 있는 거이 아니구 세상 속에 있더라구유. 만나는 모든 이들이 부처유 접하는 모든 물물이 부처라구유. 헤헤, 오늘 술맛 참 좋은데 작파하고 스님네들하고 화투나 칠까?"

"거 좋지, 해종일 두드려도 개평 뜯는 사람 없겠다, 예쁜 주모 있겠다, 달큰한 누룩술 부글부글 끓고 있겠다, 원각이 우리 그러세. 여자 끼고 색을 밝히는 것도 아닌데 그깐 화투짝 두드린다고 지옥불에 떨어지는 것은 아닐 테고⋯⋯."

원각은 주모의 입에서 운해 스님의 이름이 튀어나오자 더욱 놀랐다. 은사 스님도 이 술집에 들러 목을 축였다는 말이었다. 스님이 대포집에 들러 목을 축였다는 일이 크게 문제될 리는 없지만 은사 스님이 이런 술집에 들러 주모와 더불어 농지거리를 늘어놓는다는 생각은 원각으로선 정말 놀라지 않을 수가 없는 일이었다.

무이의 입에서 화투 얘기가 터져나오니 이제 원각은 견딜 수가 없었다. 절간 떠나온 지 몇 시간 되었다고 벌써 막걸리판에 화투질 얘기란 말인가. 이건 숫제 승려를 포기하려 작정하며 저지르고 있는 분탕질과도 같은 것이다. 여기서 좀 더 지체했다가는 입으로 행하는 네 가지 악행(惡行), 달리 말해 사구악행(四口惡行)을 모두 저지르고도 남을 것이었다. 원각은 갑자기 화가 치올라 자리에서 벌떡 일어섰다.

"무이 이 사람, 아무리 떠도는 운수라고 막행막식은 하지 말아야지. 자네 따라 막걸리 몇 사발은 곡차 삼아 들이켰네만 화투질이라니, 입으로 망언을 해도 유분수지 이건 숫제 당장 악구(惡口)가 되자는 심산이네 그려. 나 먼저 일어서려네."

"어허 원각이 자네. 화투판 얘기 그저 꺼낸 것인데 진짜로 들었던가 보네. 내가 아무리 막되먹기로 원각이 자네 더불어 수행 떠나는 몸이 화투질에 자리를 박겠는가? 노여움 푸시고 이 잔이나 비우고 떠나세."

"그려유 스님, 이년 불찰이 컸네유. 스님 앞에 두고 화투질 얘기 꺼냈으니 이년 입이 방정죄를 지었네유. 손님은 없구 하도 따분해서 그리 말해 본 것이니 이해하시게유. 그 잔이나 비우고 가시지유."

"그럼, 그 잔을 마저 비우게. 내 밖에서 기다릴 터이니⋯⋯."

원각은 부렸던 바랑을 어깨에 둘러메고 밖으로 나와 버렸다. 찬바람을 맞으니 얼굴이 화끈거렸다. 머리가 어지러웠지만 원각은 정신을 다 잡았다. 무이에게 만큼 흐트러진 모습을 보이지 않고 싶었다. 아무리 같이하는 자리라도 같은 승려로서 그런 모습을 보인다는 것은 도리에 맞지 않는 일이라고 생각했다. 가끔 내뱉는 무이의 한마디 한마디가 화두가 되어 박히듯이 무이의 깨달음이 깊을지는 몰라도 그런 깨달음과 동떨어진 행동은 올바른 것이 아니기 때문이었다.

무이가 곧장 나오지 않자 원각은 삼포역을 향해 걸음을 옮기기 시작했다. 그는 마음을 굳게 다져먹었다. 무이한테 너무 의지하고 싶지 않았다. 무이가 곁에 없다면 솔직히 불안할 것이었다. 세상 속으로 들어가 본 경험이 없기 때문이었다. 누구를 만나고 몸을 어디에 뉘이고 어떻게 행동을 해야 하는지 일자무식인 것이었다. 그러나 이렇게 떠나 보는 길이 승려로서 본분을 망각하고 타락에 빠지기 위한 길이 아니기에 무이의 행동에 저항감이 일었다. 승려이기 이전에 한 인간으로서 자신의 '존재'를 찾아내고 이해하는 일이나 몸을 주신 부모를 통해 자신의 '존재'를 인식하는 일과는 다른 것이었다.

원각은 뒤도 돌아보지 않고 십여 분 남짓 걸어올랐다. 이제 어두운 기운이 저만치 몰려오고 있었다. 길을 따라 앞과 뒤로 둘러쳐진 병풍 같은 산쪽에서 어둠의 입자들이 스멀스멀 내려오고 있었다. 읍내 방향과는 반대쪽인 삼포역까지는 버스가 다니지 않기 때문에 밤길이 어두워도 걸어가야 했다. 원각은 술집에서의 일만 아니라면 기분 좋은 마음으로 무이와 함께 어릴 적처럼 걸었을 것이었다.

"이봐 원각이 천천히 가세."

무이가 제깐엔 걸음을 빨리했던지 숨을 헐떡이며 먼발치에서 소리쳤
다. 원각은 내심 반가운 마음이 들었으나 전혀 내색하지 않고 묵묵히
빠른 걸음으로 걷고 있었다. 무이가 손사래를 치며 자꾸 원각을 불러
세웠다.

"어이 원각이, 거기 서봐. 자넨 하나만 알고 둘은 모르네 그려."

"……."

무이는 숨을 몰아쉬며 이제 바로 뒤에 따라붙었다.

"머리 깎은 스님은 말이여, 어떤 경우에도 자비심(慈悲心)을 잃어서
는 안 되는 법이네. 비록 죄는 지을지언정 자비심을 저버리면 안 된다
는 말일세. 한 식경만 참았으면 좋았을 것을 그걸 참지 못해서 술집 보
살님한테 걱정만 끼쳐 드린 것이 아닌가? 모름지기 승려는 중생의 심정
까지도 헤아리고 헤아려야 하는 법이네."

"예끼 나쁜 사람 같으니, 적반하장이 따로 없네 그려. 사람 난처하게
만든 장본인이 누구인데 그런 소리 하는가? 곡차 삼아 마른 목을 축인
다손 화투패가 대관절 어인 말인가? 듣자하니 은사 스님께서도 그 집
출입이 있으신 모양인데 만약 나중에라도 우리가 화투패를 돌렸다는
말을 들어 보게. 운해 스님 체면이 뭐가 되겠는가? 우리는 명색 은사 스
님의 자식들이나 다를 바가 없는데……."

"원각이 자네 무슨 말을 하려는지 이해하네. 하지만 말이여 너무 성
급한 것은 사실이네. 우리가 아무려면 화투패를 돌리려 했겠는가? 그저
절간이 아니다 보니 자연스레 농이 오가는 것이지, 그리고 말이여 아까
그 보살도 우리한텐 부처나 다름없는 법이네. 말했잖는가 아까참에, 두
두물물이 부처님 아님이 없다……."

"터진 입이라고 함부로 말하지 말게. 어떤 부처가 화투패를 찾는다는
가? 그리고 절간이나 세상이나 승려의 본분이란 것은 다르지 않는 법이
지. 내가 비록 부모에 대해 간절히 만나고 싶은 마음은 있으나 이것이
승려의 신분을 버리거나 욕먹이기 위한 것이 아니라는 것쯤 무이 자네
가 더욱 잘 알겠지."

"알고 말고. 하지만 자네처럼 세상에 처음 발길 딛어 보는 스님들은
각별히 주의할 것이 있네. 그게 바로 아까 말한 자비라는 것인데 그중
에서도 인욕자비(忍辱慈悲)라는 것을 절대 잊어서는 안 된다는 말이네.
말하자면 온갖 모욕이나 박해, 고뇌도 인내하는 자비가 있어야 한다 이
말이네. 세상 사람들 만나다 보면 이제 숱한 일들을 겪을 터인데, 귀 막
고 눈 감고 입 다물고 살 수 없는 바에야……"

원각은 순간 정신이 번쩍 들었다. 무이의 깨달음은 역시 자신을 뛰어
넘는다는 생각이 들었다. 무이는 이미 그런 자비심까지 생각하며 행동
했던 모양이었다. 세상 속으로 들어가는 일이 그리 만만치는 않을 것은
분명할 것이었다. 세상 속으로 들어가는 승려가 세상 사람들을 외면하
고 생활할 수는 없는 일이기 때문이었다. 그럴려면 그들과 부대끼지 않
으면 안 되지 않겠는가. 원각은 미처 인욕자비까지 생각하지 못했다.

"미안하네 무이. 내 생각이 짧았구만. 무이 자네가 그런 생각까지 하
고 있는 줄은 몰랐어. 난, 정말 소견이 짧은 중인가 보네. 하지만 나를
너무 당혹하게 하지는 말게. 자네는 세상에 단련된 몸이지만 난, 이런
경험 처음 아닌가. 걸음마 떼는 아이란 말일세. 눈 감고 귀 막고 입 닫
고 살 수는 없지만 무이도 날 배려해 주게나. 내 말 알겠는가?"

"……"

원각의 말에 무이는 아무런 대꾸도 하지 않았다. 앞만 보고서 묵묵히 걷고 있었다. 원각이 무이의 옆모습을 얼핏 쳐다보니 무이의 꽉 다문 입술에서 술집에서의 무이를 발견할 수가 없었다. 무이는 사뭇 진지해 보였다.

"이 사람아, 갑자기 무슨 생각을 그리하는고?"

"……."

무이는 여전히 입을 다물고 있었다. 무이의 이런 태도가 원각은 싫지 않지만 영문을 모르는 일이었다. 대체 갑자기 입을 닫아 버리는 이유는 뭔가?

"무이, 자네 무슨 생각 골똘히 하는가? 무슨 말 좀 해 보게."

"불가득공(不可得空)!"

"……."

무이의 입에서 원각이 알아듣지 못할 소리가 튀어나왔다. 무이의 말에 이번에는 원각이 응답하지 못했다.

"입 닫고 생각 끊는 공(空)."

무이의 입에서 그런 설명이 있고서야 원각은 무이의 말 뜻을 알아들었다. 원각은 무이의 깨달음의 깊이에 놀라면서 곁눈질로 슬몃 쳐다보며 웃었다. 원각 역시 무이를 따라 더 이상 입을 열지 않고 묵묵히 걸었다. 생각을 전혀 하지 않고 오직 발걸음 소리를 들으면서 어둠이 점점 짙어가는 거리를 삼포를 향해 걸어오르고 있었다. 저녁 바람이 차갑다.

3. 見牛(견우: 소를 보다)

　견우(見牛)는 동자가 멀리 있는 소를 발견한 것을 묘사한 그림이다.
　이는 오랜 노력과 공부 끝에 마음을 조금 보는 단계에 들어가는 것이다.
　마음을 어느 정도 보긴 봤는데 완전하게 보지 못하고
　마음을 완전하게 보기를 그리워하는 단계이다.

희지도 않고 푸르지도 않네

삼포역 대합실에는 막차를 기다리는 사람들이 나무 의자에 앉아 열차를 기다리고 있었다. 겨울의 한기가 여전히 느껴지는 대합실은 장작 난로가 타고 있었다. 덜퍽진 몇몇의 사람들은 아예 장작 난로를 제것처럼 에워싼 채로 무어라 중얼거리고들 있었다. 원각은 그들과 거리를 둔 채로 묵묵히 서서 어둠 속에 밝혀진 가로등 불빛을 바라보고 있었다. 무이는 어느새 장작 난로가로 다가가서 이들과 어울렸다.

"오어사 무이 스님 아니당가유?"

서른 넘은 듯한 아낙이 손을 싹싹 비비면서 물었다. 무이를 정확히 알고 있는 눈치였다.

"예, 보살님. 어디 가시게요?"

무이는 합장반배를 하면서 아낙에게 되물었다. 원각은 가로등 불빛에서 시선을 거둬들여 장작 난로 쪽을 바라보았다.

"남편이 사고를 당해서 Y시 병원에 입원하고 있어서유. 사흘에 한번 올라가는구만유."

"아유 저런, 그래 많이 다치셨습니까?"

"뭐, 어지간 해유. 근데 읍내 가는 버스 안 타시고……."

"예, 저희도 밤 열차를 타고 싶어서 부러 걸어서 여기까지 왔습니다."

무이는 원각이 있는 쪽으로 시선을 한번 주면서 말했다. 날이 저문 탓인지 낮과는 달리 한기(寒氣)가 느껴졌지만 원각은 추위를 내색하지 않았다. 그렇다고 난로 곁으로 다가가고 싶지는 않았다. 무엇보다 막걸리 기운이 아직까지 남아 있어서 몸은 추워도 얼굴은 여전히 벌겋게 충혈된 느낌이었다. 원각은 시선을 거두어 역사의 창문 밖을 바라보았다. 여덟 살 무렵 무이와 더불어 어머니를 만난다며 무작정 여기까지 걸어왔던 기억이 또렷이 떠올랐다. 절간에서 그의 머리를 쓰다듬고 이름을 물었던 여자, 정말 그는 누구였을까?

잊을만 하면 머리를 불쑥 뚫고 올라오는 그림이 바로 그 여자의 얼굴이었다. 세월이 많이 흘렀지만 그 얼굴에 대한 이미지는 원각의 뇌리에 여전히 자리 잡고 있었다. 절간을 찾아오는 보살들의 얼굴에서 몇 번 그런 이미지를 느낀 적은 있지만 세월이 흐르면서 곱고 마음씨 착해 보이는 여자의 얼굴에서 똑같은 이미지를 느끼게 되었다. 그러니 모든 보살들이 자신의 어머니처럼 여겨진 적도 있었다. 그것은 다름 아닌 그리움이었다.

"원각이 이리 오게."

무이가 난로 쪽으로 오라고 턱짓을 하며 말했다. 원각은 사람들의 시선이 부담스러워 부러 등을 보인 채로 창 밖에 시선을 박고 있는 것인데 넉살 좋은 무이는 그런 시선쯤 안중에도 없다는 행동이었다.

"됐네, 춥지 않아……."

"이 사람아 감기 걸려, 아직도 반 시간 남짓 기다려야 하는 모양인데……."

"자네나 많이 쬐게……."

"에이 참 답답한 친구, 고집하곤……."

무이의 허물없는 성격이 원각은 문득 부럽다는 생각이 들었다. 승려로서 사람들과 격의 없이 어울리고 한데 너나들이 없이 말을 나누는 것이 결코 쉬운 일이 아니기 때문이었다. 같은 환경에서 살아온 처지이나 사람은 정말 어떻게 마음먹느냐에 따라서 삶의 방식을 바꿀 수가 있다는 것이 지금의 무이를 통해 증명되는 셈이었다. 원각은 승려로서 무이보다 나은 삶을 살고 있다는 생각은 한번도 하지 못했다. 비록 신분은 같은 승려이지만 삶의 가치나 방식은 제각각 다를 것이기 때문이었다.

막차가 닿았다. 원각과 무이는 사람들 속에 섞여서 열차에 올랐다. 차에 오른 승객은 삼포역에서 십여 명 남짓, 원각은 부러 차에 오르는 승객들을 피해서 다른 객실에 몸을 실었다. 이번에는 군말 없이 무이가 원각을 따라왔다.

"흐엇 참, 원각이 자네하고 열차를 타 보네."

두 개의 의자에 하나씩 차지하고 마주앉자 무이가 입을 열었다. 무이의 말마따나 원각은 정말 무이와 열차를 처음 타는 일이었다. 열차를 타 본 경험도 없지만 무이와 더불어 먼발치로 기적을 울리고 떠나가는 열차를 망연히 바라다보았던 적은 있었다. 물론 무이는 객승으로 떠돌면서 수없이 열차를 타고 내렸을 터이였다.

"그래 기분이 묘하구만. 까닭 모를 향수 같은 게 느껴진달까……."

"예끼 이 사람, 자네가 무슨 향수를 안다고, 자네나 내나 어린 시절이 며 동무가 없는데 무슨 향수란 말인가. 향수는 모름지기 어린 시절 함 께한 동무들이며 사랑앓이한 기억에서 나오는 것이라네. 자네한테 향 수는 어울리지 않아……."

"그래, 할 말이 없네. 아하, 이제 떠나네 그려. 참 기적소리 한번 좋 다."

열차가 출발하면서 뛰이 경적을 울리고 있었다. 원각은 그런 기적소 리가 정말 듣기에 좋았다. 영화에나 나올법한 장면 같다는 생각이 들었 다. 열차가 철로를 뒤로 밀어내기 시작하면서 멀리에 불빛들이 쏜살같 이 뒤로 밀려나기 시작했다. 원각은 차창 밖에서 시선을 떼지 못하고 있었다.

열차는 점점 속력을 내고 있었다. 무이는 원각을 넌지시 살피며 씨익 윗니를 드러내고 웃었다. 무이에게 원각이 이토록 흡족해 하는 모습은 처음이었다. 무이는 객승으로 사방천지를 떠돌면서 세상의 모든 풍광 들을 느끼고 다녔다. 가는 데마다 만나는 사람마다 제각각 느낌이 달랐 다. 무이는 그러면서 스님 노릇이 참으로 쉽지 않음을 깨달았다. 그것 은 몸에 두른 승려의 의복 때문이었다. 의복이 무엇보다 사람들과 경계 를 만들었다. 대중 속에 몸을 담그고 이제 대중의 마음마저 읽은 듯한 찰라에 일어나는 슬픔과 고독, 까닭 모를 그리움 같은 것들이 진정 의 복에서 비롯되는 것이었다.

"끊어질 듯 이어지는 불빛들이 참으로 정겹구만."

"원각이 자네 그렇게 좋은가?"

원각이 무이를 힐긋 쳐다보며 잇바디를 드러내고 웃었다. 우루루쿡 칙치치이, 율동적으로 반복되는 기계음들 또한 원각의 귀에는 정겹게 들렸다. 어둠 속에서 불쑥 스치고 지나는 민가의 불빛들이 마치 눈뜬 생명처럼 여겨졌다. 무디어진 원각의 감각을 일깨우며 마치 의식을 깨우듯 사라진 불빛들이 차창 사이로 불거지는 것이었다. 원각은 정말 눈앞에 펼쳐지는 이러한 순간들이 소중하게 생각되었다.

"그런데 어째서 외롭다는 생각이 들지?"

"흐흐, 이 사람아 스님 노릇 그리 쉬운 게 아니라네. 정겨운 것도 스님한테는 고독이요 기쁨도 스님한테는 슬픔이 되는 것이네. 내가 진작에 깨달은 것을 원각이 자네도 느끼네 그려."

"이게 다 망상 때문이 아닐까? 마음으로써 마음을 다스리려 하는 것. 이게 결국 게으름에서 오는 건데 게으름은 수행자의 업이 아닌가?"

"중이 외로운 건 혼자 떠돌아다니니 그런 거야. 외롭다는 것은 무엇인지 아는가? 가슴 저 밑바닥에 꿈틀거리는 슬픔이고 한이라는 것이지. 이건 토굴 속에서나 선방에서도 끊어지는 것이 아니라네. 모름지기 대중 속에 처(處)해 살아야 하는 것이지. 원각이 자네 마음은 지금도 절간에 얽매어 있어. 자네 그 몸뚱이는 여기 무이 옆에 이렇게 앉아 있지만 마음밭은 오매불망 부처님 아닌가?"

"……"

원각은 무이의 말에 대답하지 않았다. 무이의 말이 틀리지 않았기 때문이었다. 밤열차에 몸을 부린 그의 마음이 비록 정취를 느끼고 있을지라도 무이의 말처럼 이것은 껍데기에 불과한 것인지도 몰랐다. 가슴 저 밑바닥에서 일어서는 한 가닥 강렬한 의식은 소의 형상이었다. 그가 절간을 떠나올 때에 찾아 나선 것이 바로 소가 아닌가 말이다. 은사 스님한테 어리광을 부리듯 말한 꿈에 관한 것도 소가 아니던가? 아아, 원각은 무이의 말처럼 절간을 떠나올 때부터 줄곧 부처님을 생각했다. 그가 내뱉은 말은 어쩌면 지나친 과장이요 사치에 지나지 않는 것인지도 몰랐다. 아아, 나무관세음보살.

"소를 보는 사람은 적은데 소를 찾는 이가 많으니 그게 고통이지. 이봐 원각이. 사실 내가 말이야 여적 찾아 나선 것도 소였네. 그런데 말이야, 그 소를 찾을 수가 있어야지. 찾는 듯해도 곧장 도망치는 것이 소가 아닌가? 있는 듯해도 없고 잡은 듯해도 놓친 것이 소란 말일세. 내가 말이야, 우주 만물이 모두 나라는 사실을 요글막에서야 깨달았네. 아아, 나무관세음……."

무이의 말에 원각은 정신을 번쩍 차렸다. 무이의 입에서 소란 말이 튀어나왔기 때문이었다. 특히 놀란 것은 소에 관한 무이의 생각이 사뭇 깊다는 것이었다. 원각은 소에 관해 무이 같은 생각을 해 본 적이 없었다. 그는 다만 꿈에 나타난 소의 형상을 떠올리며 그의 본성을 막연히 찾으려 하고 지금 이렇게 출생에 관심을 가지면서 무작정 떠나온 길이 아닌가 말이다. 무이가 계속해서 입을 열었다.

"그리고 이건 노심초사 일러두는 것이라네. 이건 숫제 내 경험이네만 몸을 낳아준 생부를 만나고 생모를 만나고 형제자매를 만난다 하더라도 '나'를 알지 못하네. 아니 솔직히 말해서 더욱 미궁 속으로 빨려들게 된다네. 내게 그러한 것들은 그저 한번 스치는 인연에 불과한 것이지. 마치 우리가 들판을 벗어나 만났던 주모의 푸념처럼 말이야. 스님의 옷을 벗어부칠려면이나 모를까 너무 기대하지 말게."

"......."

무이의 말에 원각은 대꾸하지 않았다. 무이의 말은 정곡을 찔렀기 때문이었다. 그의 말이 공허한 소리로 들리지 않았다. 원각이 앞으로 겪게 될 것들을 미리 들려주는 것처럼 여겨졌다. 무이의 이런 깨달음이 부럽다는 생각이 들었다. 아아, 그럼에도 '소'의 자취를 찾고 싶은 강렬한 욕망이 가슴 저 밑바닥에서 꿈틀거리고 있었다. 무이의 말처럼 한 번 스치는 인연에 불과할지도 모르지만 가족을 찾고 싶은 것이었다.

"원각이 자넨 너무 산에만 박혀 있었어. 결제(結制)가 끝나면 절간 밖에 나와 봐야 해. 면벽참선하며 깨우쳤던 도(道)의 형상이 세상에 고스란히 녹아 있단 말일세. 머리 깎은 몸으로 절간에 머물지 않고 한사코 밖으로 도는 까닭이 바로 이것 때문이네. 선방에 떠도는 천 칠백여 화두의 대답이 그대로 세상에 박혀 있는 것이지. 부처, 부처, 부처, 대체 어떤 것이 부처인가?'

무이의 말은 매우 격앙되어 있었다. 마치 열띤 토론을 하고 있는 듯한 모습이었다. 원각은 무이가 이처럼 열정적으로 말하는 것을 처음 보았다. 무이의 말은 사뭇 깊은 데가 있어서 원각은 차츰 피곤기가 몰려왔지만 제어를 하지 못했다. 무엇보다 무이의 말이 쓸모없는 말이 아니라 깨달음의 깊이가 느껴지는 말이라서 원각은 긴장되었다.

"자네도 알지. 무엇이 부처인가? 라는 화두를 붙들고 한철 나며 터득한 것이 마른 똥 막대기라는 것을. 수많은 날들 졸리는 잠을 쥐어뜯으며 송곳으로 허벅지를 찌르며 터득한 것이 바로 마른 똥 막대기였어."

무이의 말에 원각이 입술을 힐죽거리며 웃었다. 여름 한철, 겨울 한철, 벽을 마주하고 앉아 풀리지 않는 공안(公案)을 붙들고 괴로움에 몸부림을 쳤다. 손에 잡은 듯해도 어느새 빠져나가 허망히 넓은 들판에 길을 잃고 앉아 있는 듯했다. 마른 똥 막대기를 비롯, 뜰 앞의 잣나무, 개가 불성(佛性)이 없다, 등등 머리에 송두리채 가득 채운 화두들이 떠올랐다. 원각은 입을 열지 않을 수가 없었다.

"경허당 큰스님 말씀이 생각나네. 대저 스님노릇이란 내 몸에 있는 내 마음을 찾는 일이라 하였지. 마음이 무엇인가 의심을 하여 고양이 쥐 잡듯이, 닭이 알 품듯이 간절히 의심해 나가면…… 결국 산은 깊고 물은 흐르고 새소리 사방에 울고 적적해 세상 사람은 오지 않는데 고요히 앉아 내 마음을 궁구하니 내게 있는 내 마음이 부처라고 말이야."

"흐읍…… 그렇지. 부처가 어디 특별한 데에 있다는가? 정말 내 마음이 부처이지. 내 마음이 한순간 부처가 되기도 하고 한순간 마구니가 되기도 하고 그저 어리석은 중생이 되기도 하고……."

열차는 산속을 달리고 있었다. 이제 멀리로 들락거렸던 인가의 불빛마저 종적을 감추고 창 밖은 오직 어둠 속이었다. 어둠 속을 뚫으며 앞으로 내달리는 밤열차는 마치 어리석은 중생들의 깨우침을 끊임없이 일깨워 주기라도 하듯 쉬임없이 질주했다. 원각은 눈꺼풀이 움직이기조차 싫을 정도로 무거워지기 시작했다.

"이봐 무이, 눈 좀 붙이세."

"자네나 실컷 주무시게. 이 몸은 원각이 자네 지켜야지. 바람난 노처녀 잘생긴 원각이 자네 입술 훔칠까 두렵네."

"예끼 이 사람, 농담 그만 하고…… 그나저나 우리 목적지가 어딘가?"

"목적지가 뭐 정해져 있남? 그저 발길 닿는 데가 목적지 아닌가? 맘 푹 놓고 눈 붙이게. 자넨 생각이 많아서 쉽게 피로해지는구만. 어서 눈 붙이라고, 이 열차가 우리를 피안(彼岸)으로 데려다 줄 걸세."

무이의 말에 원각은 씨익 웃으며 스르르 눈을 감았다. 이제 정말 머리를 쉬게 하고 싶었다. 절간을 떠나 수많은 생각들이 머리에 어지러워 쓰러질 지경이었다. 지금 무엇 때문에 어디로 가는지 알지 못했다. 오직 무이한테 의지한 길이 아니던가? 그런데 문득 한 가닥 머리를 붙들어 잡는 생각이 있었다. 읍내로 돌아가야 하리라는 생각이었다. 원각은 내려앉는 눈꺼풀을 덮으며 희미하게 읍내로 다시 돌아가야 한다는 생각을 하고 있었다. 그가 찾을 수 있는 소의 행방을 무슨 까닭인지 몰라도 읍내에서 찾을 수 있을 듯한 막연한 기대 같은 것이 있었다. 그것은 무이의 말 때문인지도 몰랐다. 등잔 밑이 어둡다는 말이 원각의 머릿속을 가득 채웠다. 가족을 찾으려거든 자기 몸 있는 데서부터 살펴라. 맞는 말이라고 원각은 생각했다. 근본이며 본성이며 하는 것들이 결국 자신을 떠나서는 결코 찾을 수가 없는 것처럼 말이다.

원각은 와자한 소리에 눈을 떴다. 열차는 이미 목적지에 닿아 있었다. 눈을 떠 보니 무이 역시 마악 눈을 뜨는 중이었다.

"서두를 거 없어. 여긴 이미 종착역이잖아. 우리야 뭐 딱히 정해놓은 시간도 아니니 공연히 서두를 것이 없네. 저거 보게, 어디로들 가는 중생들인지 저리 걸음들이 바빠. 참으로 활력 있는 모습들이지만 어찌 보면 비정해. 여긴 숫제 개찰구 빠져나가는 것도 경쟁사회란 말일세. 그러니 먹고 사는 일은 피가 터지는 일이 아니겠어?"

무이의 말에 원각은 고개를 끄덕여 주었다. 삶의 치열한 장면을 보는 듯한 느낌이었다. 원각은 찌뿌둥한 몸을 털어내며 바랑을 어깨에 메었다. 객차 안의 승객들은 모두 빠져나가고 이제 원각과 무이 두 사람 뿐이었다. 매케한 냄새가 차의 사타구니 아래쪽에서 올라와 코를 자극했다. 매무새를 가다듬고 승강대의 계단을 걸어 내려왔다. 몇 시간을 달린 열차가 숨에 가쁜 소리로 헐떡거리고 있었다.

개찰구를 빠져나와 둘은 무작정 걸어 올랐다. 도시의 불빛들이 새벽임에도 어지럽게 빛나고 있었다.

"어디로 가는 건가?"

무이가 마침내 입을 열었다. 무작정 절간을 나선 몸이 이런 낯선 도시의 새벽에 어디로 갈 것인가?

"내가 말했잖는가? 피안으로 간다고……."

"이 사람아 농담 말고……."

"이만 몸 하나 눕힐 데는 충분하니 걱정 마시고 잠자코 따라오기나 해."

무이의 말에 원각은 더 이상 묻지 않았다. 무이가 이끄는 대로 걸음을 옮겨놓았다. 그런데 어느 순간 무이가 어둠침침한 골목길로 접어들었다. 가로등도 저만치서 가물거리는 데다가 건물과 건물이 거의 손을 뻗을 듯이 닿아 있는 비좁은 골목이었다.

"어디로 가는 것인가?"

원각이 염려하는 목소리로 물었다. 어두운 골목으로 들어서는 느낌이 좋지 않았다. 골목의 저편에서 웅성거리는 소리가 들려오고 있었다.

"으응, 내 단골집……."

"자네 단골집? 그게 어떤 집인데……."

"이 사람, 눈치코치 없네 그려. 자네 한번도 가 보지 못한 데여. 그러니 피안이라 하는 것 아닌가? 자네 피안 아직 안 가 봤잖나……."

"그만 둬, 이 사람 순……."

원각은 그적에서야 무이의 의중을 알아챘다. 어둑신한 분위기가 어쩐지 음탕한 습지의 냄새를 풍기고 있었다. 머리 깎은 승려가 여자라니, 정말 가당찮은 일이라 원각은 생각했다.

"이봐, 원각이. 이걸 모르고선 인생을 절대로 알지 못해. 자네 산속에 틀어박혀 아무리 참선을 해도 소는커녕 강아지 뒷다리도 만지지 못해. 부처가 왜 마른 똥 막대기 된 줄 아는가? 부처도 여자를 안았거든……."

"예끼 사람, 부처를 능멸하지 말게나. 자네 오늘 보니 구업을 많이 짓네. 부처를 능멸하면 삼대가 벌을 받아 이 사람아."

"흐하하하, 스님 신분에 삼대가 웬말인가. 난, 부모는 있네만 자식은 없으니 그 말 또한 빈말이로구만. 흐하하하……."

무이는 거침없이 웃고 있었다. 원각은 입을 다물어 버렸다. 승려가 절간을 벗어나는 일이 얼마나 큰 시련인지 깨달을 것만 같았다. 무이에게 모든 것을 의지하고 있던 자신에게 문제가 있다는 생각이 들었다.

어두운 골목의 중간쯤 들어오자 다른 골목들이 열십자로 뻗어 있었다. 이제부터 골목을 따라 좌우로 네온싸인 불빛들이 빛나고 있었다. 늘어선 불빛들이 어지럽게 흔들리고 있었다. 원각은 순간 현기증이 일었다. 어깨에 둘러멘 바랑을 숨겨 버리고 싶었다. 불빛들 속에서 가녀린 여자들이 들어오라는 손짓을 보내오고 있었다.

"스님, 쉬어 가세요."

"들어와 봐, 잘해 줄게. 어머 고운 스님이시네."

주절거리는 여자들을 힐끗 쳐다보던 무이가 원각에게 말했다.

"원각이 어때? 피안이 맞지?"

"시끄럽네. 어서 아무 데나 들어가 눈이나 붙이세. 이건 숫제 마구니 판이로구만."

"난생 처음 보는 별천지니 분명 피안이 맞지. 이래 봬도 말이야, 저 여자들이 인생은 우리보다 한 수 위야. 저것들은 승려라면 사족을 못 쓰지만 내심 우릴 얕잡아 보거든, 하는 거 없이 돈이나 쓰고 다니는 놈들이라고……"

"그러게 이 사람아 왜 이런데 둥지를 틀려고 그래? 자넨 절간보다 절 밖에 있는 시간이 많은 사람 아닌가? 그래 겨우 등 붙일 데가 이런 작부집이란 말인가?"

원각의 말에 무이의 입가에는 주름이 잡혔다. 무이는 이번엔 전혀 대꾸하지 않은 채 성큼성큼 골목 깊숙이 걸어 들어갔다. 무이의 기세에 억눌려 원각은 더 이상 말하지 않았다. 지금의 상황을 어떻게 벗어날 수가 있단 말인가? 원각은 여기를 벗어나 혼자서 어디로 갈지 정말 아득하게 여겨졌다.

"어머 스님 오셨네."

"그간 잘 있었는가?"

유리문을 열고 들어간 곳은 무이의 단골집인 모양이었다. 무이는 마치 큰고모처럼 보이는 여자한테 반말을 했다. 원각은 무이의 이런 행동이 믿기지 않았다. 무이의 행동이 거침이 없었다 하더라도 이런 모습은 상상하지 못했다. 그런데도 정말 모를 일은 무이의 당당한 태도였다.

동료 앞에서 체면 따위 아랑곳하지 않고 거침이 없는 무이의 태도를 어떻게 이해해야 한단 말인가? 한마디씩 던지는 말은 번득이는 깨달음의 경지에서 나온 듯한 말이어서 원각은 더욱 머리가 어지러울 뿐이었다.

"스님, 그간 어디 계셨나요?"

"무간지옥……."

"에이 스님 지옥이라니, 지영이 불러와요?"

"서방이 왔는데 당연지사지. 그건 그렇고 내 절간 동무인데 누가……."

"에이 됐네. 난, 그저 잠이나 한숨 붙이려네."

원각은 무이의 말허리를 잘라 버렸다. 꼼짝없이 오입질 하러 들어온 잡승처럼 비쳐지는 것이 죽는 것보다 싫었다. 사람의 일이란 참으로 묘연한 것이라는 사실을 문득 깨달았다. 사람의 몸을 어디에 두느냐에 따라서 이토록 처지가 달라지는 것이로구나. 원각은 여차직하면 달아날 생각마저 하고 있었다.

"잘생긴 스님이 혼자 주무시면 우리 같은 년들한테 죄를 짓는 거예요. 제일 예쁜 아이 넣어드릴 테니 절간에서 쌓은 공덕이나 베풀고 가세요."

"흐하하, 우리 보살님 부처 다 됐네. 그래 오늘 신방이나 꾸리세."

"여부 있나요. 자, 어서 안으로 드시죠."

여자는 밀폐되어 바람 한 점 불지 않을 듯이 낮고 탁탁한 데로 안내했다. 방들이 붙어 있고 방들을 희미하게 촉수 낮은 전구가 비추고 있었다. 문을 열면 마치 더는 살아서 빠져나오지 못할 듯이 막막한 데였다. 무이가 이런 데를 전전했을 생각을 하니 갑자기 화가 치솟았다.

"우선 이 방에 함께 들어가 계세요."

"술상이나 하나 받읍시다. 우리 친구 색시도 불러줘요."

무이의 말에 여자는 고개를 숙여 답례하며 자리를 떴다. 무이가 원각의 옷소매를 덥석 그러잡으며 방 안으로 들어갔다. 좁은 복도와는 달리 생각보다 쾌적해 보이는 방이었다. 뜻밖에 아늑하다는 생각이 들었다. 한번 들어가면 더는 살아서 나오지 못할 것 같은 좀 전의 생각은 기우에 지나지 않았다. 아아, 대체 삶이란 알 수 없는 것이구나. 원각의 입에서 하마터면 탄식의 소리가 빠져나올 뻔했다.

원각은 어리둥절한 표정으로 방 안을 살펴보았다. 화장대와 경대가 윗목으로 놓여 있고 이동용 옷걸이에는 숙녀복과 잠옷 차림의 얇은 옷들이 걸려 있었다. 화장대 위에 인조로 만든 꽃병도 보였다. 방 안은 정말 아늑하게 느껴졌다. 여기에 몸을 눕히면 금방 편안한 잠 속에 빠져버릴 것만 같았다.

"자넨 처음이라 놀랄만 하네."

"무이 자네 여기 자주 들락거린 모양이야."

"자주는 아니네만 가끔. 나도 사람인데 그리울 때가 없을라구. 그런데 자네가 하나 명심할 것은 중생이 부처라는 것이네. 중생이 사는 데가 또한 극락도 있고, 그래 여기가 내겐 피안이나 다름없는 법이지. 참으로 세상이라는 것은 천당과 지옥이 따로 있지 않는 듯하더이……."

무이의 말에 원각은 별반 대꾸하지 않았다. 무이의 말이 그르지 않는지도 몰랐다. 이 작고 어두운 한 공간에도 이렇듯 밝음과 어둠의 마음이 교차하지 않는가? 원각은 정말 복도를 걸어올 때의 마음과 방 안에 들어올 때의 마음이 천당과 지옥의 마음을 품고 있는지도 모른다는 생각이 들었다.

"지영이란 아이를 알았어. 이태 전쯤…… 스물두엇쯤 먹었을까. 작고 귀여운 게 속까지 깊은 데가 있는 아이라네. 하지만 정 같은 건 주지 않아. 어차피 한 곳에 안주하지 못할 팔자들이니까. 그저 함께 있을 때나 그만이지. 우리같이 떠도는 운수납자들은 더욱 그렇네."

"……."

"자넨 똥맛을 모르지? 피안에서 느끼는 똥맛, 그만이야. 난, 승려가 되길 정말 잘했어. 흐하하하……."

원각은 무이를 힐긋 바라보았다. 무이의 말을 얼른 알아들을 수가 없었다. 똥맛은 무엇이고 승려가 되기를 잘했다니…… 원각의 생각에 무이는 승려가 되었던 것을 가슴치고 후회하는 편이 어울릴 것 같았기 때문이었다.

"똥맛이라니…… 그게 무슨 말인가?"

"지옥까지 보았다는 말이지. 이층을 만들 때는 천당이요 내려오면 지옥이야. 그게 한순간에 일어나니 성불을 하지 못하는 것이야."

"이층이 뭔데?"

"흐하하하…… 자넨 역시 절간이 어울려. 아니 아무리 절간에 틀어박혀 살았더라도 이층을 모른다니, 춧춧……."

"……."

원각은 의아한 표정으로 무이를 바라보았다. 대체 무슨 말을 하고 있는 것인가? 원각은 순간 체면이 상했다. 무이가 마치 자신을 어린애 취급하고 있는 것이었다.

"여자 배 위에 올라가는 거……."

"예끼 이 사람아, 구업을 지어도 유분수지, 감히 먹물옷 걸친 승려가 어찌 그런 불경스런 말을 입에 담는가?"

원각은 무이의 말에 정말 놀랐다. 저도 모르게 얼굴이 붉어 올랐다. 태연히 그런 말을 입에 담는 무이의 태도에 잠시 어리둥절할 뿐이었다.

"흐하하하, 자네 정말 고상한 사람이네. 이것 봐, 사람이 어디서 왔는 가? 이층을 지어서 만든 게 사람이 아닌가? 자네가 소를 찾아 나선 것이 무엇이던가? 바로 자네 낳아준 근본을 찾으려는 것이 아니던가?"

"당치 않는 소리…… 나, 일어서려네. 자네 정말 생각보다 많이 변했 구만. 그런 몸으로 어떻게 절간을 찾아온단 말인가? 무이한테 실망했 네."

원각은 바랑을 걸쳐메고 일어섰다. 그런데 바로 그때 문이 열리며 고 운 색시 둘이서 방긋 웃는 얼굴로 인사하는 것이었다.

"무이 스님 오셨네요. 얼마나 기다렸다고…… 안녕하세요. 처음 뵙네 요."

"지영아 오랜만이다. 이쪽은 내 친구 원각 스님……"

무이의 소개에 원각은 얼굴이 더욱 벌개져 버렸다. 절간 보살과의 통 성명이 아닌 작부와의 통성명이라니. 지영이란 여자가 무이의 이름을 입에 담을 때에 원각은 정말 얼굴이 화들짝 달아올랐다.

무이의 소개에 지영은 방긋 웃으며 원각을 바라보았다. 술집 작부답 지 않게 순한 이미지를 하고 있었다. 지영이란 여자 곁에서 원각을 뚫 어지게 바라보는 여자가 원각에게 사분히 머리를 숙여 인사를 했다.

"안녕하세요. 옥화(玉花)라 합니다."

"……."

90 심우도

원각은 여자의 말에 어떻게 대꾸할 바를 몰랐다. 승려 신분을 떠나 숫제 이런 경험이 없어서 난감했기 때문이었다.

"흐어참, 우리 옥화 무색하게…… 이 사람아 인사는 받아야지."

"제가 마음에 안 드나 봐요. 난, 스님이 마음에 드는데……."

"아, 그게 아니라…… 저, 머리 깎은 승려가 도리가 아니기에……."

원각은 겨우 말꼬리를 흘리며 이렇게 말했다. 상황이 급작스레 수렁으로 빠져드는 데에 스스로 놀라고 있었다.

"흐어참, 자네 혼자 우리 불교 운명 짊어진다는가? 대한민국 불교가 참으로 전도양양이로고. 정히 그리하면 떠나게나. 난, 지옥에 떨어질망정 천당 구경은 한번 하고 가야겠어. 까짓거 성불(成佛)이 뭐 대수라는가? 그저 원하는 자한테 베푸는 것도 성불은 성불이지. 이봐 지영아 아니 그러냐?"

"예 맞습니다, 스님. 원각 스님이 처음이라 낯설어서 그러는 모양이예요."

"어서 술상이나 드려와, 까짓것 먹고 마신 것이 남는 것이니까……."

"예 그러지요. 잠시 기다리세요."

지영이 나가면서 옥화에게 눈짓을 했다. 옥화가 수줍은 듯이 한번 고개를 끄덕이며 웃었다. 원각은 숨을 길게 내쉬었다. 대체 일이 어떻게 되어가는 것인지 모를 일이었다. 스스로 수렁에 들어왔으니 수렁에 빠지는 일은 당연한 일이었다. 여기를 벗어나야 수렁을 모면할 터인데 원각은 참으로 처지가 난처할 지경이었다.

무이가 잠시 벌렁 드러누웠다. 무이의 바랑이 저만치 곤두박쳐 있었다. 옛날의 무이가 아니라고 원각은 생각했다. 무이의 깨달음이 아무리 깊다 하나 이런 행동은 깨달은 자의 행동이 결코 아니라는 생각이 들었다.

"아아, 나무관세음보살······."

무이의 입에서 연신 그런 소리가 튀어나왔다. 원각은 이제 정말 여차직하면 달아날 생각을 하고 있었다. 옥화의 숨소리가 옆에서 들렸다. 옥화의 몸은 얼핏 보니 정말 고왔다. 식장에 처음 얼굴을 내민 신부처럼 눈이 부셨다. 하얀 분칠을 바른 얼굴에 콧날이 오똑해 보였다. 그윽한 눈빛이 순간 원각을 응시하고 있었다. '옥화' 라는 이름처럼 마치 구슬 같고 벌을 유혹하는 꽃만 같았다. 원각은 머리에서 빙글거리는 이런 생각들을 털어내려고 고개를 뒤로 젖히면서 닭이 홰를 치듯 몸을 한번 털어냈다.

한순간이 무료해서 손을 어디에 둘지조차 모를 지경이었다. 승려 생활을 하면서 이처럼 객쩍은 경우는 아마 처음이었다. 은사 스님이 지금 이런 사실을 알면 대체 얼마나 망연자실할 일인가 말이다.

"스님, 겉옷이나 벗어주세요."

옥화가 객스런 분위기에 파문을 날리듯 가만히 미소를 지면서 말했다. 원각은 겸연쩍은 기분에 두루막을 벗어 윗목에 접어두었다. 옥화가 원각의 겉옷을 집어들어 옷걸이에 걸고 있었다. 무이의 겉옷과 나란히 두 팔을 벌리고 옷걸이에 걸렸다. 무이는 이미 두루막을 벗어 이동식 옷걸이에 걸쳤던 것이다.

그런데 정말 까닭 모를 일이었다. 옥화가 겉옷을 매무시하여 옷걸이에 걸고 있는 모습을 보는 순간 원각의 머릿속에 어째 그때 그 여인이 생각났을까? 어린 시절, 절간에 찾아와 머리를 쓰다듬으며 이름을 물었던 여인이 뜻밖에 생각났던 것이다. 어쩌면 어머니였을지도 모른다고 생각해 왔던 그 여인이 어째서 옥화라는 작부를 통해 떠올랐단 말인가? 대체 사람의 일이란 알 수 없는 일이었다. 그때 절간에서 만났던 여인이 마치 옥화처럼 고왔던 것일까? 원각은 자신보다 어린 옥화를 통해 어머니를 떠올리자 피식 웃음이 삐져나왔다.

"후……."

"스님, 지금 웃으셨어요?"

원각이 고개를 끄덕여 주었다. 이런 정황이 갑자기 웃음을 자아내게 만들었다. 그런 생각을 하니 옥화가 작부처럼 여겨지지 않았다. 정말 사람의 마음이란 간사하기 그지없구나, 하고 원각은 또한 생각하고 있었다.

"왜요?"

"그냥 웃었어요."

"에이 스님, 그런 게 어딨어요?"

"……."

원각은 대답 대신에 옥화를 바라보고 웃었다. 이번에는 옥화가 이를 하얗게 드러내고 웃었다. 옥화의 볼에 가늘게 우물이 패여 보였다.

"후후, 첫사랑 생각났어요 스님?"

"……."

원각은 대답 대신에 입가에 주름이 잡히도록 미소를 지었다. 옥화가 눈을 찡긋 하며 원각에게 미소의 답례를 보냈다. 한순간 말을 통하지 않고도 이렇게 소통할 수 있다는 사실이 원각은 신기할 뿐이었다. 이심전심이요 염화미소, 라는 말이 생각났다. 원각은 순간 옥화에게 부처님의 가호가 깃들기를 마음속으로 발원했다.

옥화의 말처럼 정말 첫사랑이 생각난 것인지도 몰랐다. 절간에서 원각이 처음 만났던 그 여인은 분명 첫사랑이었다. 그 후 정말 몸살이 날 정도로 그 여인을 그리워했으니까 첫사랑이라는 말이 옳을지도 몰랐다. 이성을 그리워할 이유가 없었던 원각에게 분명 어머니의 존재는 첫사랑에 다름 아닌 것이었다.

문이 열리고 술상이 들어왔다. 작은 교자상에 십여 가지 되는 음식들이 정갈하게 자리를 잡고 있었다. 술상이 들어오자 벌렁 드러누워 있던 무이가 본능적으로 일어났다. 원각이도 음식 냄새를 맡으니 갑자기 식욕이 꿈틀거리기 시작했다.

"스님, 제 잔부터 받으시지요."

지영이 무이한테 정갈한 자태로 술잔을 건넸다. 무이는 전혀 낯설지 않은 자세로 지영의 잔을 받아들었다.

"그래, 오늘 술맛 좋겠다. 지영이가 더 예뻐졌네."

"아이 스님도……."

"원각 스님, 제가 잔을 올려도 되지요?"

옥화가 원각을 향해 말하면서 원각의 대답이 있으나마나 잔을 불쑥 건넸다. 무이와 지영이 나란히 앉은 채로 원각을 바라보며 씨익 웃었다. 무이가 턱짓으로 얼른 잔을 받으라는 신호를 보냈다. 원각은 객스러움에 일단 잔을 받아 두기로 마음먹었다.

"스님은 경험이 없으신가 보네. 어머 이 손 떨리는 것 좀 봐……."

"……."

원각은 다시 얼굴이 붉어 올랐다. 정말 손마저 떨리고 있었다. 그런데 이러한 떨림은 불안해서가 아니라 이상한 떨림이었다. 가늘고 길쭉하게 뻗은 옥화의 손가락을 보자 원각의 가슴이 뛰기 시작했다. 원각의 잔을 채우고 불쑥 잔을 집어 들어 원각의 가슴께로 들이밀었다. 원각은 여전히 떨리는 손놀림으로 옥화의 잔을 가득 채웠다.

"자, 우리 넷이서 오늘 의기투합하는 날이야. 입 떼지 말고 한번에 비우기."

"아, 좋아라……."

지영이 설레발을 치는데 옥화는 마치 부처 같은 미소를 띠며 고개를 끄덕거린다. 일제히 잔을 한데 모아 건배를 외쳤다. 원각은 시늉으로 잔을 가져다 대었다. 이들의 분위기를 혼자서 깨고 싶지 않았다.

"어때, 술맛 좋지?"

무이가 원각에게 물었다. 원각은 대답하지 않았다. 술잔을 비워내자 옥화가 다시 술잔을 채웠다. 그러면서 옥화는 자신의 잔에도 스스로 잔을 채우고 있었다.

"어떻게 승려가 되셨나요?"

지영이 원각에게 물었다. 원각은 지영을 바라보았다. 무이의 옆에 기댈 듯이 다소곳하게 앉아 있는 지영이 마치 무이와 오누이 같다는 생각이 들었다. 지영의 물음에 원각은 적이 당황했다. 승려로 살아오면서 자신에게 누가 이렇게 물어오기는 처음이기 때문이었다. 절간에만 있었으니 당연한 것인지도 모르지만 지영의 물음에 원각의 몸이 약간 움츠러들었다.

"머리 깎은 스님들이야 사연이 있게 마련이야. 자, 그런 얘기하지 말고 술이나 마셔. 술을 마시다 보면 부처를 만나는 법이니까……."

"……."

원각은 머릿속이 어지러웠다. 한순간에 절간에 몸담은 자신의 지난 날들이 주마등처럼 떠올랐다. 대체 무엇을 위해 그토록 산속에서 치열하게 살았던가? 그래서 지금 대체 무엇을 터득하고 무엇을 느꼈는가 말이다. 원각은 절로 한숨이 흘러나왔다. 지영이 원각에게 말했다.

"스님, 한숨 쉬지 말고 첫사랑 얘기나 해 주세요."

"……."

"첫사랑이라…… 이 친구한테 첫사랑은 없어."

"에이 스님 아무려믄……."

"숫제 절간에서 살았는데 어떻게 첫사랑이 생긴단 말이냐? 임을 봐야 뽕을 따는 것이 진리거늘……."

"어머 정말 그러셨어요? 절간에만 계셨어요?"

"……."

옥화의 말에 원각은 대답 대신에 고개를 끄덕여 주었다. 사람들이 말하는 '첫사랑' 이란 원각에겐 사치스런 말이었다. 살아온 평생을 절간에 두어도 부처를 만나지 못했는데 감히 어떻게 '첫사랑' 을 만들 수 있단 말인가? 무이의 말처럼 임을 봐야 뽕도 따는 것이 아닌가. 그런데도 '첫사랑' 이란 말을 들으니 원각의 가슴이 두근거리기 시작했다.

"아, 아까워……."

"옥화 네가 앞으로 잘해 봐, 사람 일은 모르니까……."

"무이 이 사람, 사람 민망스럽게……."

무이의 말에 원각은 얼굴이 화끈거렸다. 옥화도 얼굴을 매만지며 수줍은 태를 내고 있었다. 무이의 잔은 채우기 무섭게 비워졌다. 무이는 정말 술을 마시려고 작정한 사람 같았다. 무이의 한쪽 팔은 이미 지영의 어깨를 휘감고 있었다.

"누군가를 사랑하는 거 좋은 거야."

"난, 사랑받는 게 제일 좋은데……."

지영이 애교를 부리듯 말했다.

"그건 이기적인데…… 나도 한때 그런 적이 있었지. 승려의 몸은 사랑받지 못한다는 사실을 사춘기 때에 깨달았지. 정말 미쳐 버리겠더라구. 평생 여자의 사랑 한번 받을 수가 없는 몸, 그땐 왜 몸뚱이가 그렇게 큰 문제가 되었는지……."

"그래도 스님은 첫사랑도 있잖아요."

"흐하하하, 그야 세상에 발을 들여놓으면서 그랬던 일이고……."

"무이 스님 첫사랑 얘기 듣고 싶어……."

"에이 옥화 넌, 분위기 파악을 못해. 무이 스님 첫사랑 매번 바뀐지 알면서…… 원각 스님 첫경험 얘기나 들어 보자구요."

"후하하하……."

일제히 웃음을 쏟아놓았다. 원각은 벌써 여러 잔의 술잔을 비웠다. 얼굴이 벌겋게 달아올랐다. 머리가 빙글빙글 도는 느낌이 들었지만 정신의 가닥은 똑바로 잡고 있었다. 옥화의 얼굴도 술기운이 번져 불그스름하게 보였다. 첫사랑이 아니라 이젠 숫제 '첫경험'을 듣고 싶다니 지금 이 방에 마구니가 들끓고 있다는 생각이 들었다.

그런데 무엇이 원각의 마음을 순간적으로 움직였던 것일까? 원각의 입에서 갑자기 이런 말이 튀어나온 것이었다.

"나도 첫사랑이 있어요."

"어머머, 정말?"

"어서 얘기해 줘요."

지영과 옥화는 즐겁다는지 앞 다투어 입들을 열었다. 원각의 말에 무엇보다 놀란 사람은 무이였다. 무이는 입술로 가져가려던 술잔을 탁, 하고 자리에 놓으며 원각에게 시선을 돌렸다. 무이의 입은 반쯤 벌어진 상태였다.

"나는 참으로 이른 나이에 그리움을 알아 버렸어요."

"……."

원각의 말에 무이는 아무런 대꾸도 없이 입을 다물지 못한 채 멀뚱히 바라보고 있었다. 원각이 절간에서 수행에만 전념한 것으로 여겨왔던 무이에게 이것은 대단히 놀랄만한 사건이 아닐 수가 없었다. 무이는 자신이 절간 밖에 나돌아다닐 때에 원각이 역시 절간 안에서 이성의 문제로 방황했던 것인지도 모른다는 생각을 순간적으로 하고 있었다. 그런데 참으로 이른 나이에 그리움을 알았다는 말은 정말 얼른 이해가 되지 않았다. 지영과 옥화 역시 이번에는 입을 떼지 않고 멀뚱히 원각에게 시선을 고정하고 있었다.

"여덟 살 무렵이었지 아마……."

원각은 당시를 회상하려는 듯이 눈을 지그시 감고 있었다. 원각의 머리가 촉수 낮은 전등불 아래서 가만히 흔들리는 느낌이었다.

"여덟 살요?"

"어머머머…… 못된 송아지 엉덩이에 뿔이 난다더니……."

지영과 옥화가 한마디씩 거들었다. 원각의 이 말에 무이는 잠시 생각을 가다듬었다. 무이는 아직 원각이 무슨 말을 하려는 것인지 알아차릴 수가 없었다. 무이는 바닥에 놓인 술잔을 덥석 입으로 가져다가 단숨에 비워내며 원각을 응시하고 있었다.

"고운 여인이 내 앞에 나타났어요. 나는 그토록 고운 여인을 보지 못했지요. 정말 고운 여인이었어요."

"홋하하, 여덟 살짜리 아이가……."

지영은 믿기지 않는다는 표정이었다. 지영의 말에 원각은 윗니가 보이지 않을 정도로 미소를 지어 보였다. 사람들의 상식으로 보면 당연한 일이었다. 그러나 무이는 이제야 원각이 무슨 말을 하려는 것인지 알아차린 사람처럼 천천히 고개를 끄덕였다.

"맞아요. 여덟 살짜리 아이의 눈에 여인은 너무 눈이 부셨지요. 그날 이후, 나는 정말 열병을 앓았어요. 그 여인이 정말 그리웠지요. 그 여인을 그렇게 잊지 못하리라는 것을 그땐 알지 못했던 일입니다. 그러니 저로선 첫사랑이라 할 수 있지요."

"스님, 지금 그 여인은 어디에 있나요? 지금도 생각하고 계시나요?"

옥화가 조심스럽게 물었다. 원각은 천천히 고개를 끄덕여 주었다. 무이는 스스로 잔을 채운 다음 단숨에 잔을 비워내고 있었다.

"그 여인이 어디에 있는지 알지 못해요. 그래서 마음먹고 이번 기회에 그 여인을 찾아 나선 것이지요. 나무관세음보살……."

"어머나, 그러니까 스님이 첫사랑 찾아 나섰다구요?"

"예, 못난 스님이지요."

지영의 대꾸에 원각이 대답을 했다. 무이가 원각에게 잔을 건넸다. 무이는 원각이 지금 누구를 그리워하고 있는지 이미 알아차리고 있었다. 원각에게 그 보살은 정말 한없는 그리움의 대상이 되었는지 모른다. 무이도 기억하고 있는 일이었다.

"스님, 첫사랑은 가슴에 품고 있어야 한대요. 다시 만나는 순간 그 사람에 대한 환상이 깨져 버린답니다. 그런 생각하지 마시고 오늘 우리 옥화하고 잘해 봐요. 이래 봬도 얘가 순정파라니까요. 까르르……."

"어머, 언니는……."

지영의 말에 옥화는 수줍은 태를 내고 있었다. 술집에서 노는 여자답지 않은 태도지만 옥화의 얼굴을 자세히 들여다보면 순진한 구석이 있었다. 입가에 생기는 흐릿한 볼우물이 그런 느낌을 풍기게 하는 것 같았다. 원각은 얼굴이 화끈거렸다. 옥화라는 아이와 자신을 연결함에 따라서 까닭없이 가슴이 뛰었다.

"됐어. 농담들 그만하고 어서 술들 마셔. 오늘 아예 마시고 죽어 버리자고……."

"우와아, 우리 스님은 정말 화끈해서 좋더라. 그래요, 어디 술이 이기나 사람이 이기나 한번 배 터지게 마셔 보자구요. 까르르……."

지영이 말하면서 자신의 잔을 단숨에 비워냈다. 시간이 흐를수록 이상하게 원각은 자리가 편해지는 것을 느꼈다. 술잔을 받아 목구멍에 처음 술을 넘길 때가 문제더니 한번 그러고 나니 마셔 보지 못한 술이지만 뜻밖에 목에 달라붙었다. 우선 술이 맑고 순했다. 절간에서 제를 올릴 때에 몇 번 혀 끝으로 맛을 보았던 적이 있었다. 술이 들어갈수록 이제 상대에 대한 경계심이 한결 풀어졌다.

그런데도 원각의 마음 한구석에 단단히 뿌리박은 것이 있었다. 절간 떠나온 지 얼마나 되었다고 벌써 술주정에 계집질이란 말인가? 가슴속에서 끊임없는 목소리가 질타하고 있었다. 술의 힘을 빌어 애써 외면하고 있지만 한구석엔 범죄를 판결하는 단사비구(斷事比丘)의 목소리가 우렁우렁 올라오고 있었다.

"자, 마시게 원각이. 자네 마음 알아……."

"고맙네 무이. 역시 자네밖에 내 마음 몰라……."

원각은 무이의 마음을 이미 간파하고 있었다. 그가 그리워하며 말했던 '첫사랑'이란 여인이 누구를 의미하는지 무이가 정확히 이해하고 있다고 생각했다.

"무이 자네 행복한가?"

"어머, 스님……."

어울리지 않는 대화라는 듯이 지영이 주절거렸다. 지영의 말을 전혀 개의치 않으며 무이가 말했다.

"모르겠어. 난, 정말 뭐가 뭔지 모르겠단 말일세."

원각이 무이더러 행복한가 물었던 것은 가족을 만난 것에 대한 지금의 심정을 물었던 것이었다. 그런데 무이의 입에서 이렇게 뜻밖의 대답이 나오고 있는 것이었다. 원각은 무이로부터 행복하다는 대답을 듣고 싶었기 때문이었다.

"하기사, 수행하는 승려 주제에 행복이 가당찮은 얘기지……."

"스님이라고 행복하면 안 되나요 뭐."

지영이 끼어들었는데 틀린 말은 아니었다. 승려도 행복할 권리란 있는 것이었다. 수행정진하는 일이 수고로운 일이기에 애시당초 승려에게 '행복'이란 것은 사치에 지나지 않는지도 몰랐다. 몸과 입과 뜻으로 짓는 악업을 방지하기 위해 끊임없이 가르침 받았던 계학(戒學)이 무색할 지경이었다.

"난, 이제 마음을 비우고 살아……."

"흐허, 언제 무이가 그럼 마음을 채웠던 적은 있고?"

원각의 눈에 무이처럼 소탈한 승려는 없어 보였다. 무이는 정말 한 치의 욕심도 없는 사람이었다. 이름도 명예와 부(富), 승려로서 깨달음의 욕심마저 없는 사람, 그야말로 무이가 대자유인이요 대해탈인인지도 몰랐다.

"그런 말씀 마시게, 나도 한때 시덥잖은 욕망으로 가득 찼던 사람이야. 땡추 주제에 각타(覺他)의 행위를 일삼고, 몸 따로 마음 따로에 욕계삼욕(欲界三欲) 여적 버리지 못하고 있으니 나 같은 놈한테 분명한 진리란 필멸(必滅)일세. 아아……."

무이가 말을 마치지 못하고 뒤로 벌렁 드러누웠다. 그런데 무이의 한마디 한마디는 마치 자신한테 들으라는 소리처럼 들린다고 원각은 생각했다. 배고프면 밥 생각나느니 식욕(食欲)을 버리지 못했고, 밤새워 면벽참선한 날이 적으니 수면욕(睡眠欲) 또한 버리지 못했으며, 아아 무슨 운명의 불장난처럼 여기 작부 앞에 쪼그려 앉았으니 음욕(淫欲) 또한 버리지 못한 것이 분명한 것이었다. 그런데 무이는 이것을 스스로 깨닫고 있으니 벌써 입으로 말을 하고 있는 것이 아닌가?

"에이 오라버니, 분위기 깬다. 언젠 여기가 극락이라면서…… 자, 그러지 말고 우리가 묘기 보여줄게요. 어서 일어나요!"

지영이가 갑자기 술상을 저만치 밀치더니 전등을 희미하게 낮췄다. 그리고 갑자기 옷을 벗기 시작했다. 아아, 원각은 눈앞에 펼쳐지는 급작스런 활동사진에 놀라고 있었다. 무이는 전혀 놀라지 않은 채 상체를 일으켜 세워 시야를 좁혔다. 그 언젠가 무이로부터 들었던 작부들의 활동사진 쇼가 펼쳐지는 모양이었다.

"그래, 팁은 담뿍 주마. 네들이 당장 여기를 극락으로 만들어 봐!"

"네, 스님. 미사일부터 쏠게요."

원각은 작부와 무이의 대화를 처음에는 이해하지 못했다. 그러나 뜻밖에 이들이 설정한 구도 속으로 원각은 빨려들었다. 풍선에 바람을 넣더니 바람벽 아래 세워놓고 담배에 불을 붙여 자궁 속에 끼워 넣었다. 자궁의 힘으로 담배를 공중으로 쏘아 올리는데 순식간에 풍선 위에 날아가 펑, 소리를 내며 풍선이 터졌다. 무이는 고개를 꺼이꺼이 흔들며 소리를 지르면서 박수를 쳤다. 원각은 세상이 정말 가관이구나! 하면서도 이들의 묘기에서 눈을 떼지 못했다. 마음의 부담을 느낄 수가 없을 정도로 저도 모르게 상황에 빨려들고 있었다.

"동전 가져와라!"

지영의 말이 떨어지기가 무섭게 옥화가 미리 준비해 놓은 듯한 동전을 서랍에서 꺼냈다. 무이가 말하던 이른바 동전쇼인 모양이었다. 동전을 30개를 쓰러뜨리지 않게 쌓아 올리더니 지영이 자궁을 정확히 동전 위에 가져다 댔다.

"다섯 개!"

하고 무이가 들뜬 목소리로 외쳤다. 그러자 지영이 정확히 자궁으로 다섯 개의 동전을 집어 올리는 것이었다. 지영은 무이의 입에서 떨어지는 숫자만큼 정확히 동전을 집어 올렸다. 작부들이 펼치는 쇼는 멈출지를 몰랐다. 오프너로 맥주를 뚜둑, 하고 따는가 하면 자궁으로 바람을 넣어 실로폰을 연주하기도 했다.

"하하, 참으로 도력이 높도다! 네가 부처로구나!"

무이의 입에서 경탄의 소리가 흘러나왔다. 도인의 경지, 무이의 말이 어쩌면 틀리지 않는지도 모른다는 생각이 들었다. 먹고 살기 위해 저토록 연마를 했다면? 원각의 뇌리에 갑자기 이들의 치열한 삶의 모습이 잡혀왔다. 참으로 인간이란 먹고 살기 위해 슬픈 존재란 말인가? 아아, 허무하구나! 원각이 마음속으로 외치는 순간 지영은 전등불 아래 창백하게 빛나는 화선지를 꺼내고 있었다. 옥화가 어깨에 힘을 주며 먹을 갈았다. 벼루에 물을 붓고 먹을 갈다니, 원각은 지영의 자궁에 숯검댕이 먹물을 바른 붓이 꽂히던 순간 머리를 흔들며 생각을 멈춰 버렸다. 무이가 자신을 빈정대는 듯한 목소리로 외쳤다.

"큰스님 되세요! 좋은 글이로다!"

지영이 화선지 위에 붓으로 그렇게 썼던 모양이었다. 큰스님 되라는 작부의 마음을 더는 들여다볼 수가 없어 원각은 아아, 소리를 질렀다.

아, 나무관세음보살. 원각은 머리빡을 쥐어뜯으며 벌렁 뒤로 누워 버렸다. 경험도 없는 터에 경황없이 마셨던 술의 기운이 이들의 활동사진에 활활 불이 붙어서 이제 일제히 올라오기 시작한 모양이었다. 천장을 향해 눈을 감고 있는데도 머리가 비잉비잉 돌았다. 지영과 옥화는 세상을 달관한 몸짓으로 활활 불을 지피고 있었다.

이제 어디로 떠날 것인가? 무작정 떠나온 길, 인생은 참으로 목적지가 필요하다는 사실을 어렴풋이 확인하고 있었다. 무이의 입에서 가늘게 코고는 소리가 들리는 듯했다. 원각은 이내 한 가닥 희미하게 붙들고 있던 정신의 끈을 놓아 버렸다. 아아, 나무관세음보살……

머릿속에 벌레가 기어 다닌 느낌처럼 원각은 머리가 어지러웠다. 가만, 여기가 어디더라. 간밤 늦게까지 술을 마신 생각이 났다. 원각은 천천히 눈을 떴다. 눈을 뜨는 순간 원각은 화들짝 놀랐다. 자신의 몸이 알몸인 채로 이불 속에 누워 있었던 것이다. 흐읍, 하고 놀라며 원각은 상체를 일으켜 세우려다 다시 한번 기겁을 하고 놀랐다. 바로 곁에 알몸인 채로 여자가 누워 있었다.

아아, 나무관세음보살. 소름이 돋았다. 이게 대체 어찌된 일인가? 옆에 누워 있는 여자는? 가만히 들여다보니 새근거리며 자고 있는 여자는 옥화였다. 원각은 조심스럽게 상체를 일으켜 세워 방 안을 둘러보았다. 밤새 술상 앞에서 떠들다가 벌렁 드러눕던 순간의 기억이 떠올랐다. 언뜻 살펴보니 바로 그 방은 아니었다. 쪽창에 드리워진 커튼 너머는 아직 밝은 기운이 보이지 않았다. 그렇다면 아직 동이 트지 않은 모양이었다.

"어머 스님 깨셨네요."

"옥화, 이게 대체……."

"내가 이쪽으로 모셔왔어요. 스님 되게 가볍더라……."

"……."

옥화의 얘기에 원각은 대꾸하지 못했다. 승려의 체면이 완전히 짓뭉개져 버렸다고 생각했다. 더욱이 알몸인 채로 어떻게 여자의 방에서 잠을 잤단 말인가? 자신의 몸을 분명 들어서 옮겼을 터인데 대체 기억을 못할 지경이 되었단 말인가? 벗겨진 알몸은 어떤 것이고, 아아 나무관세음보살. 원각은 천추의 한을 끌어안은 사람처럼 머리를 절레절레 흔들었다.

"스님, 겨우 두 시간밖에 안 잤어요."

"······."

옷을 찾아 입으려고 몸을 일으키려는데 옥화가 손을 잡고 놓아주지 않았다. 원각의 머릿속을 빗살무늬 같은 생각들이 빠르게 스쳐갔다. 옥화하고 밤새 무슨 일이 벌어진 것은 아닌가? 그러지 않고서야 이런 알몸이 다 무엇이란 말인가?

"옥화 이러지 마."

"에이 스님, 우린 남이 아니란 말예요."

옥화의 말에 원각의 머리가 쭈뼛 하고 섰다.

"아니야, 나는 아무것도 하지 않았어······."

"후후, 스님이 제 옷까지 벗겼어요."

옥화의 말투는 상당히 당당하게 들렸다. 원각은 옥화의 말을 전혀 믿을 수가 없었다. 있을 수가 없는 일이라 생각했다. 무이와 더불어 그대로 벌렁 드러누운 일밖에 생각나지 않는 것이었다. 그런데 옥화의 옷을······ 이건 옥화의 음모라는 생각이 들었다.

"이봐 옥화, 그런 식으로 둘러대지 마. 난 손 하나 까딱하지 않았다고······."

"후후, 저 방에서 지영이 언니하고 원각 스님을 붙들어 이리루 옮겼어요. 이 방에 뉘이자 정신이 드시는지 저를 알아보셨지요. 여기까지만 말할래요. 난, 정말 스님 몸에 손 하나 까딱 하지 않았단 말예요."

아아, 나무관세음보살. 원각은 수없이 속으로 반복했다. 어서 자리를 떠야 한다는 생각이 들었다. 결국 무이 때문에 벌어진 일이었다. 사람이 아무리 그렇더라도 이렇게 간밤에 했던 일들이 생각나지 않는단 말인가? 원각은 아무리 기억을 더듬어 봐도 옥화와의 일이 떠오르지 않는 것이었다. 자신의 옷을 벗어 알몸이 되었다는 사실마저 기억나지 않았다.

원각은 머리를 흔들어 복잡한 생각들을 털어냈다. 설령 그렇다 하더라도 옥화와 몸을 섞지는 않았을 거라고 생각했다. 아무리 술에 취해 고주망태가 되었더라도 그런 일까지 기억하지 못하지는 않을 것이었다. 원각은 허겁지겁 옷을 찾아 끼어 입었다.

"스님, 떠나시게요?"

옥화가 알몸인 상체를 이부자락을 끌어 가리며 물었다.

"옥화, 장난치지 마. 동생처럼 여겼는데 낭패를 보이고……."

"섭섭해요 스님. 장난이었다구요? 난, 스님한텐 진실해지고 싶었는데……."

"됐어. 이만 갈게. 하룻밤 못된 꿈을 꾸었다 생각해. 그럼……."

원각은 옷매무새를 한 다음 바랑을 어깨에 걸쳐맸다. 온몸이 몽둥이로 마치 두들겨 맞은 사람처럼 거북했다.

"어디로 가시는데요?"

옥화가 의미심장한 목소리로 물었다. 옥화의 목소리가 가늘게 떨리는 듯했다. 원각은 옥화의 알몸을 바라보지 않으려고 애써 시선을 돌려 버렸다.

"그건 옥화가 알아서 뭣해. 그저 떠나 보는 길인데……."

"아직 어두울 텐데…… 속도 울렁거릴 테고……."

"됐어. 다시 볼날 없을 거요."

원각은 마음을 다잡으며 방문을 열고 밖으로 나왔다. 어제 들여놓은 이 자리가 그의 가슴에 천추의 못이 되어 박혔다는 생각이 들었다. 그나저나 무이도 없이 어디로 간다는 말인가? 애초에 행처가 정해진 몸이 아니지만 무이와 동행할 수 없다는 것이 사뭇 불안하게 여겨졌다. 무이의 방에 들러볼까 생각하다가 곧장 복도를 걸어나왔다. 무이는 지금 어떤 상황이라는 것을 쉬이 짐작이 갔다.

십 년 절간 공부가 비록 얻은 것은 없지만 도루아미타불이 되어 버린 듯이 마음이 허전했다. 애초에 조금은 두렵고 외롭지만 혼자서 행동하는 것이 나았을지도 모른다는 생각이 들었다. 그러나 이미 엎질러진 몸, 지금 자신의 몸이 어디에 서 있는가? 생각할수록 후회가 되었다.

간밤 걸어왔던 바로 그 길을 거슬러 걸어갔다. 사람의 흔적도 이렇게 되돌려서 원위치로 만들 수가 있다면 얼마나 좋은 일인가? 아아, 정말 되돌릴 수가 없는 이 허기, 갑자기 아랫배 쪽에서 구역질이 올라왔다. 빈 속에 올라오는 구역질처럼 역겨운 것은 없었다. 절간에서 식음을 전폐하며 면벽참선에 몰입했던 적이 있었다. 바로 그때 올라왔던 허기진 구역질이 밑바닥에서 위로 자꾸 올라오는 느낌이었다.

"스님이 두 분이 드셨나?"

어둑신한 골목에서 중년 여자를 만났는데 원각을 보고 여자가 말했다. 원각은 낯이 뜨거워 여자를 제대로 바라보지 못하고 마음속으로 나무관세음보살을 외면서 지나쳤다. 그러다가 문득 머리에 스치는 것이 있어서 걸음을 멈춰 섰다.

"보살님, 다른 스님을 보셨나요?"

"한 시간 전에 여기서 나오던 스님을 봤는데요."

원각은 아직 어둠 속에 잠들어 있는 골목을 걸어 그 술집으로 다시 걸음을 옮겼다. 무이가 새벽도 되지 않아 이 술집을 빠져나가 버렸단 말인가? 그토록 술을 마셔대며 밤새 지영이와 출렁거렸을 거라고 생각했는데…… 정말 여자가 보았다는 승려가 무이였단 말인가?

원각은 조심스레 복도를 걸어서 간밤 마셔댔던 지영의 방문을 가만히 열어 안을 들여다보았다. 무이의 모습은 보이지 않았다. 여자가 보았다는 스님이 무이가 분명했던 모양이었다. 지영은 이불 속에 반듯한 자세로 가늘게 코를 골며 자고 있었다. 출입구를 빠져나오는데 그적에서야 아까 무이의 신발이 보이지 않았다는 생각이 들었다.

원각은 거리로 나와서 무작정 걸어 올랐다. 정처 없이 머릿속에도 생각을 모두 비우고 무작정 거리를 걸어 올랐다. 아아, 이제 어디로 갈 것인가? 무이는 대체 자신보다 먼저 술집을 나와서 어디로 갔을까? 무이는 어째서 그토록 빨리 술집을 빠져나와 버렸단 말인가? 마음을 가라앉히고서야 그런 생각들이 불쑥불쑥 솟아나기 시작했다.

4. 得牛(득우: 소를 얻다)

득우(得牛)는 동자가 소를 붙잡아서 막 고삐를 낀 것을 묘사한 그림이다.
8식 아뢰야식까지 마음이라는 것을 알게 되었으나
세세생생 쌓아온 습성과 업력이 강해 다스리기 어렵다.
어느 때는 이성으로 제압하여 청정하고 바르게 행동하지만
어느 때는 습성과 업력에 끌려가 자기도 모르게 물들기도 한다.
이때가 수행하기 가장 어려운 시기라 마음을 항상 관하고 고삐를 바짝 조여야 한다.

다르지도 않고 같지도 않네

일이 이렇게 막다른 골목에 들어서리라는 것을 처음에는 짐작하지
못했다. 무이를 따라나선 길이 첫날부터 엉망이 되어 버렸다. 술판에
계집이라니 가당찮은 일이었다. 원각은 이른 버스에 올라타며 몸서리
를 쳤다. 그래도 발길을 읍내로 돌리고자 하는 강렬한 마음이 망설임
없이 일어선 것은 부처님의 가피를 입은 때문인가?

무이가 자신을 두고 먼저 빠져나가 버린 사실이 아직도 믿어지지 않
았다. 무이가 이렇게 급작스럽게 귀띔도 하지 않고 떠나 버린 까닭은
뭐란 말인가? 아무리 생각해도 그 까닭이 종잡히지 않았다. 절간에서
내려와 중생들 속을 헤매는 승려들은 대체 어느 길 위에서 하루의 둥지
를 트는가? 무이를 너무 의지했던 탓에 여기까지는 원각이 생각하지 않
은 것이었다. 사람이 하루의 지친 육신을 뉘일 수 있는 공간이 대체 얼
마나 중요한 일인가?

버스가 시내를 빠져나가는 동안 이런 생각들이 원각의 머릿속에 가득차서 지끈거릴 정도였다. 창 밖으로 보이는 우뚝우뚝 솟은 건물들이 기가 차게 만들어져 있었다. 이른 시간인데도 끊일 새 없이 거리를 메우며 왕래하는 사람들, 아아 저렇게 많은 사람들은 무슨 생각들을 하며 살아가고 있을까? 과연 내 삶은 어떤 것인가? 나는 제대로 살아가고 있는 것인가? 원각의 내부에서 이런 외침의 소리들이 마치 질책처럼 일어서고 있었다. 나는 누구인가? 나는 대체 어떤 남자인가? 나는 소를 찾을 수가 있을까? 원각은 마음속으로 이런 물음들을 팔만사천 번도 넘게 되뇌이고 있었다.

　버스가 복잡한 시내를 빠져나와 변두리의 한적한 도로를 달릴 때까지 원각의 머릿속에는 줄곧 이런 물음들로 가득 차 있었다. 그러나 간밤에 마신 술 탓인지 그런 생각들조차 가물가물해지기 시작했다. 온몸에 피로가 다시 엄습해 왔던 것이다. 원각은 소리치듯 하는 기사의 소리에 눈을 떴다. 아아, 여전히 몸은 찌뿌둥한 느낌이었다.

　"스님, 종점 다왔수다."

　"여기가 어딥니까?"

　"병천읍 종점이요."

　"예에……."

　원각은 몸을 털어내듯 흔들면서 바랑을 걸쳐 메었다. 차창 밖으로 햇살이 눈부시게 빛나고 있었다. 몸은 노곤하고 찌뿌둥한데 올려다본 하늘은 파랗게 맑았다. 원각은 구겨지고 짓이겨진 종잡을 수 없는 마음들을 저 햇빛에 펴서 말리고 싶다는 생각을 했다. Y시와 다를 바 없이 여기 병천도 사람 사는 데라서 거리에는 사람들의 발걸음이 분주했다.

읍내로 돌아오자 약간은 진정이 되었다. 그런데 무엇이 자신을 이쪽으로 인도했는지 원각은 몰랐다. 그의 머리에 읍내 쇠전 모퉁이의 술집이 떠오른 것은 어떤 계시 같은 것이었는지도 몰랐다. 사실 간밤에 열차에 몸을 뉘여 Y시로 향하면서도 원각의 머릿속에는 읍내의 술집이 떠나지 않았었다. 그것은 다름 아닌 무이가 자신의 본분을 찾는 계기의 장소였기 때문이었다.

읍내의 쇠전을 향해 원각은 걸어 오르기 시작했다. 읍내의 천변에 서는 쇠전은 근동에서 몰려오는 장사꾼들과 소를 흥정해서 이문을 챙기려는 거간쟁이들로 북적거렸다. 은사 스님을 따라 어릴 적 몇 번 쇠전을 기웃거린 적이 있었다. 쇠전의 양쪽 가녘으로 국밥집들이 즐비하게 늘어서 있었다. 큰돈이 거래되는 장소이다 보니 술값 따윈 아끼지 않았다. 그래서 쇠전 가녘의 술집들엔 노상 왁자지껄 하며 술 인심도 박하지 않았다. 특히 근동의 마을 사람들이 심심파적 삼아서라도 장날은 한번 들르는 곳이기에 근동의 소문이 이합집산 되는 곳이기도 했다. 무이가 가족과 만날 수 있었던 것도 바로 그 때문인지도 몰랐다.

원각의 발걸음은 이제 한결 가벼워졌다. 누구를 만나러 가는 길도, 누구와 약속을 잡은 것도 아닌데도 괜히 까닭 모를 설레임마저 일고 있었다. 그러고 보면 원각의 뇌리에도 가족에 대한 일말의 그리움 같은 것이 내재되어 있는지도 몰랐다. 그런 내면의 것들이 망설임 없이 발길을 읍내로 돌리게 하고 쇠전을 향하게 했던 것은 아닐까? 쇠전에 가까이 올라갈수록 어떤 알 수 없는 기대감에 가슴이 부풀어 오르기 시작했다.

그런 중에도 가슴 한켠에 돌처럼 박힌 의식 하나는 간밤의 일이었다. 옥화의 방에서 발가벗은 채로 잠들었던 일이 가슴을 짓눌렀다. 옥화와의 일은 아무런 기억이 없었다. 정말 아무런 일은 없었을 거라고 생각하고 있었다. 술이 아무리 취했다 해도 남녀가 이층을 만드는 일까지 기억에 없지는 않을 터인데 전혀 기억나지 않는 것을 보면 그런 일은 정말 없을 것이었다. 아아, 그래도 수치는 승려가 작부의 방에서 발가벗고 잠을 잤다는 것이었다. 아아, 나무관세음보살. 원각은 머리를 흔들면서 복잡한 생각을 털어냈다.

읍내의 장터로 진입할수록 장꾼들이 많이 눈에 들어왔다. 읍내의 옆구리쯤에 기다랗게 늘어선 장터는 읍내의 명물이었다. 닷새 만에 한번 들어서는 장터는 인심까지 푸짐해서 가진 돈이 없어도 한잔 술쯤 얻어마실 수가 있을 정도였다. 농사꾼들도 이날만큼은 장터에 오는데 구경 삼아 들러리를 오는 사람들도 있었다.

원각의 기억에 장터에 대한 것은 은사 스님과 손잡고 다녀온 어린 시절의 기억이 전부였다. 자주는 아니지만 은사 스님은 부러 원각을 장터에 데리고 나와서 따분한 절간 생활에 활력을 불어넣었다. 절간에 고운 여인이 찾아와서 이름을 묻고 나이를 묻고 나서는 더욱 장터에 오는 것이 가슴 설레었다. 혹여 장터거리에서 그 여인을 만날 수도 있지 않을까 하는 기대가 잠재하고 있었기 때문이었다.

잡화전 난전들을 지나 쇠전에 닿았다. 쇠전은 씨억씨억한 사내들이 꽥꽥 소리를 지르고 있었다. 주인을 따라 나온 송아지며 황소들이 입을 크게 벌려 외치듯 울어대고 있었다. 쇠전 가녘으로 늘어선 주막들에는 벌써부터 사람들이 들락거리고 있었다. 이미 흥정을 끝낸 사람들은 마음 편하게 한잔 마시는 모양이었다.

"스님, 안녕하세요."

모르는 보살이 꾸벅 고개를 숙이며 인사를 했다. 원각은 의례적인 태도로 합장반배를 하며 예를 올렸다.

"성불하십시오."

"스님, 부탁 좀 드려요."

"무슨 부탁을?"

스무 살 겨우 넘겼을까 보이는 예쁜 보살이었다. 자세히 들여다보니 눈이 말똥말똥 크고 코가 오똑한 것이 시골처녀처럼 보이지는 않았다.

"저희 집에 함께 가 주실 수 있어요?"

"아니 무슨 일로……."

원각은 보살의 물음에 무척 황당했다. 느닷없이 만나 자기 집에 가자는데 무슨 곡절이 있는 모양이라고 순간 생각했다.

"오늘 어머니 생신인데 기도 좀 부탁드려요."

"예에? 그게 저……."

"스님, 여비는 충분히 드릴 테니 그렇게 해 주세요. 저기 오어사에 계신 스님 맞지요?"

원각은 머리를 끄덕이면서 정말 놀라고 있었다. 어머니 생신을 이토록 챙기는 처녀보살, 정말 부처의 마음이 처녀보살의 마음속에서 보이는 듯했다.

"제가 어머니한테 마지막 해 드릴 수 있는 거예요. 제발 도와주세요."

"댁이 어디신지요?"

고향이나 다를 바가 없는 읍내이다 보니 이처럼 스스럼없는 일도 일어나는 거라고 원각은 생각했다. 그럼에도 일면식 없는 사람과 도상에서 만나 이런 일을 만나니 적이 당황은 되었다.

"시당리 초입이예요."

"예에, 그러지요. 근데 마지막이라니 무슨……."

원각은 보살의 말을 놓치지 않았다. 어머니한테 마지막 해 드릴 수 있는 것, 원각은 머리를 갸우뚱거렸다.

"실은 어머니가 병석에 누워 계세요."

원각은 이제 알았다는 듯이 고개를 주억거렸다. 보살의 생각이 참으로 기특하다는 생각이 들었다. 마지막 선물로 스님의 기도라니…….

"어떻게 이런 생각을 하셨습니까?"

"믿지 않으시겠지만 간밤 꿈속에 스님을 뵈었어요."

"예에? 저를 어떻게……."

"부처님한테 간절히 기도를 올리고 잠을 자는데 꿈속에서 오늘처럼 스님을 만났어요. 그래 이상히 여겨 이렇게 장터에 나왔는데……."

참으로 믿을 수 없는 일이었다. 처녀보살의 꿈에 원각이 나타나다니, 대체 이건 무슨 조화란 말인가? 처녀보살이 꿈을 꾸는 시간에 원각은 작부집에 발가벗은 채로 잠을 잤던 일을 생각하자 얼굴이 화들짝 달아올랐다.

장터를 벗어나 읍내의 외곽으로 이어진 길을 따라 쭈욱 걸어 올랐다. 참으로 부처님도 알 수 없는 분이라는 생각이 들었다. 처녀보살의 말이 사실이라면 하필 발가벗고 잠든 시간에 그런 계시를 주었는가 말이다. 원각의 마음속에서 까닭 모를 수치심으로 화끈거렸다.

"어머니 병세가……."

"자리보전하고 누우신 지 다섯 해도 넘었어요. 이제 의식도 가물거리고 올해 넘기기가 어렵다고 해요. 그러니 마지막 생신일지도……."

"나무관세음보살……."

"우리 어머니 좋아하실 거예요. 머리맡에 여태도록 불경 테이프를 틀어놓고 지내왔으니까요. 건강하실 땐 오어사에도 자주 다니셨다네요."

"예에, 불심이 깊은 어머니시군요."

원각은 이렇게 말하면서 처녀보살의 목소리가 맑고 탁 트인 하늘 같은 느낌을 받았다. 보통 사람의 목소리와는 분명 다른 데가 있었다. 목소리에 그윽한 맛이 있으면서 맑고 또르르 구를 듯한 느낌마저 들었다.

"스님을 이렇게 만나게 될 줄 알았어요. 저는 산 기도를 많이 해요. 거의 매일 산에서 사니까요. 그래서 마음속에 부처님이 있나 봐요. 마음먹으면 보이거든요."

처녀보살의 말에 원각은 걷던 걸음을 잠시 멈추었다. 그녀의 말이 원각의 폐부를 찌르는 것이었다. 마음이 부처라 하였거늘 보살이 이미 그것을 터득하고 있었다. 더욱이 놀란 것은 마음만 먹으면 부처를 본다는 그녀의 말 때문이었다. 원각은 멈췄던 걸음을 다시 떼기 시작하면서 입이 바싹 타드는 것을 느꼈다. 갑자기 부끄러운 생각이 들었다. 이날껏 산속에서 머리 깎고 수도한다는 승려도 부처의 그림자조차 잡지 못해 헤매고 있는데 마음만 먹으면 부처를 본다는 처녀보살의 말이야말로 나태한 수도승을 향한 일격이었다.

"산에서 사신다는 말씀은?"

원각은 무료한 사이를 메우려는 듯이 바랑을 한번 치켜 올린 다음 말했다. 정확히 반 걸음 뒤에 보조를 맞추면서 걷고 있는 보살의 몸에서 상큼한 냄새가 나는 느낌이었다. 봄의 들녘에 싹터 오르는 봄풀처럼 싱그러운 냄새였다.

"산에서 사는 것은 아니고요."

"……."

원각은 걸으면서 보살을 바라보았다. 보살의 가늘고 기다란 머릿결이 바람에 날려 가볍게 출렁거렸다. 손가락이 보나마나 섬섬옥수일 거라는 생각이 문득 들었다.

"산에 자주 오르지요. 스님, 혹시 소리를 좋아하시나요?"

"소리라니 무슨?"

"판소리요. 판소리 익히러 산에 거의 매일 오르다시피 하는 걸요."

"아아, 그러니까 예비 소리꾼이시군요."

"예에, 그런 셈이네요. 하하하."

처녀보살이 낭랑한 목소리로 말했다. 원각은 그적에사 고개를 끄덕거릴 수가 있었다.

"한 대목 들려주실 수 있어요?"

분위기가 조금 눅어들자 원각이 자연스럽게 요청했다. 신작로를 따라 걸어오르는 길이 정겹고 상쾌한 느낌이 들었다.

"아이 스님, 쑥스러워요."

"근데 산에서 혼자 연습하는 거예요?"

"아, 아니요. 저기 보이는 왕방산에 스승님이 계시거든요."

"예에, 그러니까 스승님한테 사사를 받는 중이시군요?"

"예, 스님. 우리 스승님도 스님이세요. 뭐, 오막살이에 혼자 사시면서 머리는 길었지만……."

"머리를 기른 스님이요?"

"예에. 근데 스님은 머리 기르면 안 되나요?"

"아, 그 글쎄, 꼭 그런 건 아니지만……."

원각은 머릿속에서 머리가 자라 불쑥 일어서는 느낌이었다. 머리를 기른 스님, 산속에서 오막살이 토굴을 짓고 사는 스님이라니…… 원각은 깊게 숨을 들이마셨다. 어떤 자극이 꼭뒤를 지르고 가는 느낌이 들었다. 소리를 하는 스님, 스님이라고 머리를 기르지 말라는 법은 없지만 이건 분명 심상찮은 일이 아닐 수가 없었다. 옛적에 태어나 한 시대를 울리고 가신 원효 스님이라면 모를까 말이다. 원효 역시 산속에서 저잣거리로 내려와 머리를 길고 다닌 소성거사가 아닌가.

원각은 눈앞에 우뚝 솟은 왕방산을 걸으면서 쳐다보았다. 마치 올올한 기상이 느껴지는 듯이 그 기개를 드러내고 있었다. 근방에선 가장 기세가 당당한 산이 바로 왕방산인 것을 원각도 알고 있었다. 육백고지를 넘는다는 산속 어디쯤에 그 스님은 오두막을 짓고 승려의 행세를 하며 살고 있을까? 원각은 갑자기 그 스님을 만나고 싶다는 생각이 들었다. 언뜻 생각해 봐도 심상찮은 사연을 지닌 채 살아가고 있는 스님처럼 여겨졌기 때문이었다.

"보살님, 제가 언제 그 스님을 만나 볼 수 있을까요?"

"그럼요, 언제 저와 함께 올라가시죠."

"고맙습니다. 자, 빨리 걸읍시다. 어머니 기다리실 테니……."

"저기 저 마을이에요. 저기가 시당리인데 마을 초입에 저희 집이 있어요."

햇살 너머로 시당리라는 마을이 눈에 들어왔다. 산 자락 아래 나지막이 엎드린 집들이 멀리로 보였다. 그 마을의 초입이라면 그리 많이 걸리지는 않을 것이었다. 들판을 따라 늘어선 가로수들 위로 새들이 재잘

거리고 있었다. 구불구불한 논두렁을 따라 농부들이 벌써 농삿일을 거들고 있는 모습이 보였다. 하루가 다르게 봄의 길목이란 변화가 빠른 것이 물씬 느껴졌다. 땅바닥 속에서 기운이 올라와 대지를 기름지게 적시고 있다는 것을 예감할 수가 있었다.

이윽고 시당리 초입에 도착했다. 초입 언덕배기에 보살의 집이 보였다. 집 안으로 들어가자 보살의 아버지가 마당에서 원각 스님을 맞았다. 원각은 예의를 올린 다음에 집 안을 한번 살펴보았다. 오래되어 보이는 아담한 기와집이었다. 앞으로 들판을 안고 뒤로 왕방산이 병풍처럼 둘러쳐져 있었다.

"아버지, 스님 정말 만났어요."

"기이한 인연이구나. 어서 안으로 모셔야지. 이 누추한 데에 귀한 스님이 오셨는데 이거 뭘로 감사를 드려야 할른지……."

"그런 말씀 마십시오. 다 부처님의 가피이지요. 보살님, 어서 어머니를 뵙시다."

보살을 따라 안방으로 들어갔다. 거기 보살의 어머니가 몸져 누워 있었다. 어머니는 눈을 지그시 감은 채로 누워 있었다. 의식은 있는 듯이 보였지만 손가락 하나 까닥거리지 못하고 누워 있는 사람처럼 보였다.

"보살님, 오어사에서 내려온 스님입니다."

"어머니, 눈 좀 떠 보세요. 오늘 어머니 생신이잖아요. 그래서 읍내에 나가 스님 모시고 온 거예요. 어머니 위해 기도 좀 해 달라구요."

보살의 아버지는 가느다란 숨을 내쉬면서 밖으로 나가 버리고 있었다. 어머니 머리맡에는 자그마한 녹음기가 놓여 있었다. 원각은 바랑을 열고 목탁을 꺼내들었다. 승려 생활 내내 몸에 밥을 먹듯이 배어 버린 것이 기도였다. 어린 시절부터 은사 스님한테 기도하는 법을 익혔고 수없는 기도를 듣고 행해 오던 터라 원각은 기도만큼 신명나게 해 줄 자신이 있었다. 먼저 부처님의 가피에 감사를 올리면서 어머니 머리맡에 좌정하고 앉아 목탁을 두드리기 시작했다. 목탁을 두드리기 시작하니 절로 준비하지도 않았던 사설이 터져나왔다.

허공에 가득찬 임이시여 헤아릴 길 없이 넓고 넓은 그대 마음에 비나이다. 몸과 마음 하나로 부처님께 의지합니다. 오늘 생신을 맞았으니 감사의 정례 드리오며 축원하옵니다. 어머니 아픈 육신 굽어 살펴주옵소서. 목숨을 바쳐 목숨을 바쳐 당신께 향하노니 이 중생 불쌍히 여기시어 마음 가득 육신 가득 어둔 기운 걷어주고 광명불을 내리소서. 우주에 충만하신 부처님께 우리 정성 바치오니 굽어 살펴 눈을 뜨게 하오소서. 나무석가모니불 나무석가모니불 나무…….

원각은 관세음보살님의 가피를 얻고자 천수경을 외기 시작했다. 모든 중생을 안락하게 해 주고 병을 없애주며 중생의 수명과 풍요로움을 얻게 하고 일체 악업중죄와 모든 장난을 여의며 일체 청정한 법과 모든 공덕을 증장시키고 두려움을 없애고 모든 일을 성취하게 하는 데는 천수경이 제일이었다.

정구업진언 수리수리 마하수리 수수리사바하 수리수리마하수리 수수리 사바하수리수리 마하수리 수수리사바하 오방내외안위 제신진언 나무사만다 못다남옴 도로도로 지미 사바하 나무사만다 못다남…….

원각은 있는 힘을 다해 목청껏 염불을 외웠다. 그러나 보살의 어머니는 그대로 누운 채로 가쁜 숨만 몰아쉬고 있었다. 원각이 염불을 멈췄을 때에 원각의 몸은 땀으로 흠뻑 젖어 있었다. 절간 생활을 지금껏 해오면서 이토록 신심을 다해 외웠던 염불은 아마 처음일 것이었다. 비록 가난한 농부지만 보살의 기이한 인연을 생각하면 자신의 생명을 바친 대도 아까울 것이 없으리라 생각했다.

"스님, 어머니 눈에서 눈물이 흘러요."

"정말 그렇구나, 금실아 이게 다 부처님의 가피구나."

보살의 아버지 또한 놀란 눈으로 기뻐하고 있었다. 눈도 제대로 뜨지 못하고 누워 있는 노인을 생각하니 원각은 울컥 눈물이 맺혔다. 눈물을 보고 감동하는 부녀(父女)를 보니 마음이 짠한 느낌이 들었다.

"스님, 고마워요. 정말 고마워요. 어머니가 눈물을 흘렸어요."

"예, 내 아내 감정은 이렇게 살아 있구만요. 이봐, 임자, 우리 소리 듣고 있는겨?"

아버지가 눈물을 훔치며 훌쩍거렸다. 마음고생이 심했던 모양이었다. 원각 스님도 눈시울이 붉어져 앉아 있기가 겸연쩍었다. 원각은 목탁을 바랑 속에 집어넣고 밖으로 나왔다. 하늘은 여전히 푸르고 주위에서 이상하게 상서로운 기운이 감도는 느낌이 들었다. 이렇게 기분이 상쾌한 경우는 흔치 않았다.

"스님, 좀만 기다리세요. 시장하시지요? 제가 진지 지어 드릴게요."

그러고 보니 하루 종일 물 한 모금 마시지 못했다. 세상에 발을 들여놓으니 하루 만에 이런 엄청난 일들이 자신의 주변에서 일어난 사실에 원각은 놀라고 있었다. 뱃속에서 꼬르륵 소리가 연신 올라왔다. 그럼에도 기도를 신심으로 하던 터라 배가 고픈 사실마저 잊어 버렸던 것이었다. 보살의 말을 듣고서야 시장하다는 생각을 했다.

"예, 보살님."

"에이 스님두 차암, 이제 보살이라 부르지 마세요."

"예에? 아, 난 또……."

원각은 보살의 투정을 부리듯한 말에 문득 고개를 끄덕이며 웃어 보였다. 그리고 보니 보살의 이름이 금실이라는 것을 아버지의 말을 통해 알게 되었다. 예쁜 이름을 가졌다는 생각을 했는데 이제 보살이 먼저 자신의 이름을 말하는 것이었다.

"금슬(琴瑟)이예요, 옥금슬(玉錦瑟)이요. 근데 사람들은 편하게 부르려고 그냥 금실아, 하고 불러요. 아무래도 좋아요, 그러니까 스님도 저를 이제부터 금실아 하고 부르세요."

"……."

보살의 말에 원각은 말대꾸를 하지 않은 채로 고개만을 끄덕거리고 있었다. 성도 이름도 독특한 느낌이 들었다. 보살이 창을 한다는 것도 어찌 보면 이름과 연결되었다. 소리판에 필요한 것이 비파와 거문고가 아니고 무엇인가 말이다. 원각은 이처럼 옥금슬과 만난 것이 예사로운 일은 아니라는 생각이 들었다. 옥금슬이 밤에 꿈을 꾸었던 일과 꿈의 계시대로 자신을 만났던 일이 정말 보통 인연은 아닌 듯싶었다. 어째서 하필 소리를 배우는 보살을 만난 것인가? 부처의 뜻이 담겨 있는 것인가? 마치 꾸며낸 이야기처럼 느껴졌다. 그러나 전혀 아무런 예감이 떠오르지 않았다.

옥금슬이 부엌으로 들어간 뒤에 금슬의 아버지가 밖으로 나왔다. 왕방산의 정취를 다시 한번 느껴 보고 있는데 금슬의 아버지 옥씨가 말했다.

"누추한 데 스님을 모셔서 면목 없습니다요."

"그런 말씀 마십시오 어르신. 저는 오어사에 몸담고 있는 원각이라 합니다."

원각은 이제서야 옥씨한테 자신을 소개했다. 근방에 사찰이 한 군데만 있는 것이 아닌 터에 자신의 거처와 신분을 밝히는 것이 도리일 듯 싶었다.

"오어사라면 운해 큰스님 계신 데가 맞습지요?"

"예에 그렇습니다. 저희 사찰에 오신 적이 있으시군요?"

옥씨의 눈가에 까닭 모를 눈물의 자취가 남아 있는 게 보였다. 옥씨는 원각이 섰는 바로 곁에 서서 먼 산 너머를 응시하고 있었다. 옥씨는 바지주머니에서 담배 하나를 꺼내 피워 물며 입을 열었다.

"젊었을 적에 곧잘 올랐습지요. 슬하에 자식을 보지 못한 터에 탑돌이를 하며 부처님께 귀의했어요. 그래 얻은 자식이 바로 저 아닙니다."

원각은 옥씨의 말에 고개를 끄덕이고 있었다. 오어사를 찾아와 신심을 다해 기도하는 사람들 가운데는 자식을 얻기 위한 사람들이 많았다. 예전에는 말할 것도 없지만 요즘에도 그런 사람들이 많았다. 주말이면 먼 데서도 찾아오는 불자들이 많았는데 오어사는 비록 큰 사찰은 아니지만 외부에 알려진 사찰이었다. 특히 간절한 희망을 가지고 찾아오는 사람들이 많았는데 오어사에서 기도를 하면 영험을 본다는 말이 사람들의 입소문을 타고 회자될 정도였다. 그래서 오어사 주변의 절도량은 기도 도량으로도 많이 알려져 있었다.

"금슬이가 예쁘고 착합니다."

"착하지요. 못난 부모 만나 많이 배우지도 못하고 고생만 했어요."

"소리를 잘 하는 모양이에요. 왕방산에서 소리 연습을 한다고……."

"그게 다아 운명이에요."

원각은 옥씨를 쳐다보았다. 옥씨는 딸에 대해 들려줄 많은 이야기를 담고 있는 사람처럼 보였다. 운명이라는 말에 갑자기 옥금슬에 대한 호기심이 일었다. 부처님의 은혜를 입어 어렵게 얻은 자식이 운명적으로 소리를 한다는 말은 분명 듣는 이들에게 호기심을 불러 일으킬만한 것이었다.

"기도하러 다닐 때에 오어사에서 한 스님을 만났지요."

"저희 절에서 스님을요?"

원각은 머리가 곤두서는 느낌이 들었다. 오어사에서 스님을 만났다는 옥씨의 말은 가슴을 두근거리게 만들었다. 마치 아이들이 할머니의 무릎에 팔베개를 하고 누워 옛날 이야기를 들을 때처럼 긴장되는 것이었다.

"결혼한 지 이태가 지났는데도 아이를 가질 수가 없어 오어사에 찾아 갔더랬는데 거기서 산해(山海)라는 스님을 만났어요. 소리를 유별나게 잘하던 스님이었는데 그 스님이 저희들을 위해 기도도 많이 해 줬지요. 아이를 얻게 된다면 그 스님의 은공 덕분이랄 정도로 우리한테 정성을 다해 주셨어요. 그런데 우리 아이 낳기 한 해 전에 오어사에서 자취를 감춰 버렸답니다. 정말 황당하고 허전했지요."

"……."

원각은 옥씨의 말에 단번에 빨려들어 버렸다. 원각은 어린 시절부터 오어사에게 자랐기 때문에 오어사에 관한 얘기는 원각이 거의 모르는 일이 없었기 때문이었다. 그러나 산해라는 스님에 대해 얼핏 들었던 이름도 같은데 기억이 나지 않았다.

"운해 스님과는 아주 각별한 스님이었는데……."

옥씨가 담배를 깊게 들이마셨다가 길게 내쉬었다. 옥씨의 말에 원각은 다시 한번 긴장을 하고 있었다. 은사 스님과 각별했던 스님, 어째서 원각의 기억에는 '산해'라는 스님이 없을까? 아마 그가 오어사에 들어오기 이전의 일이었는지도 모른다.

"운해 스님은 그때 뭐라 하시던가요?"

침묵을 깨고서 원각이 물었다. 산해 스님의 행방에 대해 은사 스님은 알고 있지 않았을까? 그 스님이 갑자기 절간을 떠난 일이며 그에 대해 얽힌 이야기가 있다면 마땅히 산해 스님은 알고 있지 않았을까, 하는 생각이 들었다.

"워낙 말씀이 없으셔서 그런지는 몰라도 침묵으로 일관하셨지요."

"그에 대해 어떤 말씀도 듣지 못하셨던가요?"

"그냥 개인 사정이 생겨 다른 절로 가셨다는 말씀만을 들었지요. 그러다가 저 아이를 낳았을 무렵에 장터에서 우연히 그 스님을 만났는데……."

원각은 숨을 깊게 들이마셨다. 이상하게도 산해라는 스님의 이야기가 주의를 잡아끌고 있었다. 은사 스님한테도 그런 스님에 관한 이야기를 들어 본 기억이 정말 떠오르지 않았다. 은사 스님이 비밀처럼 간직하고 있는 은밀한 이야기가 담겨 있는지도 모른다는 생각이 들었다. 하지만 절간에서 은밀한 이야기란 무엇이 있겠는가 말이다.

"술에 취해 거의 인사불성이셨지요. 겨우 집으로 모셔 와서 하룻밤을 재웠는데 새벽녘에 보니 기척도 없이 떠나고 말았어요."

"……."

원각은 소리를 잘했다는 스님이란 옥씨의 말이 귀에 박혔다. 옥금슬이 소리를 하게 된 것이 산해라는 스님과의 인연으로 그리되었구나, 하는 생각이 들었다.

"다음날 오어사엘 부랴부랴 들러 보았는데 거기에도 들르지 않으셨고 운해 스님도 전혀 소식을 모르고 있더란 말이지요."

"……."

"그때 몰골로 봐선 이미 절간 생활은 작파한 사람처럼 보였는데 그후 서너 해가 줄곧 지나가고 우리 아이도 어언 다섯 살이 넘었을 테지요 아마."

"……."

"스님이 집으로 저를 찾아왔어요. 저번보다 신수는 좋아졌는데 얼굴이 어두웠지요. 무슨 고민을 하고 있는지 특별한 말씀은 없고 혼자 무릎장단만 짚더란 말씀이요. 소리가 어찌나 구성지는지 조막만한 우리 금실이가 따라서 하대요."

옥씨의 눈가에 회한의 빛이 역력히 느껴졌다. 원각은 고개를 끄덕거리면서 입을 여는 대신에 옥씨의 이야기를 북돋고 있었다.

"그런데 우리 아이가 소리 따라하는 것을 듣더니 갑자기 아이를 품에 끌어안으며 말하는 것이 우리 아이가 소리꾼 재능이 타고난 모양이라며 스님한테 당분간 아이를 맡기라는데……."

"……."

"처음엔 가당찮은 말씀이라 여겼지요. 허나 세상이 예전과 다르고 소리꾼도 제대로만 된다면 제 앞 가늠은 하겠다 싶어 정히 원하시면 그리

하시라고 했지요. 그때 사나흘 저기 작은 방에 묵으며 아이한테 소리를 가르치다 가길래 아이를 데리고 가야 할 것 같다 하면서 함께 갈 데가 있다시는데…….”

“……”

원각은 한마디 끼어들지 않고 옥씨의 이야기에 귀를 기울였다.

“그래 우리 내외가 아이를 데리고 스님을 따라나서서 당도한 곳이 바로 저기 왕방산 중턱이었지요. 거기에 제법 그럴듯한 나무집 거 뭐라나 오두막이라 하면 오두막인데 거기에 터를 내리고 살고 있더란 말씀입니다.”

원각은 이제 사연의 내막을 짐작할 수 있을 것 같았다. 옥금슬의 어머니가 누워 있는 안방에서 독경소리가 흘러나오고 있었다. 산이 높아 바로 발치에서 바라보고 있는 느낌이었는데 마치 독경소리 때문에 지금 있는 이곳이 산속에 그 스님이 기거한다는 오두막처럼 여겨지는 것이었다.

“우리는 그 길로 아이를 거기에 맡기고 그냥 내려왔어요. 보고 싶을 때에 이따금씩 아이를 보러 갔지요. 한번씩 가서 보면 우리 같은 무지 랭이들 눈에도 우리 아이 소리하는 실력이 몰라보게 변하고 있다는 것을 알 수 있었어요.”

“……”

“햇수로 치면 벌써 열다섯 해는 되었지요. 이제 더는 스님한테 배울 것이 없다며 산에 올라오지 못하게 하지만 오랜 세월 몸에 익은 일이라 여전히 산에 들어가서 연습을 하고 있지요. 금실이로 말하면 제 부모나 매한가지이니 또한 저가 보필해야 할 일이고…….”

옥씨의 얘기는 거기에서 멈췄다. 옥씨는 더는 얘기하지 않았다.

산해라는 스님에 대한 궁금증이 많았지만 원각은 옥씨한테 일체 문지 않았다. 그 스님을 만나 볼 기회는 얼마든지 있으리라 생각하고 있었다. 옥금슬을 따라가면 언제든지 만날 수가 있을 것이었다. 원각은 그 스님을 만나면 특히 묻고 싶은 것이 있었다. 오어사를 급작스럽게 떠나 버린 일이며 운해 은사 스님과는 어떤 추억을 가지고 있는지를 묻고 싶었던 것이다.

절간에서 살았던 기억밖에 없을 정도인 원각에게 그 스님에 관한 기억은 전혀 없었다. 또한 은사 스님으로부터 들었던 일도 없었다. 어떻게 자신이 오어사에 일찍 오게 되었는지 물어도 스님은 말을 해 주지 않았다. 문득 옥금슬에 관한 얘기를 은사 스님도 알고 있겠다는 생각이 들었다. 사람의 일이란 정말 예측할 수가 없는 모양이었다. 원각이 옥금슬과 이런 인연을 맺다니 은사 스님과 같은 추억을 가지게 되는구나, 하는 생각마저 들었다.

"무슨 말씀들 나누셨어요?"

하고 옥금슬이 부엌에서 나오며 물었다.

"무슨 얘기는…… 네 얘기하고 있었지."

"어머, 스님 정말 그러셨어요?"

"예, 보살님."

"에이 또, 그냥 금실이라고 하시라니까요."

"응 그, 그래. 금실이 왕방산 올라간 얘기했지."

원각이 더듬더듬 말했다. 갑자기 보살을 그런 식으로 부르려니 부담이 되었다. 그럼에도 막상 그렇게 말해놓고 보니 자연스럽게 느껴지는

구석도 있었다. 이상하게 처음 보았던 사이지만 벌써 각별한 사이가 되어 버린 느낌이 들었기 때문이었다.

왕방산이 발치에 올려다보이는 마루에서 밥을 먹었다. 벌써 봄나물들이 정갈스럽게 상 위에 올라왔다. 산에서 가지고 내려온 듯한 고사리같은 나물도 있었다. 산사에서 먹는 저녁 공양이나 다름이 없다는 생각이 들었다. 시장할 때 먹는 공양이라 그런지 정말 입맛이 당겼다. 살림하는 여자를 능가할 정도로 음식 솜씨가 빼어나다는 생각이 들었다.

"스님, 공양 많이 잡수세요."

"……."

원각은 옥금슬의 권유에 대답하지 않고 가늘게 웃어주었다. 원각의 뇌리에는 왕방산에 기거한다는 '산해'라는 스님으로 가득차 있었다. 하루빨리 그 스님을 만나 뵙고 싶었다. 은사 스님과 절친한 사이라면 어쩌면 자신의 존재에 대한 것도 그 스님은 알고 있지 않을까, 하는 생각도 들었다.

"스님, 오늘은 여기서 주무시고 내일 산에 오르시지요."

"이거 폐만 끼쳐 드리게 되는군요."

옥씨의 제의에 원각은 거절할 이유가 없었다. 당장 이 집을 떠나면 어디로 간단 말인가? 다만 이 집에 부담이 되는 손님 같은 존재인 것이 마음에 걸렸을 뿐이었다.

"스님, 그런 말씀 마세요. 정히 그러면 내일 아침에 어머니한테 기도나 한번 더해 주세요. 그러면 마음이 편하시겠지요."

"예, 그렇게 하지요."

"스님, 말씀 낮추세요. 큰 오라버니뻘 되어 보이는데……."

"그럼 스님, 마 우리 금실이 하고 의남매나 맺으시소. 얘도 일가친척 없는 몸이니 외로울 것이고 스님 또한 산속에 계시니 외로울 건데……."

"예, 그러지요, 어르신."

"그럼 아버지, 제가 스님더러 오라버니, 라고 불러요?"

"당연히 그래야지야. 이제부터 그리 불러라. 아마 산해 스님께서도 그리하도록 하실 거다. 내일 올라가 보면 알겠지만 반가워하실 거라."

"예에. 그럼 오라버니 숭늉 가져다 드릴게요."

옥금슬은 행동 하나하나 막힘이 없으면서도 수줍어하는 기색이 역력했다. 옥금슬이 갑자기 동생이 되다니, 정말 사람의 일이란 한 치 앞도 알 수가 없는 것이었다. 승려의 신분에 사가(私家)에 동생을 두는 일이 부처의 뜻에 어떨른지 모를 일이지만 원각으로서는 정말 싫지는 않았다. 승려가 되면 사가(私家)의 인연마저 단칼에 잘라 버리는 것이 도리거늘 이날껏 승려로 살아온 몸이 새로운 인연을 만들었으니…… 나무 관세음보살.

옥금슬의 방에서 여자 냄새가 났다. 부엌을 사이에 두고 안방과 나란히 놓인 작은방은 옥금슬이 기거하는 방이었다. 옥금슬의 체취가 배어 있는 작은방의 냄새는 향기로웠다. 단출한 세간과 여자에게 긴요한 필수품들이 가지런히 정돈되어 있었다. 수컷들의 냄새로 가득 찬 산사 토굴방의 냄새와는 격이 다른 것이었다.

옥금슬이 직접 들어와 청소를 하고 자리를 펴주었다.

"오라버니, 피곤하실 텐데 이제 쉬세요."

"금실이한테 너무 미안해……."

"하하, 스님이 그렇게 부르니까 듣기 좋아요. 내일 같이 왕방산에 올라가요."

"그래, 나도 기대가 되는 걸."

옥금슬에게 원각이 이토록 빨리 적응이 될 줄 몰랐다. 절간에서는 상상도 못할 일이 아닌가? 처자한테 반말이라니…… 원각은 이렇게 자연스러운 관계로 거리낌 없이 발전되고 있는 것도 부처의 은혜라는 생각이 들었다. 옥금슬이 하얀 이를 활짝 드러내며 웃는 얼굴로 밖으로 나가고 있었다. 치아 역시 참으로 희고 곱다는 생각이 들었다.

지친 몸을 방바닥에 뉘였다. 피곤한 것은 사실인데 잠은 오지 않았다. 옛적 산해 스님이 눕던 방에 등을 눕히고 있다는 생각을 하니 여러 가지 감정이 교차했다. 그 스님의 얼굴도 모르고 이름도 모르며 아무런 교감 같은 것도 가지지 못했는데 옥씨한테 들은 얘기만으로 마치 산해 스님이 바로 곁에 다가와 있는 것처럼 여겨졌다. 더욱이 은사 스님과는 친분이 있었다 하니 어쩌면 자신에 관한 것도 알고 있는지도 모른다는 생각이 들었다. 원각은 어서 날이 밝기만을 기다리고 있었다.

원각은 문득 잠결에 꿈을 꾸었다. 소를 따라 어디론가 가고 있는 꿈이었다. 소가 이끄는 대로 가다 보니 어느 개울가에 이르렀다. 소가 갑자기 뒤를 돌아보며 자신의 얼굴을 내밀었다. 그런데 원각은 정확히 소가 어떤 색깔을 하고 있는지 꿈속에서 알지 못했다. 흰 듯도 하고 푸른 듯도 하며 이도 저도 아닌 듯도 했다.

개울을 겨우 건너는데 한 줄기 풍광이 일어났다. 그런데 갑자기 그 풍광에 휩쓸려 앞서 가던 소가 자취를 감추고 말았다. 원각은 그 꿈속에 어찌나 허무하던지 허기가 져서 잠에서 깨어났다.

창문 밖이 희부연히 밝아오고 있었다. 원각은 꿈에서 깨어나 감정을 추스르고 있었다. 대체 간밤에 꾸었던 소의 꿈은 뭐란 말인가? 종적도 없이 사라져 버린 소의 행방은 대체 무엇이었는가? 억천만 겁의 과거 속으로 사라져 버린 듯한 허탈감을 원각은 천천히 잦아들게 하고 있었다.

약존약망(若存若亡)이라 하였던가? 있는 듯도 하고 없는 듯도 하다. 알 것도 같고 모를 것도 같다. 나를 찾을 수 있을 것도 같고 언제까지 안개 속에서 헤매이고 있을 것도 같다. 이 혼돈의 상황이 머리를 어지럽게 만들고 있었다. 나는 누구인가? 나는 어디를 향하여 나아가는 푸른 납자인가 말이다.

원각은 머리를 비우려고 애를 썼다. 생각할수록 머리가 복잡하여 생각의 끈을 끊어 버리고 머리를 텅 비웠다. 그런 까닭인지 미열 같은 졸음이 다시 몰려왔다. 의식의 언저리를 맴돌다 어떤 꿈의 세계에 발을 담그려는 순간 가슴을 쓸어내리는 듯한 소리에 정신이 번쩍 들었다. 원각은 마당 저편에서 들려오는 소리가 옥금슬이 가슴으로 뿜어올리는 소리라는 사실을 문득 깨달았다.

앞내 버들은 청포장 두르고
뒷내 버들은 유록장 둘러
한 가지는 찢어지고 한 가지는 펑퍼져
바람 부는대로 물결 치는대로
......

원각은 자리에서 일어나 이부자리를 개켜서 정리한 다음에 목탁을 들고 밖으로 나왔다. 봄 안개가 산에서 내려와 마당 가득 희부연 안개로 가득 차 있었다. 저쪽 담장을 향해 고개를 왕방산 쪽으로 쳐들고 옥금슬이 소리를 뽑고 있는 것이 보였다. 원각은 이런 소리꾼의 소리를 정말 눈앞에서는 처음 듣는 일이었다. 옥금슬의 소리 솜씨가 참으로 뛰어나다는 생각이 들었을 정도로 원각은 소리에 감탄을 하고 있었다.

"오라버니, 누추한 데서 불편한 것은 없었나요?"

"아니…… 근데 정말 금실이 소리 잘 하는구나."

"아니예요 오라버니. 아직 멀었는 걸요. 그냥 잠긴 목을 푸느라고 한 번 뽑아낸 소리인 걸요."

"아, 아냐, 정말 듣기 좋았어. 독경만 전문으로 하는 스님네 소리보다 구성지고 빼어난 걸."

원각의 말은 진심이었다.

"아이 쑥스러워라. 오라버니 염불도 구성지던데요."

옥금슬이 활짝 웃어 보였다. 원각도 답례로 웃어 보이며 안방으로 들어가 옥금슬의 어머님께 다시 염불이나 한번 외워줄 생각을 하고 있었다.

"어머니 방에 들어가 염불이나 한번 해 드릴게."

"그러세요. 우리 어머니 오늘 오라버니 덕분에 정말 호강하시겠어요."

"그런 소리 하지마. 이게 어떻게 호강이야, 몸져누운 것이 얼마나 서러운 일인데……."

"그래도 우리 어머니는 염불을 제일 좋아하시거든요."

옥금슬의 안내로 원각은 다시 안방에 들어가서 염불을 외기 시작했다. 원각은 자신을 낳아준 어머니를 만나서 염불한다는 자세로 신심을 다해 목청을 돋구었다. 옥씨는 이른 새벽에 일어나 들판에 일을 나갔는지 안 계셨다.

염불을 마칠 때쯤 들판에 나간 옥씨가 돌아왔다. 옥씨는 매우 상쾌한 표정으로 안방에서 들려오는 염불소리에 기분이 좋아졌던 모양이었다.

"아아, 이제 사람 사는 집 같네."

"새벽같이 일을 하러 나가셨어요?"

"농촌생활이란 것이 눈뜨면 일거리가 지천에 널려 있지요. 이거 스님 덕분에 정말 우리 안사람이 호강을 합니다."

"그런 말씀 마십시오. 어머니 뵈면 마음이 미어지는데요."

"하루 이틀 일이 아니라 이제 우리한텐 그저 자연스런 일상처럼 느껴지지요. 우리 스님은 복을 많이 받으실 겁니다요. 이렇게 누추한 데에 오셔서 이리 정성으로 염불을 외워주시니 이 몸 정말 몸둘 바를 모르겠네요."

"어머니도 기분이 좋은가 봐요. 입을 열어 말씀은 못하시지만 오라버니 염불소리 들으면서 몇 번이나 눈을 떴다 감았다 하시네요. 정말 오라버니 감사합니다."

"에이, 그런 얘기하지 말고 금실이 소리나 한번 더 들어 보자."

"참, 오라버니두. 좀만 기다리세요. 왕방산에 올라가면 귀 막고 들으셔야 할 거예요. 그럼, 아침상 내어올게요."

원각은 세상에 태어나서 이런 감정은 처음이었다. 틀에 박혀 사는 승려들의 생활에서 느낄 수가 없는 감정의 세계가 여기에는 담겨 있는 것이었다. 인간의 삶이란 바로 이런 것인지도 모른다. 원각은 세상 가운데서 한번도 생활하여 보지 못했기 때문에 이러한 순간들이 매우 소중하게 여겨지는 것인지도 몰랐다.

여래출세(如來出世)라고 부처가 중생의 교화를 위하여 이 세상에 태어났건만 사실 이 세상에서 배워서 부처가 되는 법이었다. 무이가 자기 앞에서 그토록 자신만만했던 것도 바로 이런 까닭인지도 모른다는 생각이 들었다. 근데 정말 무이는 그날 밤에 새벽처럼 어디로 떠나 버린 것일까? 애초부터 의도된 행동이었는지도 모른다. 원각이 아무리 세상 경험이 없는 푸른 납자라 하더라도 나이가 있지 않은가 말이다. 이것은 스스로 해쳐나가고 터득하라는 은사 스님의 계획인지도 모를 일이었다.

아침 공양을 마치고 원각은 길 떠날 채비를 했다. 읍내 장터에서 옥금슬을 만난 것이 원각에게 더없는 행운이었다. 옥금슬을 만나지 않았더라면 원각은 정처 없이 헤매었을 것이었다. 그러다가 결국 절간으로 돌아갈 것임에 틀림없는 일이었던 것이다. 이렇게 옥금슬을 만나 다음 행선지를 기약하고 또한 가슴을 부풀리고 있는 것이다. 아아, 왕방산 중턱에 기거한다는 산해라는 스님을 어서 만나 보고 싶다.

"신세만 지고 갑니다."

"스님예, 언제든 들르세요. 열흘이건 보름이건 묵어 가셔도 좋습니다요."

"예에, 그러지요. 오늘은 금실이 따라 왕방산 스님 한번 뵈러 갈랍니다."

"그러시지요. 배울 점이 많이 있는 스님입니다요. 그럼, 금실아. 어서 모시고 올라가거라. 산길 조심하고……."

"예에, 아버지. 오늘은 내려오기 어려울 것 같네요. 어머니가 걱정입니다."

"하루 이틀 일도 아닌데 새삼……."

"그럼, 어르신 다음에 뵙겠습니다."

"스님, 또 들르시지요?"

"예에, 나무관세음보살."

원각은 옥씨를 향해 합장반배를 하고 바랑을 치켜 올렸다. 옥금슬의 어머니를 생각하면 한량없이 슬픈 일이지만 옥금슬은 이런 일들이 몸에 익은 터인지 마음의 동요를 보이지 않았다. 그저 자식된 도리로서 염려의 눈빛만이 역력했다.

옥금슬과 함께 왕방산을 향했다. 마을의 뒷터를 에돌아 구불구불한 산길을 따라 걸어 오르기 시작했다. 옥금슬은 수도 없이 바로 이 길을 혼자서 걸어올랐을 것이었다. 깊은 골짜기에서 차지만 봄기운이 물씬한 바람이 불어오고 있었다. 산의 중턱에 닿으려면 얼마나 걸어야 하는 것인가? 산중에 살아온 신분이지만 가늠할 수가 없을 듯했다. 산세가 드세어 보이는 곳은 오르는 길이 어떻게 뻗어 있을지 모르기 때문이었다.

"오라버니, 오어사엔 언제 돌아가실 건가요?"

"그 글쎄……."

옥금슬이 뜻밖에 그런 물음을 던져 와서 원각은 당혹스러웠다. 사실 언제 돌아갈 기약 같은 것은 마음속으로도 하지 못하고 있었다.

"안 돌아가시면 안 되나요?"

"언젠간 돌아가야겠지. 머리 깎은 중은 산속에서 살아야 하니까……."

"왕방산도 산속이예요. 그냥 여기서 산해 스님하고 함께 사시면……."

"그건 아니야, 새들도 안식처가 있는 법이거든. 그래도 원래 있던 데로 돌아가야 하겠지. 하지만 지금 당장은 아니야."

"제가 청하면 산해 스님께서 허락하실 줄도 모르는데……."

"그럴 필요 없어. 그 스님께선 혼자 있는 걸 좋아하시는 분이실 거야. 산속 절간에도 사람들이 살기 때문에 간혹 혼자만 살고 싶은 그런 스님들이 계시거든. 아마 그렇게 사시는 데 만족하고 계실 거야 모르긴 하지만……."

"정말 그럴까요? 산해 스님 가만 보면 뭔지 그리움이 많은 분처럼 보여요. 산에서 늘상 먼산바라기하고 계실 때에 보면 정말 누군가를 미치도록 그리워하는 그런 모습을 하고 계시거든요. 오라버닌 누군가를 그리워해 본 적이 있으세요?"

"글쎄, 외롭지 않은 사람은 없으니까……."

"맞아요. 외롭다는 거는 뭔가 그리움의 대상이 있다는 거예요. 저도 사실 지금 되게 외롭거든요. 누군가 미치도록 그립곤 해요."

옥금슬은 앞만 보고 걸으면서 또박또박 말을 했다. 옥금슬의 뒷모습이 마악 무르익은 과일처럼 싱그럽게 느껴지고 있었다. 옥금슬의 가늘고 길다란 머리카락이 미풍에 뒤로 나부끼고 있었다. 무릎 아래를 덮는 감색 치마와 분홍 스웨터가 산들바람과 한데 어울려서 원각의 마음을 설레이게 하는 느낌이 들었다. 나무관세음보살. 원각은 쓸데없는 생각에서 빠져나가려고 부러 헛기침을 내뱉었다. 승려의 제일은 욕계삼욕(欲界三欲) 가운데서도 특히 음욕(淫欲)을 경계하는 것이라고 하지 않았던가.

"오라버니, 갑자기 말을 안 하세요?"

옥금슬이 문득 뒤를 돌아보며 물어왔다. 원각은 얼굴이 화들짝 달아

오르는 것을 느끼고 있었다. 산속의 오솔길에서 바라보니 옥금슬의 얼굴이 달덩이처럼 밝고 곱다는 생각이 들었다. 아아, 나무관세음보살.

"어, 잠시 생각 좀 하느라고. 근데 금실이가 그리워하는 사람은 누굴까?"

원각이 잠시 멈췄던 걸음을 떼면서 말했다. 산길은 오어사에 오르는 산길보다 구불구불하고 경사도 심했다. 새들이 풀쩍풀쩍 날면서 조잘거리는 소리가 들렸다.

"정해진 사람은 없는 데도 그리운 사람 있잖아요."

"그렇지, 미지의 대상이라고나 할까."

"맞아요. 백마 타고 오는 왕자님은 아니라도 미래에 만날 그런 사람……."

"금실이는 예쁘고 착하고 소리도 잘하니까 그런 사람 반드시 만날 거야."

"근데 오라버니, 난 이상해요."

옥금슬이 흘깃 뒤를 돌아보면서 말했다. 산속으로 깊이 들어갈수록 숲이 울창했는데 마음은 점점 맑고 상쾌해지고 있었다. 숲길 저켠에서 개울물 흐르는 소리가 들렸다. 이런 산속에서 물길을 만들어 물이 흐르다니 자연의 신비로움이 느껴졌다.

"뭐가 이상하다는 거지?"

"자꾸만 산속에 살고 싶어져요."

"그야 산속에서 오래 살았으니까 익숙해져서 그러는 거지."

"그게 아니고요. 나는 전생에 스님이었던가 봐요. 자꾸만 그런 기억이 떠올라요. 오라버니 만난 것두 언젠가 그랬던 일 같고……."

"살다 보면 비슷한 느낌을 느낄 때가 종종 있게 마련이야. 나도 그런 느낌을 가질 때가 있었으니까. 근데 너무 거기에 집착하지 마. 뭐든 집착하면 고통이 따르게 마련이거든. 방하착이라고 해서 모든 것을 놓아버려야 자유를 누릴 수가 있어."

"참, 오라버닌 어쩌면 산해 스님처럼 말씀하시네. 우리 은사님이 매번 그런 말씀을 하시는데 은사님은 뭐든 얽매이는 게 싫대요."

"어쩌면 그분이 부처신 줄도 모르겠네. 최고의 깨달음이란 바로 대자유인이 되는 것이니까. 아아, 나는 언제 그런 행공(行功)을 쌓을꼬. 나무관세음보살······."

원각의 말에 앞서 걷던 옥금슬이 슬몃 고개를 뒤로 돌리면서 웃어 보였다. 얼마나 걸었던 것일까? 이마에서 땀이 맺히기 시작할 무렵 먼발치로 암자가 눈에 들어왔다. 산의 아래쪽을 내려다보니 까마득히 멀었다. 산해 스님은 어찌하여 왕방산에 둥지를 틀었을까? 은사 스님과 절친한 사이였다면 지금쯤 큰절 승려로서의 지위를 누릴 수도 있을 법한데 말이다. 가만있어도 시봉을 드는 승려며 어느 하나 아쉬운 것이 없을 터인데······ 원각은 가쁜 숨을 몰아쉬었다.

얼마쯤 더 걸어서 목적지에 당도했다. 해는 이미 중천에 떠서 산골짝을 밝게 비추고 있었다. 말이 중턱이지 거의 산의 정상을 눈앞에 바라보는 지점이었다. 원각은 처음 보는 순간에 놀라고 말았다. 세상에 이런 고지(高地)에 어떻게 암자를 지을 생각을 하셨을까? 그러나 원각은 그보다는 어떻게 이런 산세에다 보란 듯이 암자를 지을 수가 있었는지에 더욱 놀라고 있었다. 터를 제법 넓게 잡았고 마당의 뜰도 제법 다져놓았다. 나무와 흙을 가지고 지어놓은 암자는 결코 하루아침에 지어진 것이 아니라 몇 해를 두고두고 일이 진척되었을 것으로 짐작이 되었다.

인간의 의지란 참으로 위대하다는 말이 실감이 났다. 오어사의 여기저기 박힌 토굴이며 암자보다 결코 뒤지지 않을 그런 암자임에 분명했다. 그런데 산해 스님이 보이지 않았다. 원각은 무엇보다 스님을 만나게 된다는 사실에 가슴이 설레었던 것이다.

"오라버니, 저기 내려다보세요."

"어, 정말 읍내가 한눈에 다 들어오네."

"시원한 물을 떠다 드릴게요. 목마르지요?"

"아, 정말 목이 타네. 그런데 스님은 안 계시는 모양이야."

"근방 어디에 계실 거예요. 간혹 이 골짝 저 골짝 소풍을 다니지요."

원각은 스님의 한가로운 일정에 피식 웃고 말았다. 여기에서 세상을 바라보며 스님은 어떤 생각을 하실까? 세상을 굽어보는 스님의 마음이란 대체 어떤 것일까?

몇 시간을 걸어온 길이 눈깜짝할 사이에 두 눈 속에 담기었다. 읍내의 장터, 씨억한 대장부의 기상이나 언변이 좋은 장사치의 재간도 한점 구름 속에 묻혀 버리고 말아 버릴 듯이 아아, 여기서는 모든 것이 점처럼 작아지는 것을 원각은 한순간에 깨닫고 말았다.

"오라버니, 한번 둘러 보세요."

"전망도 좋고 손품이 많이 들어간 암자네요."

암자의 좌우로 오솔길이 나란히 뻗어 있었다. 그리고 저만치에 정자도 아담하게 놓여 있었다. 뒤로는 산의 기세가 반 뼘쯤이나 되어 보였다. 암자가 앉은 자리가 왕방산 거의 정상이라는 말이었다. 앞쪽 산만 가리지 않는다면 희미하나마 오어사의 자락까지 시야에 들어올 것만 같은 데였다. 이런 곳에 머리 기른 스님이란 상상만으로도 범상치 않은 데가 있을 듯했다.

"은사님이 여러 해를 두고 완성한 암자래요."

"하하, 달마대사님처럼 면벽구년을 하셨겠구만."

원각은 그런 생각이 들었다. 이 암자를 쌓아올리는 행위가 수행이었을 것이다. 말하자면 무(無)에서 유(有)를 이룩했다는 말이다. 아아, 그런데 존재, 라는 것은 대체 무엇인가? 있는 것과 없는 것의 경계를 깨달을 수만 있다면 정향(定香)인들 못할까? 선악의 모든 대상에 마음이 조금도 동요하지 않음이란 이를 두고 이르는 말일른지 모른다. 산해라는 스님이 바로 그런 분일지도 모른다는 생각이 들었다.

"오라버니 이쪽으로 따라오세요."

원각은 옥금슬을 따라 암자의 뒤란으로 걸었다. 그곳에는 석간수가 졸졸졸 흐르고 있었다. 바위틈에서 끊임없이 샘솟는 물의 생명력, 바로 감로(甘露)였다. 이슬이 내려 그것이 쌓여서 감로가 된다는 말이 있다. 세상이 어질 때는 하늘이 이처럼 감로수를 내린다고 했다.

석간수를 작은 나무 종발(鐘鉢)에 떠서 마셨다. 가슴을 타고 들어가는 석간수의 맑은 기운에 속이 확 트인 느낌을 받았다. 옥금슬은 원각이 석간수를 떠서 음미하는 것을 입을 반쯤 벌리고 흡족한 표정으로 바라보았다.

"창자 끝까지 시원하죠?"

"그래, 정말 감로에 다름 아닌데……."

"어머, 오라버니 저기 다람쥐……."

"하하 고놈 참 귀엽네."

"우리 은사님은 다람쥐를 보고 즉비(卽非)래요. 하도 그래서 내가 다 알고 있잖아요."

앞마당으로 걸어 나오면서 옥금슬이 말했다. 걸어 나오면서 굽어보니 다시 눈에 들어오는 산 아래 세상의 전경이 그림 같았다.

"즉비? 다르지 아니하고 같지 아니하다?"

"어머, 오라버니두 아는 말씀이세요?"

"글쎄, 그냥 줏어들은 얘기야."

그들은 동시에 쾌활하게 웃었다. 즉비, 라면 원각에게도 화두처럼 가지고 다니는 법어였다. 두 물건이 서로 다르지 아니한다 하여 즉(卽)이요 서로 같지 아니한다 하여 비(非)라 한 것이다. 다르지도 않고 같지도 않은 무궁의 세계에 발을 담그고 있는 인생이란 그래서 고뇌로 가득 찰 수밖에 없음이다.

"어머 오라버니, 저기 은사님 오시네요."

옥금슬이 가리키는 곳을 바라보았다. 거기 머리가 목을 덮고 수염이 덥수룩한 산해라는 스님이 앞마당 쪽으로 걸어오고 있었다. 원각은 두근거리는 가슴을 가다듬었다. 신분 따위에 괘념하지 않는다는 듯한 모습, 이미 파락승(破落僧)처럼 보이는 모양 따위에는 전혀 신경 쓰지 않는다는 듯이 산해 스님의 걸음걸이가 당당해 보였다.

5. 牧牛(목우: 소를 길들이다)

목우(牧牛)는 거친 소를 길들이는 모습으로
소의 모습은 검은색에서 흰색으로 변해 가고 있다.
수행자는 어떠한 어려움이 있더라도 어금니를 꽉 깨물고 꾹 참고
계율을 지켜 나가면 업력이 약해지고 의지가 강해져 소가 반백이 된다.
이때 더욱 마음의 채찍과 고삐를 놓지 않고 마음을 길들이면 고삐를 놓아도
과거로 돌아가지 않는 불퇴전의 경지에 이르게 된다.

고삐를 꽉 잡고 그놈을 놓지 말라

산해 스님을 향해 합장반배를 하였다. 수인사를 나누는데 원각의 손을 잡는 산해 스님의 손은 가늘게 떨렸다. 원각의 눈을 빨아들일 만큼 강렬한 산해의 눈빛에 압도되었다. 원각은 이처럼 강렬한 눈빛은 처음 보았다.

언젠가 푸른 납자라는 말을 생각했던 적이 있었다. 바로 그런 납자가 여기 있었다. 산해는 결코 파락승이 아니라 눈이 살아 있는 납자가 분명해 보였다. 원효가 머리를 기르고 시장바닥을 헤매던 모습이 떠올랐다. 원효의 화신(化身)인지도 모른다는 생각이 들었을 정도였다. 범상치 않은 느낌은 원각을 더욱 긴장되게 만들었다.

원각은 은사 스님과 절친한 관계라는 사실 때문에 산해 스님이 남처럼 여겨지지 않았다. 은사 스님 말씀을 드리면 반가워하리라는 생각이 들었다. 그러나 원각은 쉽게 입을 열지 않았다. 입을 열면 산해 스님 앞에서는 곧장 구업(口業)이 되어 버릴 것만 같았다. 머리를 기른 파락승 앞에 머리통이 새파란 승려의 기세는 움츠러들고 있었다.

"오어사 원각 스님이시라……."

"예 스님, 그 절에서 자랐지요."

산해 스님의 말은 깊은 데서 신중히 끄집어내는 느낌을 가지고 있었다. 그런 스님의 말에 은근히 깊은 맛이 있는데 듣는 사람의 마음을 편안하게 만드는 데가 있었다.

"그대는 어째서 이리 헤매고 다니는가?"

"예에?"

산해 스님의 눈빛이 순간 화살처럼 따갑게 원각의 눈동자에 꽂히고 있었다. 원각은 갑작스런 산해 스님의 일침(一針)에 적이 당황했다. 원각의 곁에 있던 옥금슬의 어깨가 파르르 떨리는 게 보였다.

"내 그대를 언젠가 만나리라 생각했는데 오늘에야 비로소 이렇게 만나게 되네. 그런데 자네의 눈빛엔 야성이 아직 남아 있어……."

"스님께서 저를 아시는지요?"

원각은 산해 스님의 말에 고개를 바투 쳐들었다. 산해의 말은 이미 원각을 알고 있다는 의미를 지니고 있었기 때문이었다.

"삼라만상이 하나 아님이 없거늘 모른다 할 수야 없는 일이지……."

산해 스님의 말에서 원각은 까닭 모를 깨달음의 깊이를 느끼고 있었다. 아아, 머리를 길었다고 어찌 승려가 아니겠는가.

"운해 스님을 은사로 모시고 있습니다."

"……."

이번에는 산해 스님은 입을 열지 않았다. 그윽한 눈으로 원각을 쏘아 보는 눈빛은 예사롭지 않았다. 묵묵히 고개를 끄덕이는 모습 가운데는 몹시 화난 듯한 느낌도 담겨 있는 것 같았다. 원각은 깊게 숨을 들이마셨다. 옥금슬이 연달아 산해와 원각을 바라보았다. 발 아래로 구름 아래에 세상의 들야와 풍경들이 그림처럼 박혀 있었다.

"운해 스님하고 절친한 사이라 들었습니다."

"안다는 것은 곧 모른다는 것, 손바닥의 안과 겉이 결국엔 하나이듯 두두물물(頭頭物物)이 나 아닌 것이 없네."

산해 스님의 눈가에 눈물이 맺혀 있었다. 원각은 스님의 눈가에 맺힌 눈물을 보았다. 깨달음도 깊고 감정이 묻어나는 산해 스님의 매력에 원각은 빨려들었다.

"스님은 어찌하여 여기에 뿌리를 내리셨습니까?"

"하하, 그게 궁금하셨나? 흑승지옥을 피해 여기로 올라왔지. 자넨, 흑승지옥을 들어 봤나?"

원각은 산해 스님을 쳐다보았다. 산해의 눈빛이 타드는 듯이 강렬하게 느껴지고 있었다. 옥금슬은 몇 걸음 저만치에서 둘의 대화를 듣고 있었다.

"흑사지옥은 들어 봤는데……."

원각은 말을 마치지 못하고 입을 다물었다. 흑승지옥을 들어 본 적이 없었다. 뜨거운 바람의 열길 사람의 몸을 태운다는 흑사지옥은 언젠가 은사 스님의 법문에서 들었던 말이었다. 그런데 흑승지옥이란?

"쇠사슬을 달구어 묶고 달군 도끼로 몸을 베는 데가 바로 흑승지옥이야. 확연대오(廓然大悟)하여 진리를 밝게 깨치기 전에는 함부로 들어갈 수가 없는 곳이지."

"그런 흑승지옥이 어디랍니까?"

"그야 당연히 저 아래 세상이지. 저기가 그러니까 화택(火宅)인 셈이네. 저것들 보게. 번뇌와 고통으로 불타고 있는 저 집들 말이야."

원각은 산해가 가리키는 데를 바라보았다. 산해의 손끝이 산 아래 점점이 박힌 마을들을 가리키고 있었다. 그러나 원각의 눈에는 눈 아래 펼쳐지는 모든 풍광들이 한가로운 그림처럼 아름답게 느껴지고 있었다.

"아름다운 그림처럼 보이는데요."

"깨달음이 없는데 당연한 것이야. 눈에 보이는 것만 보면 그리 보일 수가 있어. 하지만 마음의 눈으로 그 심연을 보아야 해. 그래서 거기에서 빠져나올 수가 있어야 한단 말이지. 그래야 모름지기 승품공덕(勝品功德)을 이룰 수가 있는 거라네."

산해의 말을 원각은 모두 이해할 수는 없었다. 산해가 어떤 목적으로 이런 말을 원각에게 건네는지 알 바가 없었다. 다만, 승려에게 깨달음이란 얼마나 중요한 것인가에 대한 느낌을 지닐 수가 있었다.

"오어사에서 한때 수행하셨다면서요?"

"오어사 얘기는 꺼내지 말게. 내가 산문에 들어온 이래 처음으로 머리 깎은 승려란 사실을 후회한 절이네. 자네의 나이가 지금 몇이던가?"

산해가 갑자기 원각의 나이를 물어왔다. 산해 스님의 말에 의아해 하고 있던 원각은 나이를 물어온 순간 본능적으로 흠칫 놀랐다.

"스물여섯입니다."

"……."

원각의 대답에 산해는 눈을 지그시 감은 채로 묵묵히 고개를 끄덕이고 있었다. 까닭 모를 생각에 잠겨 있는 듯한 모습이었다. 어느새 옥금슬이 원각의 곁에 다가와 있었다.

"그대가 소를 찾아서 뭐에 쓰려고……."

"예에? 스님 그게……."

스님의 말씀에 원각은 머리가 쭈볏 서는 느낌이었다. 나이를 묻는 것도 의아스러운데 갑자기 소에 관한 말을 꺼낸 것은 대체 무슨 의미란 말인가? 스님은 어떻게 원각의 의중을 훤히 들여다보고 있는 것인가? 원각은 정말 놀랄 뿐이었다.

"그대가 찾는 소는 깨달음의 소가 아닐세. 소를 찾는 순간 인연의 업장으로 그대가 지금껏 쌓아올린 모든 지혜와 복덕이 달아나 버릴 것이야. 그러니 그만 소를 찾으려거든 제대로 소를 찾아야지. 나무관세음보살……."

"제가 소를 찾아 나선 것을 어떻게……."

"……."

원각의 물음에 산해는 응대하지 않고 깊은 시름이 담긴 한숨을 길게 토해내며 멀리로 시선을 보내고 있었다. 옥금슬이 이쪽으로 걸어왔다.

"은사님, 무슨 생각을 하고 계세요?"

"아무 생각도 하지 않았느니라."

"하하, 스님도 거짓말을 하시네요?"

옥금슬이 평소에 그랬던 듯 자연스런 투로 말했다. 산해의 표정은 몹시 시무룩한 모습이었다. 원각이나 옥금슬은 산해 스님의 표정이 이렇게 침통한 것을 이해할 수가 없었다. 옥금슬은 산해 스님의 태도가 특히 이해되지 않았다. 손님을 이렇게 맞을 분이 아니랄 것을 옥금슬은 너무 잘 알고 있기 때문이었다.

"정말이냐. 근데 수좌, 소를 보긴 한 것이냐?"

"아, 아뇨. 꿈속에서만……."

"헤, 내 이럴 줄 알았지. 소를 잡아도 다스리기 어려운 법이야. 그 고집 센 마음을 꺾어 버려야 야성의 소가 날뛰지 못하는 걸세."

"아휴, 두 분 그런 말씀만 나누실 건가요?"

옥금슬이 분위기에 바람을 펄럭이며 환전시켰다. 옥금슬의 말에 괘념하지 않고 원각은 산해 스님의 말꼬리를 이어나갔다.

"스님, 제가 찾는 소가 어떤 것인지 어떻게 아시온지요?"

"으음 글쎄, 자넬 보니 내 옛 시절이 생각났어. 고집 센 마음에 날뛰던 소, 사방천리에 몸을 담그고 깨달음을 얻고자 누비던 세월이 지나보니 그저 푸른 물 푸른 산에 잠시 머물렀을 뿐, 정작 소에 한번 올라타 보지 못했네."

"그래 종국엔 어찌 되셨는지요?"

"허엇, 그야 지금 이대로 아닌가? 막힘없이 자유로운 대자연의 한 점 흘러가는 바람이며 흘러가는 구름이며……."

"……."

원각은 더 이상 입을 열지 않았다. 어느새 산해 스님의 눈가에 눈물이 어룽거리고 있었다. 옥금슬은 스님의 눈가에 글썽이던 눈물을 바라보며 의아한 낯빛을 하고 있었다. 옥금슬은 은사께서 평소답지 않음이 적이 의아했기 때문이었다.

"금실아, 북을 꺼내 오거라."

"예에, 스님."

산해의 말에 옥금슬이 곧장 안으로 들어갔다. 싱그러운 바람이 산등성의 골짝에서 암자가 있는 데로 불어 내려왔다. 해는 높이 떠서 암자의 숲 주변을 비추고 있었다. 말이 멈추던 순간에 암자의 주위는 잠시 산새소리며 바람소리마저 멈춰선 듯이 고즈넉했다. 옥금슬이 안으로 들어간 순간 원각은 산해에게 물었다.

"스님, 한 가지 묻고 싶은 말이 있습니다."

"……."

산해는 손채양을 만들어 아래를 바라보았다. 그는 원각의 말에 응대하지 않고 묵묵히 그런 자세를 하고 있었다. 그러거나 말거나 원각이 물었다.

"산문에 들어오신 것을 처음으로 후회한 절이 바로 오어사란 말씀을 하셨습니다. 무엇 때문에 그리되었는지 말씀해 주실 수 있는지요."

"수좌가 그리 궁금하다면 말하지 못할 바야 없지. 수좌한테 공부가 될 수도 있는 법이고…… 난, 말일세…… 오어사에서 피거비구(被擧比丘)가 되었네."

"예에?"

원각은 다문 입을 벌리며 놀라고 말았다. 피거비구란 범죄를 저질러서 벌을 받은 비구를 말하는 것이었다. 대체 어떤 범죄를 저질렀단 말인가?

"다 지나간 일이네만 머리 깎은 신분이 그땐 참으로 부끄럽고 후회되었네. 부디 수좌는 중생회향 이루시고 성불하시게나. 나무관세음보살……."

"……."

산해 스님이 정중히 머리 숙여 합장반배를 올렸다. 원각이도 얼떨결에 산해를 향해 그렇게 하고 있었다. 이제 더는 산해 스님한테 묻지 않으리라 다짐했다. 아픈 데를 긁어서 상처가 아물 리가 없을 것이기 때문이었다. 그런 상처를 지니고 계셨다는 생각을 하니 산해 스님이 안타깝다는 생각이 들었다.

"스님, 용서하십시오. 제가 오늘 말이 많은 파파(蝴蝶)가 되었습니다."

"나무관세음보살……."

산해를 따라 원각은 역시 마음속으로 수없이 나무관세음보살을 외고 있었다. 그러면서 원각은 생각하고 있었다. 이제 이 산을 내려가야 한다고 말이다. 대체 이 산을 내려가면 어디로 걸음을 옮길 것인가? 원각의 머릿속에 돌아갈 곳은 바로 오어사라는 생각이 들었다. 갑자기 오어사에 돌아가 은사 스님을 뵙고 싶다는 생각이 들었다.

옥금슬이 안에서 북을 가지고 나왔다. 예의 그랬던 듯이 산해와 옥금슬은 북을 가지고 정자로 걸음을 옮기기 시작했다. 원각은 이들을 따라 걸었다. 암자의 오른쪽 길을 따라 평퍼짐하게 돋궈 언덕배기에 정자가 고즈넉히 자리잡고 있었다. 정자에서 여름날에 낮잠을 잔다면 신선이 따로 없을 듯한 느낌을 자아내고 있었다.

"금실아, 오늘은 자진몰이로 놀아 보자꾸나."

"은사님 마음이 그러하시면……."

산해 스님이 정자의 중앙 마루에 양반자세를 하고 앉았다. 옥금슬은 매우 익숙하여 단련된 동작으로 목을 풀면서 산해의 바로 곁에 바투 서서 구름 아래 전경들을 바라보았다. 원각은 이런 일련의 모습들이 마치 수행을 하는 구도자의 모습을 보는 듯한 느낌이 들었다. 머리 깎은 승려만이 수행을 하는 것은 아니라고 생각했다.

탁 따닥 덩덩 덩더꾸
탁 따닥 덩덩 덩더꾸

산해의 손이 날렵하게 북의 테두리와 가운데를 오르내리고 있었다. 옥금슬은 숨을 고르면서 한번 원각을 일별한 다음 미소 지었다. 원각이 옥금슬한테 답례의 미소를 보내며 어서 해 보라는 턱짓을 보내주었다.

묻노라 저 꾀꼬리
뉘를 이별하였는디
환우성 지지 울고
뜻밖의 두견이는
귀촉도 귀촉도 불여귀라
가지 위에 앉아 울건마는
……

옥금슬의 소리는 점점 잦아들었다. 산해와 옥금슬은 더는 입을 열어 말을 하지 않았다. 소리의 가락으로 화답하는 모양이었다. 곡이 하나 끝나면 산해가 북으로 신호를 보내고 고개를 끄덕이며 목청을 가다듬은 다음 곧장 다른 소리를 이어나가고 있었다. 하루 이틀에 이루어진 것이 아니라 수없는 세월의 반복 속에서 잉태된 조화를 충분히 느낄 수가 있었다.

금자동아 옥자동아
천하천지 보배동아

구름에 쌓여 가냐

바람에 밀려 오냐

이럴 둥아 저럴 둥아

천하천지 보배둥아

……

이번에는 서로 소리와 북장단을 교환했다. 옥금슬의 북을 다루는 솜씨가 놀라웠지만 더욱 놀란 것은 산해 스님의 소리가락이었다. 산해의 입에서 흘러나오는 소리가락은 참으로 유장했다. 그는 소리를 좌우로 흔들었다. 그러다가 느릿하게 밀어내는가 하면, 호르르 굴리기도 하고 있었다. 북장단을 잡고 있는 옥금슬의 입에서도 어흠, 하고 더늠을 주고 있었다. 원각은 이런 소리를 처음 들었다. 소리를 호르르 굴리기도 하고, 빨리 몰아들이기도 했다. 어떤 순간에 명치끝에서 비잉 비잉 돌리는데 그 소리가 창자를 쥐어짜는 듯한 느낌을 자아내고 있었다.

원각은 소리의 외형적인 가락이 주는 느낌보다 소리가 담고 있는 내용에 빨려들었다. 소리의 내용이 예사 내용이 아니었기 때문이었다. 특히 산해의 입에서 빠져나온 소리는 한(恨)과 탄(歎)이 서려 있었다. 소리에서 뿜어나오는 한과 탄이란 것은 소리꾼의 심정을 담고 있는 것이기에 원각은 소리를 통해 산해의 심정을 헤아릴 수가 있었다. 소리의 내용대로라면 산해 스님의 가슴에는 품은 자식이 있다는 말이었다.

엄메 엄메 우리 엄메 명월 같은 우리 엄메

속잎 같은 나를 두고 생버들서 잠을 잔다

옥금슬과 산해가 소리로써 주거니 받거니 하였다. 소리가 주는 타고 드는 가락의 여운에 빨려들 듯하다가도 소리가 담고 있는 내용을 음미하면 이미 이는 소리가 아니라 즉흥적인 심정의 발로였다. 옥금슬은 두고 온 어머니를 그리며 어머니의 자리보전하고 누운 사실을 심중에 담아 노래하고 있었다.

불쌍하구 가이없구 산은 열두 산이요 고개두 열두 고개
먼산은 암암허구 근산은 중중한데 녹수진경 오락가락헐 적에
문장시는 문을 열고 질장시는 질을 열고 이승천리 저승천리
전라도 지리산은 생물두사 놀던 고개 어느 날에 찾아올까
……

옥금슬의 소리를 받아 이어가는 산해의 소리는 이제 흐느끼고 있었다. 산해 스님의 소리에 원각은 감동을 절로 받았다. 소리꾼으로 살아가도 부족할 것이 없을 법한 소리의 내공이 대단하게 여겨졌던 것이다.

원각은 옥금슬의 소리 솜씨가 뛰어남은 말할 것도 없고 특히 산해 스님이 소리를 저토록 유장하게 하리라는 것은 상상도 하지 못했다. 대체 산해는 어째서 승려의 신분으로 이런 행색을 하며 소리를 하게 되었을까? 원각은 산해에 대해 너무 많은 것들이 궁금증을 불러일으키기 시작했다.

은사 스님이 산해 스님에 대한 얘기를 들려줄 법도 한데 정말이지 운해 은사 스님으로부터 산해 스님에 대해 들었던 바는 없는 것 같았다. 은사 스님과 한때 오어사에서 수행을 했다면 원각의 기억에도 있을 법

한데 대체 기억이 나지 않았다. 원각이 산사에 오기 전에 절을 떠났는지도 모른다.

원각은 이윽고 소리가 멎자 박수를 보냈다. 산사 생활을 하는 동안 경험하지 못한 소리의 세계에 원각은 놀라고 있었다. 산해나 옥금슬이 소리를 화답하며 주고받는 감정의 교감이 남다를 거라는 생각이 들었다. 따라서 산해나 옥금슬이 오랜 세월 얼마나 끈끈한 정으로 맺어져 왔는지를 짐작할 수 있을 것도 같았다.

"오라버니, 심심하셨죠?"

옥금슬이 붉스그레한 뺨을 어루만지며 물었다.

"아니, 감동했는데……."

"정말요?"

"그럼, 한(恨)과 탄(歎)이 절로 배어 나왔는 걸."

원각은 정말 그런 느낌을 받았다. 소리로써 그런 느낌을 자아낼 수 있다는 것이 신기할 정도였다. 승려가 하는 염불이 만들어 낼 수 없는 소리만의 세계가 분명 존재하고 있었다.

"그대가 한과 탄을 어찌 아는가?"

"예에?"

산해 스님이 원각을 향해 또다시 빗장을 질렀다. 원각은 그런 산해 스님이 약간 서운한 생각이 들었다. 명색이 처음 보는 손님이 아닌가 말이다. 그러나 원각은 웃어른에 대해 버릇없는 태도를 보이고 싶지는 않았다.

"은사님, 오늘 이상하시네요?"

"뭐가 이상하다는 거냐?"

옥금슬이 산해에게 퉁을 보내자 산해가 퉁명스럽게 받았다. 원각은 산해 스님의 자신을 대하는 태도가 별로 마음에 들지 않았다. 원각은 산해가 자신을 부담스럽게 여기는 것이라고 생각했다. 그래서 마음을 가다듬고 산에서 내려갈 생각을 하고 있었다.

"오라버니가 마음에 안 드세요?"

"그런 뜻이 아니라 한과 탄을 그리 쉽게 얘기해선 안 된다 이런 말이지. 수좌는 앞으로 갈 길이 태산인데 어찌 그리 방황하고 있는고……."

"예 스님, 이제 내려가도록 하겠습니다."

원각은 자신의 내면을 훤히 들여다보고 있는 산해 스님한테 반항할 생각은 전혀 없었다. 비록 파락승이라지만 훨씬 법력과 도력이 깊다는 사실을 알았다. 방황하는 젊은 승려에 대해 산해의 입장에서 보면 결코 곱게 보이지는 않을 것이었다.

"오라버니, 정말 내려가실 거예요?"

옥금슬은 원각이 내려갈 뜻을 비추자 애가 타는 모양이었다. 옥금슬의 물음에 원각은 대답 대신에 고개를 끄덕여 주었다. 그리고 입술을 지그시 깨물었다. 바랑 속에 담아온 방황의 끈들을 결코 꺼내어 잘라 버리지도 못했는데…… 소장수가 몇 십리 길을 걸어 장터에 당도하니 파장이라는 말과 상황이 다르지 않았다.

원각은 마음을 굳게 다지고 있었다. 세상에는 역시 혼자라는 말이 실감이 났다. 어떤 경우에도 모든 것을 혼자서 풀어 나가야 한다는 말이 맞는 듯했다. 원각이 왕방산에 오를 때에 애초부터 산해 스님에 대해 여정이나 거취를 기대하지 않았다. 다만, 옥금슬이 관계된 분이라서 관심을 가진 것뿐이었다.

이제 마음을 정하니 원각의 마음은 한결 홀가분한 느낌이 들었다. 원각은 정자에 부려놓았던 바랑을 어깨에 짊어졌다. 하루의 인연으로 많은 것을 보고 경험했다는 생각을 하니 그렇게 서운한 것도 아니었다. 언제까지 여기에 머물 수는 없는 일이기에 언젠가 떠날 양이면 차라리 잘 되었다는 위로마저 되었다.

"스님, 결례가 많았습니다."

원각은 합장반배를 하며 산해 스님을 향해 말했다. 옥금슬은 원각의 태도에 적이 당황하는 눈치로 산해를 바라보았다.

"그대처럼 고매한 수좌가 이런 땡추를 만나서는 안 되는 것일세."

원각은 산해를 쳐다보았다. 그러면서 전율을 느꼈다. 산해의 얼굴에선 세상에서 느끼기 어려운 아름다움이 담겨 있는 것 같았다. 그것은 결코 햇빛의 유혹 때문이 아니라 투명하고 맑은 느낌에서 오는 것이었다. 반듯한 콧날과 단정한 입매, 턱선의 갸름한 선매와 의식이 살아서 튀어나올 듯이 반짝거리는 눈빛을 산해는 가지고 있었다. 원각은 두 손을 모아 나무관세음보살을 외었다.

"나무관세음보살……."

"자네, 법랍이 몇 년이나 되었는가?"

바랑을 걸쳐메고 내려갈 생각을 하고 있는 원각에게 산해가 불쑥 물었다. 원각이 헤아려 보니 별반 세상 나이와 다르지 않았다. 어릴 적 절간에 몸을 담았기에 세상의 나이나 법랍의 나이나 차이가 나지 않은 것이었다.

"세상 나이 스물여섯이고 어릴 적부터 오어사에서 지냈지요."

"으음, 그대 보니 내 옛적 생각이 나네. 깨달음에 이르기 어려운 것이

번뇌 망상은 어찌 그리도 많던지……."

"……."

원각은 갑자기 눈시울이 붉어지며 눈물이 나오려고 했다. 무슨 까닭에서인지 몰라도 산해의 말을 듣고 있으려니 가슴 깊은 데서 갑자기 설움 같은 것이 북받쳐 올라온 것이었다. 산해의 눈가에 지난 세월에 대한 회한이 가득해 보였다.

"자네 무공방이란 얘기 들어 봤는가?"

"예 스님. 구멍없는 방이란 의미죠. 그래서 한번 들어가면 육 년은 거기 갇혀서 지내야 한다는……."

"그래 맞는 말이야. 무공방에 갇혀도 보고 면벽참선도 부지기수로 하였네만 한번 생각을 돌리니 세상이 온통 허탈천지로 변해 버리더군. 그래서 불가에선 인욕자비(忍辱慈悲)라는 말을 한다네. 온갖 박해와 고통, 번뇌도 인내하는 자비 말일세."

"……."

"지금 헛되이 방황하지 마시게. 자네가 찾는 소를 찾았다 한들 그게 어디에 도움이 되는 것인가? 도작불 되려고 마음먹었으면 첫째도 도작불이요 둘째, 셋째도 도작불일세. 자, 방에 들어가 곡차나 한잔 마시고 내려가시게나."

원각은 산해의 말에 아무런 토를 달지 못했다. 원각은 산해 스님이 자신의 속내를 훤히 들여다보고 있음에 놀랐다. 더욱이 오어사 은사 스님의 말씀과 똑같은 말씀을 하시고 있다는 사실이었다. 도작불 얘기를 은사 스님만큼 강조하신 분도 없을 것이었다.

산해의 제의에 원각은 그럴 생각이 없었다. 이왕 내려갈 거라면 당장 내려갈 생각이었다. 깊은 산속에는 어둠이 일찍 내리는 것인데 그게 결코 두려운 것이 아니라 더는 스님 앞에 자신의 내면을 들키고 싶지 않아서였다.

"스님, 그냥 내려가겠습니다. 오늘 좋은 말씀 가슴에 새겨두겠습니다."

"……."

이번에는 산해의 고개가 끄덕여졌다. 산해는 아쉬운 느낌을 결코 밖으로 드러내지 않으려고 애쓰는 모양으로 목에 힘을 주며 입술을 자근자근 깨물고 있었다. 옥금슬은 이제 원각이 여기서 내려가야 할 순간을 맞음에 그것을 인정하는 태도로 배웅할 태도를 취하고 있었다.

"오라버니, 저기까지 바래다 드리지요."

"금실이가 그럴 필요까지 없는데……."

원각은 다시 한번 허리를 깊게 숙여 합장반배를 올리고 바랑을 추스리며 돌아섰다. 아직 태양은 반 뼘쯤 산허리에 걸려 있었다. 그때, 돌아서던 원각에게 산해가 말했다.

"잠시 기다리게나."

"……."

원각은 옥금슬을 바라보며 객쩍게 산아래를 바라보고 있었다. 한참만에 산해가 밖으로 나왔다. 산해의 손에 작은 나무상자 하나가 들려 있었다.

"스님, 이게 뭐예요?"

옥금슬이 산해 스님한테 물었다.

"이건 내가 평생 간직했던 것일세. 내게 이제 필요없는 물건이 되었으니 수좌가 가져가시게나."

"이게 무엇이온지요?"

"오동피리라네. 나를 찾고 싶을 때에 이걸 불면 마음을 다스리는데 도움이 될 걸세. 사람이 마지막 길을 떠날 때 세 가지 애착심이 있는데 자기 몸에 대한 애착이 처음이고, 처자나 재물에 대한 애착심이 그 다음이며, 끝으로 숨이 넘어갈 때에 내생(來生)에 받을 생에 대한 애착심이 그것이라네. 나는 이같은 삼애(三愛)를 이미 버린 몸이라네."

"중요한 물건 같은데 저 같은 소승에게 내어주시니 잘 간직하겠습니다."

"이봐 수좌, 성불하시고 큰스님 되시게나. 나무관세음보살."

"나무관세음보살."

원각은 산해 스님이 내어준 오동피리를 받아 바랑 속에 곱게 갈무리하고 걸음을 아래로 옮기기 시작했다. 옥금슬이 원각을 옆에 나란히 걸으면서 배웅하고 있었다. 원각은 가슴이 몹시 설레었다. 산해 스님이 아끼던 오동피리를 선물로 받은 까닭이었다. 원각은 산길을 걸어 내려오면서 산해가 어째서 그런 오동피리를 자신한테 건넸던 것인지 의아한 생각이 들었다. 그러나 일단 수행정진에 도움이 되는 물건이란 사실에 긴히 간직할 생각을 하고 있었다. 나무상자에 정성껏 보관한 오동나무로 만든 피리, 원각은 바랑 속에 집어넣은 오동피리를 꺼내어 솔숲에 앉아 불어 보고 싶었으나 날도 저물기 시작하여 그럴 수가 없었다. 원각은 걸음을 빨리하여 걷기 시작했다.

"이제 어디로 가실 건가요?"

"글쎄, 행처 없이 떠도는 객승 신세라 어디에 몸을 부릴지 모르겠어."

"오어사에는 안 들어가실 거예요?"

"은사 스님께서 작정하고 바깥 세상에 몸담아 보라 하셨는데⋯⋯."

산해 스님과 헤어지면서 그런 생각을 했다. 원각이 머물러야 할 데란 오어사가 제격이라는 생각. 오어사는 역시 원각에게 고향 같은 데처럼 여겨졌다. 비록 절간 터에서 태어나지 않았다 하더라도 분명히 고향이나 다름없는 것이었다.

"오라버니, 그럼 시당리 저희 집에 머무세요."

"아, 아냐. 그냥 떠돌아 봐야지 어디든⋯⋯."

세상을 떠돌기란 쉽지 않음을 원각은 이제 느끼고 있었다. 하지만 자신이 누구인지를 이번 기회에 확실히 밝혀 보고 싶은 마음은 여전했다. 비록 무이처럼 가족을 만나기는 어려울지라도 자신의 존재에 대해 의미 있는 결론을 얻고 싶은 마음 간절한 것이었다.

"금실아, 산해 스님이 어째서 이 피리를 내게 주셨을까?"

"글쎄 모르겠어요. 사실 여적 저도 그 피리를 본 적이 없는 일이거든요. 우리 은사 스님 차암 별난 데가 있네요. 나한텐 코빼기도 보여주지 않은 피리상자를 오라버니 한테 선물하시고⋯⋯."

"그럼, 이 피리를 부신 것도 못 봤어?"

"그야 물론이죠. 피리 부시기는커녕 그 상자 그림자도 못 봤다니까요."

원각은 묵묵히 고개를 끄덕거렸다. 산해 스님이 아무한테도 보여주지 않은 그 소중한 것을 원각에게 망설임 없이 내어준 까닭은 뭐란 말인가? 아무렴 원각이보다야 옥금슬에 대한 인연이 산해 스님한텐 각별했을 터인데 말이다.

"금실아, 스님에 대해 아는 거 이 오라버니한테 말해 봐라."

"오라버니한테 들려준 내용이 전부예요. 나도 보이는 것 말고 다른 거는 잘 몰라요. 나는 그냥 은사님 만나 소리를 함께했던 게 전부예요. 오어사에 계셨던 거는 아버지 통해서 알게 된 것이고……."

"……."

원각은 머리가 복잡해지기 시작했다. 자신의 문제도 태산인데 갑자기 산해 스님의 문제로 머리가 가득차 버린 것이다. 아아, 한 치 앞도 내다볼 수가 없는 세상이구나. 원각은 큰 소나무 아래 엉덩이를 부리며 덥석 주저앉았다.

"오라버니도 아까 겪었듯이 뭐든 은사님은 우리보다 생각이 깊어요. 깨달음이 남다르고 우리가 생각도 못한 것을 생각하고 있어요. 인생이란 것도 마찬가지예요. 무공방이니 삼애니 하는 말들을 오라버니도 들어 보셨지요? 하지만 그런 생각을 가지고 내가 들었다고 스님을 안다고 할 수는 없는 일이잖아요."

옥금슬은 치마의 끝섶을 가져다 무릎을 가리면서 말했다. 옥금슬과 산해의 관계를 이제 원각도 알 수 있을 것만 같았다. 원각이가 옥금슬에게 물은 것도 그런 내용을 물으려는 것이 아니라 산해의 신상에 관한 것을 묻고자 하는 것이었다. 산해 스님의 인생에 어떤 사연이 있는지를 묻고자 했던 것이다.

"금실아, 산해 스님은 어떻게 승려가 되셨을까?"

"몰라요. 일체 그런 말씀은 하지 않으시거든요."

"그래도 금실이가 그런 것쯤 알고 있을 거라고 생각했는데……."

"몰라요. 스님은 오직 저하고 소리를 하고 살지요. 아침부터 저녁까지 산골을 누비며 약초를 캐서 생활하시구요. 사람들이 스님이라 부르니까 저도 스님이라 부르는 거지요. 사실 지금은 스님이 아니잖아요."

"……."

옥금슬의 얘기에 원각은 대답하지 않고 고개를 끄덕이고 있었다. 산해가 스님이 아니란 것은 물론 원각이 모르는 바가 아니었다. 승려가 머리를 그렇게 기를 수도 없는 일이고 산속에서 세상과 그렇게 단절할 수는 없는 일이었다. 아무리 산속에서 수행하는 수좌라 하더라도 세상과의 단절은 아닌 것이었다. 세상과 교통하면서 자신의 수행을 쌓아가야 모름지기 승려라 할 수가 있는 법이었다. 그러니 절간에 세상 사람들이 발을 끊으면 절간은 망하는 것이요 절간의 승려는 굶어죽는 것이요 수행도 의미가 없다는 말이 되는 것이었다.

"금실아 어서 올라가 봐. 스님 기다리실 텐데……."

원각이 부렸던 몸을 일으켜 세우며 옥금슬에게 말했다. 그런 깊은 산골에 산해 스님 혼자 있다는 생각을 하니 공연히 가슴이 허전해졌다.

"난, 괜찮아요 오라버니. 이대로 집에 돌아가도 되는데……."

"아냐, 그건 안 돼. 혼자 계시잖아. 금실이가 곁에 있어주면 스님 마음이 든든하실 거야. 어서 올라가 봐. 난 걱정 말고, 아무려면 어린애도 아닌데 밥 굶고 다니겠어. 어서 올라가 봐. 하루는 묵고 내려와야지……."

원각이 가슴에 산해 스님으로 가득 찬 느낌이었다. 옥금슬이 스님 곁을 떠나지 않기를 원각은 마음속으로 바라고 있었다. 어째서 이런 느낌이 드는 걸까? 피 한 방울 섞이지 않은 몸인데 산해에 대한 까닭 모를 염려가 생기는 것이었다.

"참, 오라버니두…… 난, 오라버니 걱정이 태산인데 산해 스님 걱정을 다 하시고. 내가 올라가서 은사 스님한테 그대로 전해 드릴게요. 오어사 원각 스님이 은사 스님 걱정 무지 하더라구요. 그럼 내려가세요. 하지만 생각나면 다시 오세요. 왕방산이든 시당리 저희 집이든……."

"그렇게 하지. 당장 금실이도 보고 싶을 거야. 하지만 내 처지가 이러한데 난들 어떻게 하라고…… 금실이한텐 모두가 부모나 다름 아닌 일이야. 양쪽에 모두 잘해 드려야지. 알았지? 이 오라버니한테 약속할 수 있지?"

옥금슬이 심드렁한 태도로 고개를 끄덕이고 있었다. 원각은 옥금슬에게 등을 보이며 먼저 돌아섰다. 옥금슬도 더는 따라 내려오지 않고 멀어지는 원각을 뚫어져라 바라보고 있었다. 멀리 산등성에 걸린 태양이 마지막 몸을 발갛게 불태우고 있었다. 저녁 이내가 뿌우옇게 산모롱이를 내려오고 있었다. 원각은 걸음을 빨리하여 산길을 걸어 내려왔다.

시당리 초입에 당도하여 궁리했다. 그냥 지나치려다 옥씨가 생각났다. 떠나는 길인데 옥씨를 한번 더 보고 바라던 염불이나 한번 외워주고 싶었기 때문이었다. 옥씨는 특히 피리에 대해 알고 있는 것이 있을지 모른다는 생각이 들었던 때문이기도 했다.

옥씨네 사립문을 열고 들어섰다. 옥씨는 보이지 않았다. 왕방산에서 내려온 이내가 푸르스름하게 마당을 가득 채우고 있었다. 푸르스름한 이내의 입자들이 뭉쳐서 한데 어울려 둥둥떠다니는 것처럼 보였는데 이러한 기운들이 어둑신한 분위기를 풍겼다. 이제 저녁이 깊어져서 밤이 시작될 것이었다. 절기로 보면 보름을 전후한 터라 왕방산 모롱이 저만치에는 어느 결에 덩실한 달덩이가 박혀 있었다.

원각은 인기척을 내고 마당 가운데 섰다. 옥씨는 방 안에 있는 모양으로 흐린 불빛이 방 안에서 새어나왔다. 옥씨의 부인은 기동을 못하는 때문에 옥씨가 불을 켰을 것이었다. 원각은 다시 헛기침을 내어 인기척을 보냈다. 그제서야 안방의 문이 열리고 있었다.

"다녀오셨습니까?"

"예, 어르신. 나무관세음보살."

원각은 예의를 다하며 합장반배를 하였다.

"우리 금실이는……."

"저 혼자 내려왔습니다. 가는 길에 기도나 한번 해 주려고요."

"아이, 스님 차암……."

"그래야 제 마음이 편할 거 같았습니다."

원각은 바랑을 부리며 목탁을 꺼냈다. 그리고 옥씨의 말이 있으나 마나 방으로 들어섰다. 옥씨의 아내는 죽은 듯이 누워 있었다. 원각은 무릎을 꿇고 단정히 앉아 목탁을 두드리기 시작했다.

똑똑똑똑……

부처님이 정녕히 이르시되 마음 깨쳐 성불하여 생사윤회 영단하고

불생불멸 뛰어넘어 불쌍한 우리 보살 굽어 살펴주옵소서…….

원각의 기도소리는 혼이 담겨 있었다. 가슴 저 밑바닥에서 슬픔을 건져 올리며 부르는 염불이요 소리 죽여 오열하는 듯한 절절함이 묻어 있었다. 그 소리를 듣고 벌떡 일어나고 싶은 충동을 느끼는 기도였다. 원각은 생전에 이토록 구슬프게 기도를 했던 기억이 없을 정도로 신심을 다했다.

똑똑똑똑……

마음은 빛이시고 몸은 태양이신 부처님께 몸과 마음 하나로 의지하옵니다

부처님의 가피 속에 무사히 생신을 맞아 감사의 정례 드리오며 발원하옵나이다

……

원각의 기도를 지켜보던 옥씨가 밖으로 나오더니 부엌에서 세숫대야에 따뜻한 물을 받아가지고 다시 방으로 들어왔다. 옥씨는 기도에 감동한 표정으로 입가에 방글방글 웃음을 매달면서 부인의 발을 손수 물로 씻기고 있었다. 원각은 이런 옥씨의 아내를 위하는 지극함에 감동되어 더욱 신심을 다해 기도를 했다. 옥씨가 아내의 발을 씻을 때에 원각은 발을 씻기 위해 물을 쓸 때에 부르는 진언을 외워주었다.

옴니리흠칸 옴니리흠칸

옴니리흠칸 옴니리흠칸

……

원각이 정수진언(淨水眞言)을 성의를 다해 외우는 순간 옥씨가 원각을 따라 진언을 같이 외웠다. 한순간 원각과 옥씨가 하나가 되어 땀을 뻘뻘 흘리며 목탁을 두드리면서 진언을 외웠고 진언이 끝나고 원각은 다시 염불을 외웠다. 염불은 반 시간 남짓 계속되었고 염불을 마쳤을 때에 원각의 몸은 땀으로 젖었다. 봄의 초입인데 땀을 흘렸을 정도이니 원각이 스스로도 힘을 다해 염불을 외웠다는 믿음이 왔다.

"스님, 저녁 공양 드시지요."

"아니 생각 없습니다."

아침 공양을 하고 하루 내내 뱃속에 집어넣은 것은 공기밖에 없었다. 그러나 까닭 없이 배가 고프지는 않았다. 전혀 입맛이 돌아나지 않았다.

"산해 스님한테 올라가서 공양 안 드셨지요?

"예, 그저 입맛이 없어서……."

"원각 스님, 제가 공양 내어올게요. 좀 드셔야지요."

원각의 말을 듣지 않고 부엌으로 들어가더니 곧장 저녁상을 보아왔다. 농촌의 밥상인 터에 봄나물이며 산채로 절간에서 먹는 공양과 크게 다르지 않았다. 옥씨가 이런 모든 것을 아내 대신에 한다는 것이 진심으로 찡하게 만들었다.

입맛은 없지만 옥씨의 성의에 공양을 대충 먹었다. 그러나 정말 먹는 둥 마는 둥 공양을 끝냈다.

"어쩨 입맛이 없으십니까?"

"예에, 봄을 타는지……."

"우리 금실이는 거기서 며칠 나고 내려올 겁니다요. 난, 자식을 낳아 산해 스님한테 양녀 보낸 거나 마찬가지예요."

"그게 무슨 말씀……."

"소리를 한다 할 때부터 이미 마음속에서 그리로 떠나보냈지요. 산해 스님께서도 자기 딸이려니 하고 멕이고 가르치고 하니께요."

"그래도 어르신께서 서운하실 텐데……."

"나는 이미 부처님 가피 얻어 난 자식이라 여기기에 또한 부처 따라 보냈다 여기는 것도 괜찮습니다. 산해 스님 생각하면 차라리 우리 금실이를 그렇게 맡겨 버린 것이 잘 되었다 생각도 들어요. 요글막에는 소리를 해서 잘 풀리는 아이들도 많이 있으니께요."

원각은 고개를 끄덕거렸다. 산에서 보니 옥금슬과 산해 스님의 관계
는 참으로 부녀지간의 끈끈한 정을 느끼고도 남음이 있었다. 소리를 가
르치고 배우는 사제지간의 관계를 초월해 부녀지간이라 하더라도 무방
하리란 생각이 왕방산 암자에서 들었었다.

"어르신, 혹여 산해 스님이 옛날 오어사에서 승려를 했을 적에 어떤
일이 그분한테 있었는지 알고 있는 것이 있습니까?"

"……."

옥씨는 얼른 입을 열지 않았다. 옛적 일을 생각하는 듯이 고개를 갸
우뚱거리고 있었다. 이십여 년이 훌쩍 넘었을 일인데 쉬이 기억나지 않
을 것이었다. 파락승이 되어 이미 제대로 된 승려이기를 거부하며 살고
있는 산해 스님의 과거 행적을 묻는 것이 결례라는 것을 알지만 가슴속
에서 자꾸 들썽거렸던 때문이었다.

"스님 말씀으론 오어사에서 처음으로 승려가 된 것을 후회했다 하십
니다. 들어 보니 옛적에 무슨 일이 있지 않았나 하는 생각이 듭니다."

"글쎄 오래 전 일이라 모르겠습니다요. 옛적에 자식을 얻을려고 오어
사 절도랑에서 기도할 적에 산해 스님의 은혜를 많이 입었지요. 그땐
젊은 시절인데 운해 스님하고 종일 붙어 다니다시피 하였는데 가만 보
면 불심도 깊고 절간 일도 부지런히 잘 하시고……."

"그런데 어째서 나중에 절간을 떠나셨는지 그게 궁금해요. 저희 같은
신분들이야 절간을 옮겨 다른 절간으로 가는 것도 있지만 산해 스님은
아마 그 길로 제대로 된 승려의 길을 걷지 않은 듯싶어요. 지금 모습을
봐도 그렇고……."

"그래도 사람들은 언제나 산해 스님이라 부르지요. 한때 탁발을 다닌 적도 있었어요. 그저 양식 필요하면 큰절에 한번 가면 될 거를 탁발을 해야 제대로 중이 된다면서……."

"그런 일이 있었습니까?"

원각은 적이 놀랐다. 탁발이란 참으로 어려운 일이 아닌가? 지금에는 탁발을 하는 스님들이 거의 없는 일이고 종단에서조차 탁발을 하지 못하게 하는 일이 아닌가 말이다. 그래서 조계사 감찰반에서는 탁발을 하는 승려들은 징계한다는 말까지 있던 터였다. 원각은 아까 왕방산에서 산해와 작별할 때 들었던 얘기를 떠올렸다.

산해의 입에서 분명 그런 말이 흘러나왔었다. 죽을 때에 일어나는 세 가지 애착심, 산해는 특히 처자와 재물에 대한 애착심에서 완전히 벗어났다는 대목에서 힘을 주어 말했었다. 어떤 의미에서 승려의 진정한 의미를 실천하고 있는지도 모른다는 생각이 들었다.

하루 염불을 팔아서 호구를 마련하는 길이야말로 수행의 진면목일지도 모를 일이었다. 하긴 산해를 진정 스님으로 보기는 어려울 것이었다. 그래서 약초를 캐서 호구를 삼는 것인지도 모를 일이었다.

"언젠가 스님이 이런 말씀을 한번 했던 적이 있습지요."

"……."

원각은 묵묵히 숙인 고개를 쳐들어 옥씨를 바라보았다. 어둠이 마당 가득히 차서 이미 전등의 불이 켜져 있었다. 저녁 공양을 마쳤지만 공양상은 마루에 그대로 숨을 죽이고 있었다.

"스님한테 처자식이 있다고……."

"그게 무슨 말씀이신지……."

"하지만 일찍이 자기한테 떠난 인연들이라나 그래요. 그래서 저 높은 데서 마음속으로 세상 어디에 숨쉬고 있을 처자식을 내려다보면서 마음 달래고 사시는 모양이지요. 소리가락 들어 보면 그런 한이 묻어날 때가 있었습지요."

"예에……."

원각은 산해의 색다른 면모에 깜짝 놀라고 있었다. 그런 애틋한 사연이 있기에 절간 생활에 적응하지 못하고 그리되었구나, 하는 생각이 들었다. 처자식을 두었던 스님이라…… 어찌하여 승려가 되었으며 어찌하여 승려의 길을 버렸던 것일까? 공연히 이러한 생각들이 가지를 치고 일어섰다.

"스님, 이제 어디로 가실 겁니까?"

"제대로 만행을 해 본 적이 없어서요. 어디든지 다녀 보고 싶습니다."

"그래도 날이 저물었는데……."

"하룻밤 등붙일 데는 있겠지요. 그런데 혹시 산해 스님한테 피리가 있다는 소리를 못 들으셨는지요?"

원각의 뇌리에는 오직 산해 스님의 일로 가득 차 있었다. 그만큼 산해 스님의 행적이 궁금증을 자아내게 만들고 있었다.

"그런 얘긴 귓전에 듣지 못했습지요. 근데 어찌 그런 물음을……."

"제가 왕방산에서 스님하고 헤어질 적에 피리를 선물로 받았습니다. 스님의 말씀이 나를 찾고 싶을 때에 꺼내 불어라시는데 금실이도 모르는 피리였어요."

"금실이가 산해 스님에 관해선 모르는 것이 없는 아이인데 금실이도 모르는 피리라면 당신이 가슴속에 혼자 새긴 것을 원각 스님한테 내어

드린 셈이네요. 거 참⋯⋯."

"그럼, 이만 돌아가겠습니다. 보살님께서 하루빨리 일어나셔야 할 터인데⋯⋯."

"언제 다시 들러주실 거지요?"

"예, 금실이하고도 오라비의 인연을 맺었으니 당연히 들러야지요. 언제든 오어사에 기별을 넣으면 연락이 되실 겁니다. 그럼, 이만 가 보겠습니다. 나무관세음보살."

옥씨는 문 밖까지 따라나와 배웅을 했다. 원각이 몇 번이나 합장반배를 하며 들어가라 손짓하는데도 옥씨는 한참을 따라나왔다. 이제 어둠이 깊어져서 왕방산 산머리 위로 휘영청 달빛이 밝아 보였다.

옥씨와 헤어져서 들판길을 처벅처벅 걸었다. 원각의 생각에는 오직 산해 스님 생각뿐이었다. 옥씨의 얘기가 머릿속에 비잉비잉 맴을 돌았다. 옥금슬이도 모르는 애지중지하던 피리를 어째서 자신에게 불쑥 건넸는지 대체 원각은 이해가 되지 않았다. 산해는 어쩌면 자신의 젊은 시절 방황하던 일이 생각났던 것인지도 모른다. 원각이 염려되어 제대로 수행하는 승려가 되라는 뜻으로 아끼던 피리를 선물했는지 모를 일이었다.

산해의 소리를 기억해 보았다. 참으로 애절한 소리였다. 옥금슬의 소리와 주거니 받거니 하며 리듬을 타드는 소리는 분명 한이 맺힌 소리처럼 느껴졌다. 옥씨의 얘기를 생각하니 산해 스님의 소리가 얼마나 절절한 사연을 담은 소리였는지 알 수 있을 것 같았다. 들판길을 걸으면서 원각은 바랑에서 조심스럽게 피리상자를 꺼내었다. 달빛에 몸을 적신 피리는 반들반들 빛이 났다. 옥금슬이 모르는 피리라면 아무도 몰래 얼마나 많이 이 피리를 매만졌는지 알 수 있을 것처럼 매끄러웠다.

산해의 얼굴의 기억을 더듬어 피리를 불어 보았다. 피리를 소싯적에 몇 번 불었던 경험 이외에는 피리를 불었던 적이 없었다. 그런데 모든 구멍을 개방하고 한번 불어 보는 소리는 정말 예사로운 소리가 아니었다.

감칠맛이 나는데 소리가 창자를 쥐어짜듯이 애절한 소리를 담고 있었다. 손끝을 피리의 구멍에 가져다 대고 한 번씩 거슬러 오르면서 불어 보았다. 여느 피리 소리와는 분명히 다른 데가 있었다. 맑고 투명하면서 흐느끼는 소리가 나오는가 하면, 굽이굽이 물이랑을 내며 흘러가는 물소리가 나오고 님을 찾아 휘이휘이 미친 듯이 달아나는 바람소리도 묻어 나왔다. 울며 잡고 이별하는 임의 울음소리, 남녀 교태의 끝에서 퉁겨져나온 절정으로 치닫는 듯한 쾌척음들이 구멍 속에서 쏟아져 나왔다.

아아, 나무관세음보살…….

원각의 입에서 절로 이런 소리가 흘러나왔다. 어찌하여 산해 스님은 이런 소중한 피리를 망설임 없이 원각에게 주었을까? 원각은 정말 스님의 태도가 이해되지 않았다. 처음 본 사람을 반기는 기색도 없이 나무라는 투의 태도는 분명 원각으로선 반가운 것이 못되었다. 그럼에도 이상하게 밉지 않은 산해의 태도는 뭐란 말인가? 산해한테 그만큼 도력이 느껴진 것인지도 모르는 일이었다.

원각은 피리를 입에서 떼지 못하고 읍내를 향해 한없이 걸어 나왔다. 멀리 신작로에 이따금씩 달리는 차량들이 정적을 깨뜨리고 있었다. 차가 지나고 나면 또다시 적막감이 휘감아 왔다. 왕방산을 쳐다보는데 어디메쯤인지 가늠할 수가 없었다. 왕방산에서 흘러나오는 불빛의 흔적을 찾아볼 수가 없었다. 저기 왕방산에 있을 산해와 옥금슬, 아아 대체 이들은 자신에게 뭐란 말인가? 원각의 입에서 한숨이 흘러나왔다.

원각은 바랑 속에 다시 곱게 갈무리하여 피리를 넣어두었다. 은사 스님이라면 피리에 관한 얘기를 알고 있을지도 몰랐다. 은사 스님이라면 산해 스님에 대해 알고 있을 것이었다. 아무렴 옥씨보다 많은 것을 알고 있으리라 원각은 생각했다. 세상에 참으로 인연이란 알 수가 없는 일이구나. 옥금슬이 꿈속에 자신을 만난 것과 실제 읍내 장터에서 자신을 만나 옥금슬의 어머니를 위해 정말 염불을 했던 일이며, 이로 말미암아 산해 스님을 만나게 되고 그를 만나 피리를 선물받은 일을 무엇으로 설명할 수가 있단 말인가. 사람의 일이란 정말 한 치 앞도 모르는 것이 바로 인생이었다.

원각은 읍내 장터에 도착해서 어디로 갈 것인지 생각해 보았다. 그러나 딱히 갈만한 데가 생각나지 않았다. 문득 무이가 머릿속에 떠올랐다. 대체 무이는 어디로 떠난 것일까? 무이와 함께하지 않은 것이 차라리 잘 되었는지 모른다는 생각이 들었다. 무이와 함께하였다면 옥금슬이나 산해 스님을 만나지는 못했을 것이었다. 원각은 옥금슬과 산해 스님을 만난 사실에 대해 소중한 인연이라는 생각이 들었다.

밤은 이미 깊어 있었다. 달빛의 그림자를 이끌며 중년의 여자가 장터 길을 걷고 있었다. 원각은 아무 뜻도 없이 거리를 따라 걸었다. 밤이 깊어갈수록 날씨가 차가워지기 시작했다. 어디로든 들어가야 한다고 생각했다. 한참 걷다 보니 네온싸인이 반짝거리는 한 골목이 눈에 들어왔다. 여관 골목이었다. 원각은 이상하게 그런 골목으로 발을 들여놓기가 싫었지만 갑자기 피곤기가 몰려들었다.

골목을 기웃거리고 있는데 중년의 여자가 말을 붙여왔다.

"스님, 색시 찾아왔어예?"

"아, 아닙니다. 잠을 자 볼까 하여서……."

원각은 마음이 불안했다. 절간을 떠난 지가 사흘밖에 되지 않는데 벌써 여관을 전전하며 눈꼴사나운 모습을 사람들한테 보이고 있는 것이었다.

"따라오시이소. 싸고 좋은 방 드릴게요."

"고맙습니다 보살님."

원각은 흐트러진 모습을 보이지 않으려고 정중히 합장했다.

중년의 여자를 따라 들어갔다. 한옥의 여관이었다. 방값을 치른 다음에 방을 배정받고 키를 받아 지정된 방으로 들어갔다. 여관 특유의 매케한 냄새가 코를 찔렀다. 바랑을 어깨에서 털어내며 몸을 부렸다.

꽃의 수가 놓아진 빨간색 이불 속은 아늑했다. 바랑 속의 나무상자를 어루만지다가 윗목으로 밀어두고 눈을 감았다. 갑자기 졸음이 몰려왔다. 무이의 얼굴이 아슴하게 떠올랐다. 잇따라서 옥금슬과 산해 스님의 얼굴이 비몽사몽 스쳐갔다. 그러다가 스르륵 잠이 들어 버렸다. 불도 끄지 않은 채로였다.

"스님, 스님……."

가느다랗게 부르는 소리에 원각은 눈을 떴다. 몽롱한 의식 속에 잡힌 한 가닥 여인의 목소리였다. 원각은 옷을 입은 채로 이불 속에서 상체를 일으켜 세웠다.

"스님, 스님……."

"뉘십니까?"

원각은 심한 갈증을 느끼며 몸을 일으켰다. 옥씨의 집에서 시장하던 끝에 급히 저녁 공양을 먹었던 탓인지 혀끝이 타들어갈 정도로 갈증이 심했다.

"문 좀 여시소."

원각은 천천히 문을 열쳤다. 머리 깎은 중을 찾는 여인의 목소리에 이끌린 것이 아니라 목을 축이는 것이 급했기 때문이었다.

"보살님, 마침 목이 말라 그러는데 물 좀 가져다 주세요."

"기달리세요."

빵굿 열린 문 사이로 들여다보이는 여자의 얼굴은 화장을 짙게 바른 채 강렬한 시선을 띠고 있었다. 원각은 이튿날처럼 그렇게 작부한테 당하지는 않으리라 다짐하고 있었다. 옥화라는 여인의 얼굴이 생각났다. 원각은 머리를 저었다.

여자는 곧장 물주전자를 가져왔다. 원각은 주전자를 통채로 받아들고 벌컥벌컥 물을 들이켰다. 거의 절반의 물을 마셨다. 물을 마신 뒤에 길게 한숨을 내쉬었다. 다시 잠을 자고 싶었다. 시계를 보니 겨우 새벽 두 시밖에 되지 않았다.

"보살님, 고맙습니다."

"스님, 혼자 허전하지요?"

여자가 물어왔다. 원각은 고개를 저으면서 말했다.

"아, 아닙니다. 피곤해서 잠을 더 자야 되겠어요."

"아이 스님, 그냥 적선할 게요. 스님이 너무 예뻐서 그래……."

여자는 거의 문을 활짝 열치고 들어올 기세였다. 원각은 저번 날과는 달리 술을 마시지는 않았기 때문에 강렬한 이성이 작용하고 있었다.

"보살님, 됐습니다. 저는 머리 깎은 중입니다. 이러시면 안 됩니다."

"하하, 스님이 숫기가 없네. 이봐, 스님, 그저 적선하고 싶어서 내가 그런다니까, 화대 받지 않는다고…… 내가 좋아서 그래요."

여자는 정말 방문을 열치고 들어올 기세였다. 원각은 아차 하다가 일이 그릇될 듯싶어 재게 문을 닫고 걸어 잠궈 버렸다.

"에이 씨…… 제대로 된 스님들은 몸 보시까지 한다더라. 에이 재수 없어 애숭이."

"나무관세음보살……."

원각은 입으로 계속하여 나무관세음보살을 되뇌었다. 그리고 빠알갛게 빛을 발산하고 있는 10촉짜리 전구를 딸각 꺼 버렸다. 이불 속으로 몸을 집어넣었다. 아늑했다. 역시 졸음이 몰려왔다.

졸음이 오는데 옥금슬이 떠올랐다. 아아, 갑자기 옥금슬의 얼굴이 그의 뇌리에서 되살아나서 얼굴이 점점 커지고 있었다. 원각은 머리를 흔들며 옥금슬의 얼굴을 털어냈다. 일부러 다른 사람들의 얼굴을 떠올렸다. 몇 번이고 반복하다 다시 잠이 들어 버렸다. 멀리 한 떼의 취객들이 주정을 부리는 고함소리가 희미하게 들려오고 있었다.

6. **騎牛歸家**(기우귀가: 소를 타고 집으로 돌아오다)

    기우귀가(騎牛歸家)는 동자가 구성지게 피리를 불며
본래의 고향으로 돌아오는 모습으로 소를 타고 해탈의 길을 간다는 뜻으로
밉고 곱고 좋고 싫고 모든 아상을 끊어 버리고 내 마음을 자유자재로 쓰게 되어
어디에도 매이지 않고 수연행을 하며 유유자적하게 살아가는 단계를 표현한 것이다.

티끌 날리는 거리로 들어가다

꼭뒤를 간지럽히는 궁금증을 바랑에 짊어지고 거리를 헤매었다. 승려의 신분은 애시당초 고통을 짊어진 신세라는 생각이 들었다. 눈에 보이는 것들 보지 말고 귀에 들리는 말들 듣지 말며 먹고 싶은 것들 먹지 말고 하고 싶은 것들 하지 말라는 단호한 결의를 몸에 짊어지고 가야하는 처지가 승려들이었다. 생각마저 자유롭지 못하다면 참으로 무이의 말마따나 감옥이란 말이 승려한테 어울리는 말이었다.

절간이란 곳은 정말 소중한 데라는 생각이 들었다. 거리를 헤매면서 그런 생각을 했다. 거처가 있고 안식처가 있다는 것은 사람이 살아가는 데 참으로 중요한 것이었다. 밤거리를 정처 없이 헤매면서 들판을 걸으면서 어느 낯선 산길을 걸으면서 새들도 안식처가 있다는 것을 원각은 깨닫게 되었다. 살아 있는 것들은 안식처가 필요한 법이었다. 예전 같으면 들판에 날아가는 새 따윈 심중에 들어오지 않았을 것이었다. 새들도 저녁 무렵이면 둥지로 돌아가 버렸다. 절간을 떠나 오니 원각은 자신이 새들만 못하다는 생각이 들었다.

대체 이제 어디로 가야 할 것인가? 모든 것들 접고 사찰로 돌아가는 일은 결코 어려운 일이 아니었다. 마음만 먹으면 언제나 사찰로 돌아갈 수가 있었다. 그러나 대체 은사 스님을 보고 뭐라 말씀을 드린단 말인가? 소를 찾아 나선 몸이 소는커녕 소의 꼬리도 만져 보지 못했는데 어찌 이런 몰골로 돌아갈 수가 있단 말인가? 원각은 머리를 절레절레 흔들었다.

밤을 지새는 일이 이렇게 어려운 일인가? 절간에선 몸을 뉘이면 밀려드는 고독감 때문에 힘이 들었지만 바깥에 나오니 몸을 어디에 뉘일 것인가가 숙제처럼 날마다 놓여 있었다. 은사 스님이 대범하게 바깥을 허락한 것이 바로 이런 것들을 몸소 체득하라는 의미에서였는지도 모른다는 생각이 들었다.

이제 지닌 여비도 거의 바닥이 나 버렸다. 원각은 하는 수가 없이 탁발을 나설 생각이었다. 지금껏 절간에 살면서 수행을 한답시고 세상과 벽을 쌓고 살아온 세월이 얼마인가? 그런 세월 내내 삶의 중심에 있는 먹는 문제를 해결한다는 것에 대해 어떤 생각도 하지 못했던 일이었다. 살면서 먹는 일이 얼마나 중요한 것인데 가장 중요한 핵심을 절간에서 놓치고 지냈다는 생각을 하니 역시 자신의 수행은 여적 변죽만 울리고 말았다는 말이었다. 아아 부끄러운 일이로다. 원각은 마음속으로 탄식을 흘렸다.

마음을 굳게 다지자고 마음먹었다. 무이가 아니라도 자신 있었다. 세상과 부딪치며 사는 일이 결코 만만하진 않지만 못할 것도 없다고 생각했다. 차라리 무이와 헤어진 것이 잘 되었는지도 모른다는 생각이 들었다. 탁발은 옛말인데 옛적 스님들의 탁발하는 심정은 어떤 것이었을까? 원각은 이것이 올바른 수행의 방법은 아닌 줄 알면서도 외면할 생각 또한 없었다. 몸소 세상을 체득해 볼 생각이었다.

원각은 이렇게 마음을 다지며 거리를 걸어 올랐다. 어느새 저녁 무렵이었다. 절간을 벗어난 생활을 하다 보니 오히려 하루 해가 어김없이 지는 것을 확연히 느낄 수가 있었다. 이것은 둥지를 틀어야 하는 일이 남아 있기에 더욱 피부로 느껴지는 것이었다.

세상에 이렇게 많은 사람들 가운데 스쳐가는 인연들을 만든다는 것은 참으로 어려운 일이었다. 수많은 사람들이 마주치고 옷깃을 스쳐가도 그뿐, 아무런 의미가 없었다. 그러니 정말 몸을 물려받은 인연이란 얼마나 대단한 인연이며 소중한 끈인가 말이다.

그래서 부모자식의 인연을 사람들은 끊지 못하고 살아가는 것인지도 모른다는 생각이 들었다. 부부로 만나는 인연은 천생연분이란 말이 있었다. 그런 인연의 고리를 만들면 참으로 다시 그런 인연의 고리를 끊어 버리기란 어려운 일인 것이었다. 그런데도 세상 사람들은 만나고 헤어지기를 손바닥 뒤집듯 하고 있으니 가슴 아픈 일이 아닐 수가 없었다.

원각은 새삼 자신의 몸을 물려주신 부모에 대한 그리움의 골이 깊어지는 것을 느꼈다. 생각이 여기에 미치자 갑자기 산해 스님의 말씀이 떠올랐다. 그가 버렸다는 처자애란 참으로 애처로운 일이 아닐 수가 없는 것이었다. 산해는 어찌하여 처자애를 버릴 생각을 하였던 것인가? 산해는 어찌하여 원각에게 그런 말을 남기었는가? 원각은 별의별 생각들이 머릿속에 부유하고 있었다.

탁발을 하며 골목들을 누볐다. 음식점과 상점들을 가리지 않고 문을 열고 들어섰다. 정중히 합장반배를 하고 목탁을 치며 염불을 했다. 세상의 인심은 참으로 매웠다. 정성껏 염불을 외워도 무반응인 데가 많았다. 그러나 원각은 개의치 않았다. 집들을 돌며 정성껏 염불을 하니 마음이 한결 개운해졌다. 승려의 본분이란 세상을 위해 염불을 외워야 되는 것처럼 자연스럽다는 생각이 들었다. 손가락질 따위는 전혀 이상할 것이 없었다. 처음 몇 번은 남의 시선이 따가웠지만 몇 번 경험을 하니 괜찮아졌다.

두 시간을 남짓 골목들을 누비니 여비가 어느 정도 모아졌다. 원각은 이제 자신이 섰다. 남의 도움을 받지 않고 절간 밖에서 생활할 수 있다는 사실에 마음이 든든했다. 성의를 다해 염불을 외울 때에 이미 불전(佛錢) 따위에는 관심이 없었다. 중생을 위해 승려로서 뭔가 할 수 있다는 사실이 오히려 흡족한 마음이 들도록 만들었다.

세상은 쌀을 만드는 농부도 필요하고 옷을 만드는 공장도 필요하고 복을 빌어주는 승려도 필요한 법이었다. 승려들이 하는 일이 없이 밥이나 축내고 있다는 소리를 들었던 적이 있었다. 이제 직접 탁발을 하며 염불을 외우고 다니다 보니 그런 생각들이란 참으로 책임 없는 말처럼 여겨졌다. 세상에 중요하지 않는 것이란 하나도 없다는 생각이 들었다. 생멸을 지닌 것은 지닌 대로 모두 의미를 지닌다는 말이 맞는 것 같았다. 찌그러진 그릇도 쓸모 있는 법이며 구부러진 나무는 또 그 나무대로 가치가 있는 것이 아닌가?

이곳 저곳 헤매고 다니다 보니 삼포역에 이르렀다. 삼포역은 원각에게 정말 의미 있는 공간이란 생각에는 변함이 없는데 발걸음마저 거기로 향했던 것은 무슨 조화일까? 막차를 기다리는 것은 역시 후줄그레한 중생들이었다. 막차가 이미 떠났을 시간인데 여적 막차를 사람들이 기다리고 있다는 것이 예사롭지 않을 뿐이었다. 원각은 저번 날 무이와 함께 향했던 Y시를 목적지로 삼고 표를 구입했다.

"열차가 늦도록 있습니까?"

"이달부터 연장운행 들어갔지요. 내왕객은 줄어들었지만 이제 사람들 편리도 생각해야지요. 근데 스님은 어느 절에 계십니까?"

"네. 오어사에 있습니다."

"오어사라면 유서 깊은 사찰이네요."

"나무관세음보살……."

나이가 직수긋해 보이는 역무원이 원각에게 말을 붙여왔다. 원각은 이제 이런 분위기에도 낯설지가 않았다. 세상 사람들과 부딪쳐 볼수록 자연스럽다는 생각이 들었다. 머리 깎은 승려도 어리석은 중생이긴 매한가지 아닌가 말이다.

무이와 그랬던 것처럼 원각은 열차에 몸을 실었다. Y시에서 다시 읍내로 내려올 때에 사실 장터거리의 주막집들을 들러 볼 생각이었다. 그러나 뜻밖에 옥금슬을 만나게 되었고 그런 마음은 왕방산에서 산해 스님을 만난 이후 이상하게도 그런 생각들이 사라져 버렸다. 사라지지 않았다 하더라도 주막집들을 통해 어떤 의미를 발견할 수가 있을지 의문이었던 것이다. 그래도 마음속에는 Y시에 대한 미련이 남았던 모양이었다. 망설임 없이 삼포역에서 밤 열차에 다시 몸을 실었다는 것이 무엇보다 이를 말해 주고 있는 것이었다.

목이 따가울 정도로 피로가 몰려왔다. 참으로 정성을 다해 염불을 했던 모양이었다. 원각은 열차의 창가에 비스듬히 몸을 기댄 채로 눈을 감았다. 옥금슬보다 산해의 얼굴이 떠올랐다. 나무상자에 들어 있는 피리에 대한 호기심도 일었다. 산해는 어찌하여 아끼던 피리를 선뜻 자신에게 내어주었을까? 은사 스님을 만나면 산해 스님에 대해 물어 보리라는 생각을 했다. 은사 스님은 분명 알고 계실 것이었다. 산해가 오어사에서 처음으로 승려가 되었던 것을 후회한 것이며 또한 오동피리에 관한 것을…….

열차는 간이역들을 거치면서 끊임없이 달렸다. 쉬어 가는 역사에 닿을 때마다 소박한 사람들이 타고 내리기를 몇 번씩이나 반복하고 있었다. 원각은 마음속으로 느끼면서 여전히 눈을 감고 있었다. 며칠간의 일들을 생각하다가 깜빡 잠이 들어 버렸다.

상당한 시간이 흘렀던 모양이었다. 승무원이 지나가는 소리에 잠에서 깨어났다. 이제 목적지에 닿으려면 반 시간 남짓 남았다고 했다. 열차의 승객들은 대개 잠을 자고 있었다. 원각은 바랑에서 오동피리를 꺼내어 손으로 반질반질한 감촉을 느껴 보았다.

산해 스님의 감촉이 그대로 느껴지는 듯했다. 짧은 시간 산해 스님을 만나 보았지만 매우 인상적이었으며 원각의 뇌리 속에 산해의 생각으로 가득 차 있었다. 이런 모든 일들이 예정된 인연처럼 여겨졌다. 그런데 이상한 것은 자신에게 퉁명스런 산해 스님이 야속하거나 증오스럽지 않다는 점이었다. 다른 사람이 그랬다면 원각이 이렇게 너그러운 마음을 지니지는 못했을 것이다. 원각은 입술 끝에 피리의 끝을 가져다 대었으나 불지는 않았다. 승객들은 하나 둘씩 설든 잠에서 깨어났다. 그래서 원각은 피리를 바랑 속에 넣어 버렸다.

마침내 목적지에 도착했다. 무이와 동행했을 때보다 훨씬 늦은 시간이었다. 거의 새벽에 가까운 시간이라 할 수 있었다. 원각은 바랑을 어깨에 걸쳐 메고 역사 밖으로 걸어 나왔다. 그때처럼 역사 밖은 비교적 한적했는데 원각은 저도 모르게 무작정 걸어 오르고 있었다. 무이와 나란히 걸었던 바로 그곳을 향하여 걷고 있었던 것이다. 그런데 갑자기 저번 날에 묵었던 작부집이 떠올랐다. 원각은 본능적으로 거기를 향하여 걷고 있었던 모양이었다.

"접때 그 스님 맞지예?"

"……."

원각은 어둑신한 골목에서 나이 먹은 여보살의 얼굴을 일순 바라보았다. 원각은 전혀 기억나지 않는 보살이었지만 보살은 정확히 원각을 기억하고 있었다.

"주무시고 가실 거지예?"

"……."

원각은 대답 대신에 묵묵히 고개를 끄덕거려 주었다. 일전에 이미 경험이 있던 터라 그다지 어색하지 않다는 점에 원각 자신도 놀라고 있었다.

원각은 보살을 따라서 바로 그 집으로 걸어 들어갔다. 사람의 일이란 정말 한 치 앞도 모른다는 것이 전혀 그르지 않았다. 여기를 떠날 때에 이렇게 빨리 다시 들르게 되리라는 것을 어떻게 짐작이라도 하였겠는가. 그런데 대체 무엇이 그를 이렇게 잡아끌었던 것일까? 원각은 안으로 들어서면서 바로 그런 생각을 하고 있었다.

"스님예, 그냥 주무실랍니까?"

"그냥 자지 않구요."

원각은 보살이 어떤 말을 하려는 것인지 짐작할 수 있었지만 내숭을 떨었다. 승려 체면에 무슨 대답을 할 수가 있으랴. 원각의 뇌리 속에 몸을 발가벗은 채로 이불을 뒤집어쓰고 함께 잤던 옥화의 얼굴이 떠올랐다.

"옥화가 스님 많이 그리워하던데……."

"차암 보살님두, 어서 방이나 하나 주세요."

원각은 민망한 나머지 보살을 채근했다. 남들이 들었다면 영락없이 땡추처럼 여겨질 것이었다. 하기는 이미 반은 땡추가 되어 버린 느낌이 들었다. 절간을 떠난 몸이 이미 여관잠이 몇 번인가 말이다. 여관이 아니면 객승나불들의 잠자리는 해결되지 않는 것인가? 대체 만행을 하는 승려들은 절간이 아닌 사바 세계에선 어떻게 숙식을 하는 것인가? 이럴 때에는 무이가 되게 그립다는 생각이 들었다.

보살이 안내한 방으로 들어갔다. 저번 날 무이와 더불어 술을 마셨던 방과는 많이 달랐다. 들고나는 투숙객들의 냄새가 진하게 배어 있었다. 방은 낡고 지저분했으며 불빛도 칙칙하고 어두운 느낌을 풍겼다. 원각은 이것저것 가리지 않고 숙비를 치른 다음 덥석 몸을 냄새나는 담요 위에 눕혔다. 갑자기 졸음이 쏟아지는데 밖에서 문득 부르는 소리가 들렸다.

"스님, 스님……."

"……."

"똑, 똑, 똑……."

원각이 기척을 내지 않자 이번에는 노크를 했다. 목소리를 들으니 저번 날 들었던 목소리가 분명한 듯했다. 원각은 헛기침을 하여 기척을 한 다음에 천천히 문을 열쳤다.

"뉘십니까?"

"아이 스님, 저 지영이예요."

고개를 쳐들어 보니 지영이가 술기운이 번진 얼굴을 하고 원각을 내려다보고 있었다. 지영이라면 무이의 애인이나 다름없는 여자가 아닌가?

"이 방에서 주무실려구 그래요?"

작고 애교스런 태도로 지영이 물어왔다. 원각은 살짝 이를 드러내고 웃어 보였다. 며칠 만에 다시 들렀다는 사실 때문에 수줍었다.

"옥화 방으로 가시잖구요."

"옥화요?"

"예, 스님이 접때 안아줬다면서요?"

"……."

지영의 말에 원각은 대꾸하지 않았다. 숫제 입이 얼어붙어 버렸다. 기억에도 없는 일인데 지영의 입에서까지 이처럼 자연스럽게 말이 되어 나오는 것을 원각은 대체 이해할 수가 없었다.

"옥화 불쌍한 애예요."

"보살님, 됐습니다. 나무관세음보살."

원각은 이런 식의 얘기를 나누고 있다는 자체가 용납이 되지 않았다. 그럴수록 승려로서의 품위를 지킬 생각이었다. 원각은 격식을 차려 합장을 하고 있었다. 절간이 아닌 작부집에서 격식을 따진다는 자체가 이미 잘못된 일인지는 모르지만 그러지 않고서는 다시 어떤 수모를 당할른지 모르는 일이었다.

"무정하신 스님이시네."

"보살님한테 묻겠습니다. 저번 날 무이가 어째서 그렇게 일찍 떠났는지 아시는지요."

"저는 모르지요. 자다가 보니 짐을 꾸리시기에……."

"그래 어디로 가는지도 묻지 않았습니까?"

"잘은 모르지만 강원도 홍천 어느 절이라 하신 거 같은데……."

"예, 잘 알았습니다. 저 보살님, 한 가지 말씀 드리겠는데요."

"……."

이번에는 지영이 입을 다문 채로 원각을 빤히 바라보고 있었다. 승려의 신분에 신 새벽에 화장 냄새 풍기는 작부와 이런 상황을 만들고 있다는 자체가 스스로 역겹다는 생각이 들었다.

"저번 날 옥화한테 아무 짓도 안 했습니다."

"스님, 아무도 본 사람 없으니 안심하세요."

원각은 다시 한 방 얻어맞는 기분이었다. 원각은 부처님 이름을 두고 맹세할 수 있을 만큼 그날의 일은 자신할 수가 있었다. 무이 말마따나 여자와 이층을 만든 일을 아무리 술이 취했다 하여 기억하지 못할 리는 없는 것이었다. 원각은 정말 그런 기억은 눈꼽만큼도 없었던 것이다.

"그런 식으로 말씀하지 마십시오. 저는 정말 부처님 이름을 걸고 결백합니다."

"하하, 부처님이 웃으시겠어. 발가벗고 그짓해도 지옥행 하지 않으니까 너무 염려 마세요. 무이 스님 맨날 그러시잖아요. 여기가 극락이라구요."

"흐엇 참, 난 무이하고 달라요. 무이는 이런 생활에 이골이 났는지 모르지만 난 절간에서 이십 년을 넘게 수행한 수좌랍니다. 그러니 저를 더 이상 시험하려 들지 마십시오. 그럼, 이만 저는 눈 좀 붙이겠습니다."

동료를 비아냥거리는 말을 내뱉은 원각의 마음은 편치 않았다. 무이야말로 목숨을 나눌만한 도반이 아닌가 말이다. 무이가 없는 자리에서 이런 식으로 비하하는 것은 동료로서의 도리가 분명 아닐 것이었다. 그런데도 보살 앞에서 무너지는 자존심을 회복하기 위해서 원각은 지금 구업을 짓고 있는 것이었다.

"스님, 이런 말씀 드리지 않으려고 했는데……."

지영이 갑자기 심각한 투의 말을 흘렸다. 원각은 지영을 보내고 조용히 눕고 싶은 마음을 작정하고 말했던 것인데 지영의 말에 다시 세포들이 일제히 눈을 뜨고 있었다.

"무슨 말씀을……."

"무이 스님 말예요. 구실 못하는 스님이예요."

"구실을 못하다니 그 무슨 말씀……."

"아무튼 그런 사정이 있어요. 아무리 스님이지만 사내들인데……."

원각은 지영의 말을 얼른 이해하지 못했다. 무이가 구실을 못한다는 말은 처음에 치욕처럼 들렸다. 승려를 보고 구실을 못한다는 말은 무위도식하고 있다는 험담이나 마찬가지의 말이 아닌가 말이다.

"승려라고 밥만 축내고 다니는 거 아닙니다 보살님. 머리 깎은 스님들도 세상 살아가는데 자기 몫은 있다 이겁니다. 그저 놀고먹는 밥충이는 아니란 말입니다. 내가 당장 염불이라도 외워 드릴까요 보살님?"

원각은 정말 흥분된 나머지 바랑 속에서 목탁을 찾으려는 시늉을 했다. 그러나 지영의 이어지는 말에 원각은 아연실색하고 말았다. 아아, 나무관세음보살.

"무이 스님 고자예요. 사내구실 못한단 말예요."

"……."

원각은 아무런 말을 하지 못했다. 지영의 말이 전혀 뜻밖이었다. 무이가 사내구실을 못한다는 지영의 말은 본능적으로 사람을 놀라게 만들어 버렸다. 작부집에 파묻혀 사는 듯한 무이를 원각은 얼마나 마음속으로 비난하고 있었던가 말이다. 원각은 지영의 앞에서 몸을 어디에 숨겨야 할지 모를 정도로 객쩍었다.

"스님은 모르셨나요?"

"……."

원각은 고개를 숙이고 있었다. 머릿속이 어지러워 다른 생각은 나지 않았다. 지영이 무슨 말을 시부렁거리는지도 모를 정도였다.

"스님이라도 사내들인데……."

"나는 아무 말도 듣지 못했습니다. 나무관세음보살."

원각은 마음을 가다듬어 말했다. 지영의 말을 듣지 못한 것처럼 머리를 흔들어 생각을 털어 버렸다. 혹여 지영의 말이 마음속에 남아 있어서 무이에 대해 편견을 가지게 될지도 모르는 일이었다. 비밀스런 말이란 더욱이 가슴속에 묻어두는 것이 어려워서 실수로라도 누군가에게 발설할 수가 있는 법이었다. 입으로 죄를 짓는 업이 삶의 무게에서 차지하는 비중이 얼마나 큰가 말이다.

"무이 스님의 호탕한 행동이 가슴 아파요."

"그건 또 무슨……."

"체면 살리려 애쓰시던 모습이요. 굳이 그러실 필요 없을 텐데 저번 날에도 보세요. 아주 음탕한 얘기까지, 그건 정말 무이 스님의 진짜 모습이 아니거든요. 모두 가식적인 거라구요. 행여 자신의 내막을 누가 알게 될까 봐……."

지영의 말을 원각은 얼른 이해할 수가 없었다. 원각이 아는 무이는 그렇게 소심한 사람은 아니었다. 설령 신체에 장애가 있다손치더라도 이미 승려인 신분인데 그게 대체 무슨 상관이란 말인가? 아무려나 지영의 말을 듣는 원각의 마음은 편치 못했다. 무이를 같은 동료로서 어떻게 받아들여야 하는지 의문이었다.

"무이를 보살이 어떻게 그렇게 잘 아십니까? 무이는 결코 불구가 아니예요. 승려이기에 당연한 거지요. 나도 마찬가지예요. 우린 이미 그런 것들이 필요 없는 몸들인데 그게 대체 무슨 의미가 있습니까?"

"부처님도 아이를 낳았어요. 승려는 사내 아닌가요?"

"보살님, 그렇게 속단하지 마십시오. 웬만한 승려라면 절대 그 짓을 하지 않습니다."

원각은 단호한 의지를 담아서 말했다. 술집의 작부와 대체 이런 말장난이 어인 일이란 말인가? 승려에게 음욕(淫欲)이란 분명 참기 어려운 한계일 수 있을 것이었다. 그러나 승려라면 누구나 그런 한계를 견디면서 수행하고 있는 것이었다. 무이의 입장이라면 차라리 다행인 줄도 모를 일이 아닌가? 무이도 어렸을 적에 절간에 들어왔으니 이런 문제 때문에 승려의 길을 택하게 되었던 것은 아닐 것이었다.

"저번 날 옥화를 품에 안지 않았나요?"

"부처님전 맹세코 그런 일은 없습니다."

원각은 확신을 시키듯 또박또박 말했다. 술에 취해 옥화의 방에서 잠을 잤던 것은 사실이나 결코 옥화를 품에 안은 기억은 없는 것이었다.

"옥화는 그렇게 믿고 있어요. 그날 스님의 마음을 가슴에 담은 걸로……."

"나무관세음보살……."

"옥화 보러 다시 오지 않았나요?"

"아, 아닙니다. 그저 오다 보니 이리로 오게 되었습니다."

"하하, 그걸 저더러 믿으라구요. 며칠이나 되었다구……."

원각은 지영과 더는 얘기하고 싶지 않았다. 아무리 얘기를 하더라도 득되는 일이 없을 것 같았기 때문이었다.

"아무래도 내가 집을 잘못 든 거 같소. 마음이 이리 불편하니 다른 데로 가는 것이 옳을 듯도 싶습니다."

"굳이 그러실 필요 없어요. 제가 이만 가지요. 편히 주무세요."

지영이 더는 지분거리지 않고 자리를 피해 주었다. 원각은 문을 걸어 잠그고 소등을 했다. 이제 머리에 생각을 모두 비우고 눈을 감았다. 피로가 몰려 왔지만 쉬이 잠이 들지 않았다. 머리를 텅 비워 생각을 하지 않으리라 다짐했지만 말처럼 쉽지 않았다.

무이의 얼굴이 뇌리 속에서 자꾸 어룽거렸던 것이다. 무이를 어떻게 생각해야 한단 말인가? 그나저나 무이를 어떻게 찾을 수가 있을까? 원각은 날이 밝는 대로 지영의 말이 사실이라면 홍천에 가리라 마음을 다지고 있었다. 무이를 어떻게 위로해야 옳단 말인가? 대체 남성이란 것이 승려에게 무슨 의미가 있는 것도 아닐진대 자꾸만 무이가 안 되어 보였다.

얼마나 잤던 것일까? 원각은 동이 뻔히 터서야 눈을 떴다. 창문 밖이 이미 훤히 밝아 있었다. 해는 중천에 떴을 것이었다. 원각은 자리에서 일어났다. 침실을 대충 정리한 다음 세수도 하지 않은 채 바랑을 걸쳐 메고 있었다. 서둘러 홍천에 들러 볼 생각이었다. 홍천 어느 사찰인지 몰라도 한 바퀴 절간을 훑다 보면 무이를 만날 수가 있을 거라는 생각이 들었다. 무이를 만나면 어떤 말부터 꺼내야 할른지 전혀 떠오르지 않았다.

방문을 열치고 발자국 소리를 죽이며 복도를 걸어 나왔다. 날도 밝은 대낮인데 이런 데서 누군가와 마주치는 일이 결코 유쾌할 수는 없지 않은가 말이다. 흰 고무신을 조심스레 건사하여 밖으로 통하는 문을 열쳤다. 그런데 바로 그때 뒤에서 누군가 부르는 소리가 들렸다. 원각의 가슴이 철렁 내려앉고 있었다.

"스님, 그냥 가시면 어떡해요."

"……."

원각은 뒤를 돌아다보았다. 옥화가 화장기 없는 민낯한 얼굴로 원각의 등뒤에 서서 바라보고 있었다. 원각은 솔직히 옥화와 마주치기가 민망스러운 입장이었다.

"제 방에서 차라도 한잔……."

"아, 아닙니다. 이만……."

원각은 다시는 함정에 빠지지 않으리라 다짐했다. 옥화의 방에 다시 들렀다가 무슨 오해를 사게 될른지 아무도 모르는 일이었기 때문이었다.

"꼭 드릴 말씀이 있어요."

"그, 그건 또 무슨 말씀이십니까?"

원각은 옥화에게 말을 하면서도 저번 날처럼 살갑게 말하지 않았다. 거리를 두기 위해 격식을 갖춰서 정중히 존대를 하고 있었다.

"방으로 가서서 말씀 드릴게요."

"무슨 말이기에, 웬만하면 여기서 하세요."

원각은 하얀 고무신을 바닥에 털썩 부렸다. 등에 짊어진 바랑 속에서 피리가 상자 속을 떠도는 소리가 딸각, 딸각 들렸다.

"아닙니다. 여기선 좀 곤란해요."

"그럽시다. 가시죠."

원각은 옥화가 나름대로 중대한 얘기를 하고자 하는 듯싶어 물러서지 않았다. 술을 마신 것도 아니고 대낮이니 크게 염려할 것까지는 없다고 생각했다. 옥화를 따라 신중한 마음으로 방으로 들어갔다.

"우선 앉으세요. 차라도 한잔 마셔요."

"차는 됐어요. 무슨 말씀을 하시려는지 해 봐요."

"스님, 일도 순서가 있는 법이예요. 차를 마시면서 우선 마음부터 달래요."

원각은 더는 거절하지 못했다. 옥화의 방에서 그까짓 차 한 잔 마신다고 대수는 아닐 것이었다. 그러나 대체 무슨 말을 한다는지 원각은 영문을 알 수가 없었다. 옥화가 차를 끓여 내어올 때까지 원각은 짐작해 보았지만 도저히 예감조차 하지 못했다.

"어서 말해 봐요. 보살님이 내게 하실 말씀이 무언지 말입니다."

"하하, 스님 변덕도 심하시네요. 보살님이 뭐예요? 그냥 옥화라고 불러요."

"그래, 옥화 어서 말해 봐. 내게 꼭 해야 할 말이 뭐냐니까……."

원각은 마음이 급했다. 여기서 나간다 하더라도 바쁠 일이 없는데 어린애처럼 채근을 하고 있었다. 아마 무이에 대한 염려가 커서였을 것이다. 옥화는 정성스레 차를 끓여서 원각에게 내밀었다.

"스님, 저 때문에 마음 아프셨지요?"

"……."

옥화의 말에 원각은 어떤 말로 대답을 주어야 할지 판단이 서지 않았다. 옥화가 이렇게 말한 근본이 어디에 있는지 아직 짐작할 수가 없었기 때문이었다.

"앞 번 일은 죄송했어요."

"옥화, 어떻든 내가 미안해. 승려 신분에 옥화하고 함께 잠을 잤으니 이게 추태가 아니고 뭐란 말인가. 명리(名利)에 눈이 멀은 승려가 어느 초봄에 미친 꿈을 한번 꾸었다 생각해. 아아, 그날은 내 정신을 놓았으니 팔만사천 번을 후회해도 소용없는 일이지만 옥화, 정말 내가 미안해."

원각은 진심을 다해서 옥화한테 용서를 구했다. 이런 식의 절차를 거쳐야만 앞으로 원각이 세상을 향해 걸어갈 때에 떳떳할 것 같다는 생각이 들었다. 여기서 마음의 정리를 하지 못하면 다음에 어디를 가든 어디에 있든 출가하여 아직 구족계를 받지 못한 사람마냥 미수구인(未受具人)의 처지에서 벗어나지 못할 것이었다.

그러나 옥화의 이어지는 말에서 원각은 다시 한번 놀라고 있었다. 아니 놀람보다는 황당했다는 표현이 옳았다.

"스님, 실은 저번 날 아무 일도 없었어요."

"……."

원각은 옥화의 말에 저도 모르게 입을 반쯤 벌리며 바라보았다. 이제서야 안개의 늪에서 시야를 회복하고 있는 느낌이 들었다. 잃어 버린 의식의 형상을 겨우 찾아내어 바로 서는 느낌이었다. 저간의 심정이 그토록 엉망이었기 때문이었다.

"스님을 사로잡지 못한 것은 여자의 수치기에 지영 언니한테 거짓말을 했어요."

"칼칼, 일이 그리되었구만."

원각은 저도 모르게 이제 웃음까지 흘러나왔다. 남이 어떻게 알고 있든 상관하지 않으리라 여겼다. 부처님 앞에 떳떳하면 되는 일이었다. 아아, 나무관세음보살. 원각은 마음속으로 이렇게 되뇌이고 있었다.

원각은 이제서야 옥화를 제대로 쳐다볼 수가 있었다. 옥화의 얼굴에서 그토록 마음속에 그리워하고 있던 여인이 떠올랐다. 얼굴도 모습도 이제 기억나지 않지만 여전히 첫사랑처럼 그리움을 간직한 여인, 바로 원각의 뇌리 속에 어머니로 각인되어 왔던 그 느낌의 여인이 옥화의 이미지에서 나타났다.

"이제 마음이 놓이세요?"

"빈타라(賓陀羅) 지옥에 들어갔다 왔지."

"지옥씩이나요?"

옥화가 씨익 웃으며 반문했다. 원각의 마음은 그랬다. 몸은 그리 고통스럽지 않았다 하지만 잠깐이나마 마음의 감옥 속에 지냈던 것이었다. 발이 옥화한테 향했던 것도 모두 부처님의 뜻이었는지 모른다는 생각이 들었다. 옥화의 반문에 원각은 가볍게 웃어 보였다.

"하지만 스님, 이건 잊지 마세요."

"……"

"내게 그러셨어요. 내 발을 보며 담시를 닮았다구요. 그러면서 그러셨지요. 나를 업고 열반의 도(道)에 들겠다구요."

"내가 정말 그런 말을 했어?"

"예에, 그러면서 입술을 훔치셨지요. 후후……"

원각은 다시 얼굴이 붉어 올랐다. 옥화의 입술을 훔친 생각은 정말 떠오르지 않았다. 옥화의 말이 전혀 근거 없는 말은 아닌 듯싶었다. 옥화의 입 속에서 서슴없이 이런 깨달음의 언어들이 튀어 나온다는 것은 이를 증명하고 있었다. 정말 담시(曇始)라 하였단 말인가? 아아, 어찌하여 술집의 한낱 작부더러 담시를 닮았다 하였을까? 원각은 술이 부른 실수를 다시 마음속에 되새기며 부처님 전에 용서를 빌었다. 신이한 이적을 마음대로 행하신 스님, 발이 얼굴보다 희다하여 백족(白足)이라 불린 스님이 아닌가?

"미안해 옥화. 내가 저번 날 술이 너무 과했어. 입술을 훔쳤다는 사실 받아들이고 용서를 빌게. 내가 어찌하면 용서해 줄 수 있겠어?"

"에이 스님 됐어요. 그 깐 입술 한번 훔친 게 무슨 대수라고. 그나저나 이제 어디로 가실 거예요?"

"글쎄, 무이 찾아 홍천 쪽으로 가 볼 생각이야."

"그러세요. 언제든 내 생각나면 이리루 오세요."

"고마워 옥화. 옥환 정말 마음씨가 천사로구나."

"에이 쑥스럽게 그러신다…… 하지만 나를 업고 열반에 드는 약속은 지키셔야 해요. 나도 욕심이 많은 여자라구요. 하하하……"

"에이 그러지 뭐. 불사문(不死門)이 훤하겠구나. 옥화 때문에……."

"하하하, 어서 차나 드세요 스님."

"나무관세음보살……."

원각의 마음은 한없이 가벼웠다. 모든 깨달음을 한순간에 깨달아 버린 느낌이었다. 그러면서 속으로 다짐했다. 다시는 술잔을 입에 대지 않으리라 자신과 약속했다. 아니 부처님과 약속했던 것이다.

차를 다 마시고 원각은 바랑을 어깨에 메고 일어섰다.

"이제 가 볼게 옥화."

"스님, 건강 조심하세요."

"지영이한테 진실을 밝혀주면 고맙겠어. 난, 오해받는 것이 싫은데……."

"알았어요. 부디 무이 스님 만나시고 성불하세요."

"고마워. 나무관세음보살."

원각은 미련 없이 일어섰다. 마음이 개운한 느낌이 들었다. 옥화의 일로 항상 마음이 꺼림칙한 상태였던 것이었다. 이제 마음이 깨끗하게 정리되었다. 날아갈 것만 같았다. 이제 다시 성불을 꿈꿀 수 있으리라는 생각이 들었다. 옥화는 아쉬운 표정으로 원각을 대문 앞까지 배웅했다. 원각은 마음속으로 다짐했다.

이제 다시는 이런 데에 발을 들여놓지 않으리라 자신과 거듭 약속했다. 원각은 마음속으로 염불을 외기 시작했다. 벼랑 끝에서 간신히 빠진 한쪽 다리를 건져 올린 느낌이었다. 아무런 일이 없었다는 옥화의 고백에 원각은 원만성취(圓滿成就)를 이룬 듯이 의념(意念)하고 있었다. 만행을 떠난 이후 정말 느낌이 많은 순간이었다.

그래서 승려는 만행을 하는지도 모른다는 생각이 들었다. 세상을 정처 없이 이처럼 떠돌면서 만남이 스승이요 헤어짐도 스승이었다. 만남과 헤어짐이 동시에 존재하고 있음을 깨달았다. 따라서 소를 찾아 헤맨 날들이 다시 원점으로 돌아온 느낌이었다. 아아, 이제 다시 소를 타지 않으리라.

7. 忘牛存人(망우존인: 소를 잊고 사람만 있다)

　망우존인(忘牛存人)은 집에 돌아와서는
그동안 애쓰며 찾던 소는 잊어 버리고 자기만 남아 있다는 내용이다.
마음을 통해서 깨달음을 얻으니 마음이란 원래 없는 것을 알게 된다.
일체유심조라 모든 것이 마음에서 일어난 것이지만
마음이 부처가 아니고 마음을 통해서 부처를 찾는 것이다.
깨달았지만 아직도 미세망상이 남아 있으며,
이미 자기 자신의 채찍질은 초월하여 채찍과 고삐를 놓을 수 있다.

달이 구름을 벗어나다

원각이 무이를 만난 것은 홍천의 한 암자에서였다. 관내의 사찰을 훑으면서 여러 날을 보냈지만 무이의 행방은 찾기 어려웠는데 산의 중턱에 박힌 암자에서 무이를 만나게 되었다. 초면인 스님 한 분과 골방에서 머리를 맞대고 있는 중이었다. 무이는 원각을 보더니 그리 놀라는 눈치를 보이지 않았다.

"무이 이 사람아, 자넬 얼마나 찾아다녔다고……."

"하하, 결국 이렇게 만나게 될 걸 찾기는……."

무이의 대답은 싱거울 뿐이었다. 원각은 코를 찌르는 소주 냄새에 코가 먹먹했다. 다른 스님도 꽤나 마셨던지 발음이 어눌하고 취해 있었다.

"아, 이분이 원각 스님이신가?"

"그래, 아난방광 같은 스님이시네."

무이가 원각에게 비난하는 투의 말을 했다. 그러나 원각은 무이를 만난 기쁨에 이런 것들이 하나도 귀에 거슬리지 않았다.

"이 사람아, 어쩌자고 이렇게 술을 마셨어?"

"술이 아니라 사랑을 마셨지."

"무이, 취했구만. 그 술잔 이리 줘……."

"아니……."

원각은 무이의 손에 들린 술잔을 덥석 빼앗아 단숨에 잔을 비워 버렸다. 목끝이 따가울 정도로 술맛이 썼지만 원각은 몹시 분통이 터졌다. 무이를 생각하면 이제 까닭 모를 분통이 배꼽놀이에서부터 치밀어 오르기 시작했던 것이다.

"하하 원각이 제법이네 그려. 자네 어디서 오는 길인가?"

"여기저기 쏘다니다 오는 길이야."

"인사하게. 여긴 소를 찾아 나선 원각일세. 나와는 일찍이 한솥밥을 먹었네. 승품공덕이야 일러 말할 것도 없고 우리네완 비교 안 되는 스님이시지."

"이봐 무이, 정말 취했구만. 아아, 나무관세음보살."

"것봐, 자넨 역시 다문제일이라니깐. 이 사람아 인사나 하게. 여긴 영락 나 같은 잡승인데 이름은 대단해, 대각(大覺) 스님……."

"나는 원각입니다."

"예, 원각 스님 얘기 많이 들었습니다."

원각의 내민 손이 무색할 정도로 대각은 손 따위 내밀어 수인사를 나눌 생각은 없는 모양이었다. 술에 취해 있었고 뭔가 불만이 가득 찬 얼굴을 하고 있었다. 원각은 멋쩍게 내민 손을 거두어 들였다.

"죄송합니다. 이놈은 비록 양치를 했으나 찌꺼기가 남아 있으니 어찌 그대에게 예를 취할 수가 있겠습니까? 그저 눈인사나 합시다. 칼칼 칼……."

"아, 예……."

대각이 호탕하게 웃었다. 대각의 얼굴은 붉었지만 치아는 하얗게 반짝거렸다. 얼굴이 갸름한데 체구는 작은 것이 미소년 같은 느낌을 풍겼다. 원각은 비록 대각이 말은 그렇게 하지만 언행에서 범상치 않은 느낌을 받았다. 승려라면 얼굴 속에 품게 되는 깨달음으로 인한 흔적들이 드러나 보였다.

아무렇게나 내뱉은 말처럼 들릴지 모르나 대각은 매우 의미 담긴 말을 하고 있었다. 식후수구(食後漱口)의 화두를 풀어내고 있었다. 사람이 밥을 먹은 뒤에 양치질을 하게 마련이지만 비록 양치를 했더라도 찌꺼기가 남아 있으면 이를 염(染)이라 하였는데 그러면 다른 사람한테 예(禮)를 올릴 수가 없는 법이었다. 밥을 먹는 일례행사처럼 이런 말을 뱉아낼 정도의 승려라면 도를 닦고자 무진 애를 썼을 터였다.

"무이 대체 어떻게 된 건가?"

원각이 무이를 쳐다보며 물었다.

"자넨 어디루 해서 여기까지 온 거야?"

무이의 입에서 알콜 냄새가 풀풀 빠져나왔다. 몇 시간은 족히 마셔댄 모양이었다. 방 안에 몇 병의 술병이 나뒹굴고 있는 게 보였다. 무이의 물음에 원각이도 바로 대답하지 못했다. 읍내에서 옥금슬을 만난 것이며 산해 스님과의 인연을 이런 분위기 속에서 꺼내놓기 싫었던 것이었다.

"자, 도력 높으신 우리 스님 한잔 받으시지요."

대각이 원각을 향해 잔을 내밀었다.

"아, 아닙니다."

대각이 손끝으로 술잔의 끝을 비잉 둘러 닦아낸 다음 불쑥 원각에게 잔을 건네왔지만 원각은 정중히 거절했다. 머리 깎은 승려 신분에 술을 마시는 것도 문제지만 술을 다스리지 못해 불러오는 실수란 회복하기 어려운 상처가 되리라 믿고 있었다. 옥화와의 사이에 일어난 부끄러운 일들도 모두 술에서 비롯된 일이라고 생각했다.

"옥화하고 여적 함께 지내진 않았을 테고……."

"읍내에 다시 들렀다 왔어."

원각은 무이의 입에서 옥화의 이름이 튀어나오자 사실대로 말했다. 작부들과 얼싸안고 술을 마신 일을 생각하면 이제 은근히 무이가 염려되었다. 지영의 말이 사실이라면 무이의 번뇌 망상이 바로 거기에서 비롯되는지도 모를 일이었다. 원각은 가능한 한 지영의 말을 떠올리지 않으려고 애를 썼다.

"무엇 때문에……."

"글쎄, 마음이 그렇게 잡아끌어서 말이야."

"그래 절간에 다시 들렀다는 거야?"

"아, 아니…… 그저 여기저기 쏘다니다가 왔어."

원각의 머릿속에 옥금슬과 산해 스님의 얼굴이 어룽거렸다. 바랑 속에 담긴 오동피리를 갑자기 만지고 싶은 충동이 일었지만 그럴 분위기는 아니었다.

"내가 여기 있는 줄은 어떻게 알았어?"

"지영이 한테 들었어. 무이 자네가 홍천 쪽으로 간다는 것 같더라구 말해 줘서 며칠 관내 사찰들 헤매었지."

"그랬구만. 지영이가 다른 말은 안 하던가?"

무이가 고개를 숙이며 물었다.

"다, 다른 말이라니 무, 무슨?"

원각은 저도 모르게 말을 더듬어 버렸다. 지영을 통해 들은 무이에 관한 비밀스러움이 그렇게 하도록 만들었다. 원각은 지영의 말이 사실이 아니기를 바라는 마음이었다. 승려에게 상관없는 일일지 모르지만 무이가 그런 일로 괴로워하지 않기를 바라기 때문이었다. 지영의 말이 원각은 여전히 믿어지지 않고 있는 것이었다.

"아니면 됐네. 근데 뭐 하러 읍내에는 다시 내려갔는가?"

"그, 그냥⋯⋯."

"싱거운 친구, 먼 길을 자네가 그냥 갔다는 게 말이 되는가?"

"이봐, 무이 수좌여, 원각 스님인들 사사로운 일이 없을라구⋯⋯."

딸꾹질을 하며 대각 스님이 혼잣말처럼 말을 했다. 대각이 웃는 모습이 뜻밖에 곱다는 생각이 들었는데 술은 취했지만 정신은 정정한 모양이었다.

입술을 삐딱하게 치켜 세운 대각 스님의 이마에 땀방울이 맺혀 있었다. 대각 스님은 힘에 부치는지 등을 바람벽에 붙이고 앉았다가 어느 순간 빙글 자리에 쓰러져 버렸다. 무이가 이불자락을 끌어다 대각의 배를 덮어주었다.

"실은 무이 자네 가족을 찾게 해 준 그 대포집에 들를려고⋯⋯."

"하하, 바로 그 생각이었구만⋯⋯."

무이가 입술을 한쪽으로 말아 올리면서 말했다. 무이의 얼굴은 벌겋게 술기운이 번져 있었지만 정신은 멀쩡했다. 원각은 빈 술병을 집어 밖으로 내놓았다. 무이를 생각하면 이상하게 가슴이 아파오는 느낌이 들었다.

"근데 거기 들르지 못했네."

"어째 생각이 바뀌어서 그랬어?"

술병을 끌어당기는 무이의 손을 원각이 꽉 잡았다. 이제 더는 마셔서는 안 될 성싶었기 때문이었다. 갈수록 혀가 꼬이는 말이 되고 있었다. 대체 이곳의 주인은 누구란 말인가? 어찌하여 머리 깎은 승려들이 아무것 구애됨이 없이 이렇게 술을 마실 수가 있단 말인가? 원각은 뜻 없이 고개를 저었다.

"아니, 어떤 보살을 만나게 되어서……."

"어떤 보살을 만나?"

무이의 손이 가느다랗게 떨렸다. 그 떨림 속에 술병을 찾으려는 강한 욕망이 느껴졌다. 원각은 무이의 손을 계속 움켜잡고 있었다. 대각 스님이 벌써 코를 드르릉 골기 시작했다.

"그리되었어. 어떤 보살네 집에 가서 염불을 하고 건넛방에서 하룻밤을 묵었네."

"하하하, 설마 탁발을 나선 것은 아닐 테지……."

무이의 말에 원각의 얼굴이 갑자기 벌겋게 달아올랐다. 홧김에 털어 넣은 소주의 기운 때문이 아니라 읍내에서 정말 탁발을 했던 자신의 저번 일이 생각났기 때문이었다.

"왜 탁발을 하면 안 된다는가?"

"하하하, 자네 같은 승려가 탁발을 하면 그렇지. 탁발은 천덕꾸러기 스님이라야 할 수가 있는 법이네. 모든 체면 버려야 가능하단 말이야. 자넨 그러질 못해……."

원각은 무이의 손을 놓으며 살며시 웃음을 머금었다. 무이의 말이 무색할 정도로 탁발을 나선 원각이었다.

원각은 그러한 탁발이야말로 승려에게 커다란 수행의 방식이 될 수도 있다는 생각을 했다. 불자들한테 피해를 입히는 것이 아니라 승려로 하여금 수행을 위한 과정임이 실제 경험을 통해 느낄 수가 있었다. 많은 것이 아닌 아주 작은 것을 집집이 십시일반 보탠다는 것은 그래서 의미가 있는 것인 줄도 모른다. 부처님도 몸소 탁발을 하셨다고 한다. 부처님은 한 집도 빼놓지 않고 탁발을 하셨다는 것이었다. 가난한 모든 가정에 부처님의 복을 지어주기 위해 한 집도 빼놓을 수가 없었다는 것이었다.

"이봐 무이, 탁발이 쉬운 일이 아니던 걸……."

원각의 말에 무이가 놀란 표정을 하였다.

"뭐어? 그럼 자네가 정말……."

무이를 향해 원각이 고개를 끄덕거렸다. 그러자 무이의 입이 크게 벌어졌다. 무이의 표정은 믿기지 않는다는 것이지만 한편 우스워 죽겠다는 표정이기도 하였다. 원각과 무이는 갑자기 칼칼칼, 하고 웃어 버렸다.

한동안 침묵 속에 빠져들었다. 무이가 한숨을 길게 내쉬면서 고개를 깊게 숙였다.

원각은 이런 무이를 보니 다시 마음이 아파왔다. 친형제나 다름없는 무이가 아닌가? 무이의 절간 생활이 순탄하지 못했음을 원각은 누구보다 잘 알고 있었다. 이런 것들이 이제 하나씩 이해할 수 있으리란 생각이 들었다. 무이 역시 원각처럼 승려이기 이전에 한 인간이 아닌가? 가족이 그리운 것은 당연한 일이었다. 산문에 들어왔다 하여 가족이란 영역과 인연을 싹뚝 끊어 버린다는 것이 과연 수행을 위한 최선의 방법일까? 가족을 유대하면서 성불할 수 있는 수행의 방식은 가능하지 못하는 것인가?

무이가 떨군 고개를 쳐들더니 불쑥 자리에서 일어섰다. 방문을 박차듯 열고 밖으로 나가 버렸다. 원각은 거듭거듭 방 안을 정리한 다음에 바랑을 메고 밖으로 나왔다. 아무래도 여기를 떠나야 하리라는 생각이 들었기 때문이었다. 술 냄새가 진동하는 방 안에서 하룻밤을 지샌다는 고통보다 지금은 그냥 어디든지 미친 듯이 걷고 싶었던 것이었다.

무이는 나무 밑의 벤치에 앉아 산아래를 바라보고 있었다. 어두운 저물녘이라 저녁 이내가 산기슭에서 파랗게 내려오고 있었다. 그래도 이렇게 무이의 거처를 알게 되니 적이 다행이란 생각이 들었다. 무이 역시 정처 없이 여기저기 떠돌 것임에는 틀림없는 듯하나 옆에 저렇게 벗도 있다는 것이 원각의 마음을 조금은 편안하게 해 주었다.

"원각이, 어디로 가려고?"

무이가 시선을 돌리지 않은 채로 물었다.

"글쎄, 어디로든 가야지. 당장은 무작정 걷고 싶어. 저 산을 까마득히 걸어서라도 말이야."

"실망했을 테지……."

무이의 손에 담배까지 들려져 있었다. 원각은 무이의 담배를 재게 빼앗았다. 누구라도 본다면 대체 어쩌려고 이러는지 원각의 마음이 다급해졌다. 마음속으로 짓는 죄업이야 드러나지 않으니 상관할 바는 아니지만 드러내놓고 죄를 짓는 것은 같은 승려로서 아니 되는 것이 아닌가? 술잔이야 몸속으로 넣는 것이니 드러내지 않은 수행이면 될 것이나 담배는 밖으로 뿜어내는 것이니 승려라면 어떤 자라도 그 행위의 책임을 피할 수가 없을 것이었다.

"그런 뜻이 아니야. 여긴 남의 눈도 있다는 걸 명심하게."

"남의 눈 따위 이제 의식하지 않고 살려네. 내 마음 하나 다스리기도 어려운데 어찌 남의 눈까지 다스리고 살겠는가?"

"이 사람아 그건 저쪽 사람들 얘기고. 우린 법복 입은 승려네. 어찌 내 마음 가는 대로 살 수 있다는가? 그래 수이라는 거지……."

"……."

무이의 흐느끼는 소리가 들렸다. 원각은 무이의 손을 꼬옥 잡아주었다. 대체 무이의 방황은 무엇 때문일까? 산문에 함께 생활한 지기(知己)로서 무이의 심경을 헤아려 주지 못하는 것이 가슴 아플 뿐이었다. 무이가 가족을 찾기까지 많은 어려움과 방황이 있었을 텐데 원각은 정말 무이로부터 그런 사실을 듣기까지 전혀 알지를 못했던 터였다.

"무이, 어머니는 언제 뵈었는가?"

무이가 걱정된다는 표정으로 원각이 물었다.

"……."

무이는 대답하지 않고 가늘게 흐느끼고 있었다. 무이에게 이처럼 가족사 얘기를 승려의 신분인데 꺼낸다는 자체가 올바른 태도는 아닐 것이지만 무이를 조금이나마 위로할 수가 있다면 아무래도 괜찮을 것이었다.

　"여기 계속 머무를 텐가?"

　"원각이 자넨 어디로 가려고 그래?"

　"그냥 어디든지 밤새 걷고 싶어. 발길 닿는 대로 걸어 보고 싶단 말이야."

　"자네가 옛날 나를 닮아가는구만."

　"무이 자네가 나보다 한 수 위네 그려. 나는 이제서야 행하며 느끼는 것들을 자넨 이미 수십 번도 느꼈겠지."

　"결국 이 모양새 아닌가? 어느 세월 흘러야 성불(成佛)을 할까?"

　"성불? 하하, 이제 미래불(未來佛) 나올 날도 멀지 않았나 보네. 미륵이 온다고 믿으면 마땅히 올 터이니 원(願)을 버리지 말게."

　"그저 해 보는 소리지, 나 같은 잡승이 무슨 성불을 한다고 그래. 나는 아직 머리 깎지 않은 미급정발(未及淨髮)만도 못한 사람이네."

　"……."

　머리를 깎지 않았을 때와 달라진 것이 없다는 동료들의 말을 많이 들었는데 무이의 입에서 바로 그런 소리가 나왔다. 승려의 길이란 참으로 어려운 법이지만 이처럼 또한 확연히 분간이 가는 수행을 하지 못하는 경우가 다반사인 것이었다. 그래서 많은 스님들이 수행자의 길을 끝까지 가지 못하는 경우도 많았다.

　"아아, 원각이……."

　"무이, 내게 하고 싶은 말이 있음 터놓고 말을 하게……."

　원각의 심정은 진심이었다. 무이와는 어떤 말도 나눌 수가 있는 사이 아닌가 말이다. 어릴 적 발가벗고 목욕을 같이하던 도반, 등을 밀어주던 동료가 바로 무이였기 때문이었다.

"아아, 나무관세음보살……."

"무이 지금 아픈 심정이 있지? 대체……."

말을 하려다가 여기에서 멈춰 버렸다. 지영에게 들었던 말이 불쑥 떠올랐기 때문이었다. 어떤 이유로든 마음의 상처를 자극하지 않으리라 생각했다. 원각이 역시 무이처럼 마음속으로 나무관세음보살을 연거푸 되뇌이고 있었다.

"아아, 난 정말 무간지옥에나 떨어지고 싶어."

"예끼 이 사람, 농담도 그런 농담하지 말아. 자네가 무슨 죄를 졌다고 무간지옥이란 말인가? 서방행자(西方行者)는 못될망정……."

원각은 쓴 입맛을 다셨다. 젊디젊은 눈이 푸른 납자가 극락정토에의 왕생을 원하여 염불을 부른다는 것은 정말 슬픈 일이 아닐 수가 없었다. 그럼에도 승려의 본분이란 눈만 깨어 있을 때면 극락왕생을 업보처럼 부르짖어야 하는 운명인 것이었다.

절간에 살면서부터 원각은 부처를 생각하지 않은 적이 없었다. 오죽하면 잠을 잘 때도 걸어갈 때도 공양을 할 때나 해우소에 앉아 있을 때도 부처만 생각했다. 그리하여 사방세계에 부처님이 존재하고 있다는 것도 일찍이 알게 되었다. 동서남북 어느 처소에나 부처가 있는 것이 아닌가? 또한 그러한 부처마다 각각 고유의 의미를 내포하고 있었다. 이러한 것을 알게 되면서 온전히 부처와 하나가 되고자 하였다.

그러나 세속을 떠난 부처의 삶이 그리 간단치가 않았다. 세상에 대한 경험이 없기 때문에 세상에 대한 미련이 있을 수도 없는 처지이나 살점을 파는 듯한 허기가 그리움보다 강렬하게 몸속에서 불쑥대는 것이었다. 원각은 대체 이런 잡념이 어디서 비롯되는지를 처음에는 알지 못했다. 어린 티를 벗기 시작할 무렵에서야 어머니에 대한 그리움이 저 밑바닥에 잠재되어 있다는 것을 깨닫게 되었던 것이었다.

"나는 부처되긴 애시당초 글렀던 몸이야."

"성불을 뭐 그럼 아무나 한다는가? 하지만 성불하지 못할 바도 없지 뭐 그래. 우리가 어렸을 적에 어찌 했는가? 자네 삼구족(三具足) 생각 안 나?"

"하하하……."

원각의 말에 무이가 너털 웃었다. 무이의 입에서 여전히 소주 냄새가 풍겼다. 예전에 무이와 더불어 삼구족만 갖추면 성불을 하는 걸로 알았다. 향과 꽃과 등불을 위해 필요한 향로와 화병과 촛대를 갖추면 부처되기 시간문제인 것으로 알았던 것이었다. 부처를 흠모하는 길이 이렇게 어려운 길이라는 것을 요즘에 실감하고 있었다.

"무이 우리 여기를 뜨세. 오늘 달빛 따라 밤길을 한번 걸어 보고 싶어. 내 눈에서 사물이 보이지 않을 때까지 한번 걸어 보고 싶단 말이네."

"원각이 자넨 이미 혜안을 얻은 사람이네. 괜히 쓸데없는 고생하지 말게. 이 사람아, 밤길이란 것이 낭만만 있는 것이 아니야. 밤길엔 모든 위험이 함께 도사리고 있단 말일세. 자네 처녀귀신이라도 만나면 어쩔려구 그래."

"까짓 죽기 아니면 까무러치기 아닌가? 입때껏 살면서 언제 우리가 죽기를 작정하고 부처를 찾아 나선 적은 없을 걸세."

"처녀귀신 나오면 부둥켜 안을 텐가?"

"하하하, 농담은 여전하구만 무이. 됐네, 이제 그만 하세. 난, 여기를 떠나려네. 자네 얼굴 봤으니 됐구……."

원각은 정말 떠날 생각을 하고 있었다. 등에 짊어진 바랑이 무겁게 느껴진다는 순간에 떠나고 싶은 충동을 느꼈다. 여기보다 더욱 깊은 산속에 어느 쓸쓸한 무덤가에 몸을 뉘일 수도 있을 것만 같았다.

원각은 바랑을 추스리며 천천히 몸을 일으켜 세웠다. 바랑 속에 담긴 오동피리를 꺼내어 불고 싶은 충동을 느꼈지만 주위가 매우 어둑해져서 청승맞을 것만 같았다. 그가 언제 피리를 가까이 두고 부는 흥취도 모르는데 자꾸만 바랑 속의 피리를 생각하면 마음이 설레이는 것이었다. 그런데 이상하게도 오동피리만 지니고 있으면 어떤 길 위에 있든지 외롭지 않을 것 같은 마음이 생기는 것이었다. 대체 이런 감정은 어째서 생기는 것일까?

원각이 무이의 손을 꽈악 움켜쥐었다. 어린 시절부터 절간에 등을 맞대고 살면서 힘든 고비에서 서로 의지가 되었지만 이런 위로의 표현밖에 해 줄 수가 없었다. 원각은 마음속으로 무이한테 들었던 얘기를 해 주었다.

방하착(放下着), 일체의 모든 것을 놓아 버리라고 말이다. 세상은 참으로 알 수가 없는 일이다. 무이한테 들었던 얘기를 이제 원각이 오히려 무이한테 하고 있는 것이 아닌가? 원각은 자신도 여전히 모든 것을 놓아 버리지 못하고 가슴속에 담아가지고 다니는데 무슨 염치로 무이한테 이것을 권할 수가 있는 법인가?

그래서 마음속으로만 되뇌이고 있는 것이었다. 방하착이란 승려뿐만 아니라 어떤 성직자라도 실행하기 어려운 것이었다. 하나를 비우면 다시 그 자리를 다른 것이 채우고 드는 것이 인간 세상이 아닌가?

무이의 흐느낌을 뒤로 하고 원각은 걸음을 옮기기 시작했다. 그런데 바로 그때, 저만치 아래쪽에서 인기척이 들렸다. 원각은 걸음을 멈추고 어둠 속을 응시했다. 무이의 흐느낌이 여전히 등 뒤에서 들려오고 있었다.

발걸음이 원각의 바로 앞에서 멈춰 섰다. 원각은 저도 모르게 뒤로 무르춤히 물러났다. 낯선 상대를 만날 때에 누구나 취하는 행동인데 무이의 일로 원각의 마음이 더욱 조급해졌다. 대각이란 스님도 이곳의 주인 같아 보이지는 않았는데 진짜 주인이라면 술에 찌들어 있는 저들의 입장이 뭐가 되겠는가 말이다.

"뉘시오이까?"

오십대 중반의 목소리였다. 어둑해서 모습을 자세히 살필 수는 없으나 가까이 다가서자 암자의 주인처럼 보이는 스님이었다. 목소리에 따뜻한 기운이 듬뿍 담겨 있는 듯이 들렸는데 마음이 차츰 놓이기 시작했다.

"예, 스님. 객승 원각이라 하옵니다."

"나무관세음보살……."

원각이도 합장반배를 하며 나무관세음보살을 중얼거렸다. 바로 앞에서 보니 키가 육척이 넘어 보이는 스님이었다. 주장자를 짚고 등에는 바랑을 메고 있었다. 그런데도 객승처럼 보이지는 않고 늠름한 모습을 하고 있었다.

"어느 절에 계시는 수좌신지……."

"예, 오어사에 적을 두고 있습니다."

"오어사라면 무이하고 한솥밥을 먹고 있구려. 자, 안으로 들어가시지요."

"지금 여기서 내려가던 참이었습니다."

"주인이 객을 만났는데 차라도 한잔 드려야지요. 자, 안으로 듭시다."

원각은 발걸음을 다시 암자로 돌리지 않을 수가 없었다. 이제 보니 무이가 이런 암자에서 술병을 곁에 두는 것이 이처럼 온화한 스님이 계셨기 때문에 가능하리란 생각이 들었다. 아무리 그렇다손 치더라도 무이와 대각 스님의 음주행위는 도가 지나쳤던 것이었다. 스님은 이미 이런 한 것들을 묵인하고 있는지도 몰랐다.

"무이 자넨 어찌 거기서 그러고 있나?"

"아, 아닙니다 스님."

무이가 혀꼬부러지는 소리를 애써 가다듬은 태를 내며 말했다.

"에이 사람들 허군. 암자에 사람이 몇인데 이리 어두운 게야? 대각인 또 술 퍼마시고 자빠져 자는 겐가?"

핀잔 섞인 스님의 말이지만 여전히 부드러운 느낌을 풍겼다. 스님의 말을 통해 무이와 대각이 여기서 하루 이틀 이러고 있는 것이 아니란 사실을 알아차릴 수가 있었다.

대체 무이는 어떻게 이런 암자를 알고 찾아왔더란 말인가? 스님이 전기 스위치를 올렸는지 불이 마루에 환하게 들어왔다. 이제서야 암자에 사람이 사는 모양 같았다.

"예, 스님. 오늘도 한잔 마셨어요."

"잘한 짓이로군. 자네들이 언제까지 술병에 빠져 지낼 터인가?"

스님은 바랑을 부리며 방 안으로 들어가 불을 밝혔다. 산속의 차가운 기운이 살갗에 느껴지기 시작했다. 까닭 모를 소름이 일시에 몰려들었다. 안으로 들어간 스님이 방 안을 거듭거듭 치우는 모양으로 스님의 입에서 중얼거리는 소리가 들리고 있었지만 정확히 무슨 말인지 알아차리지는 못했다.

"무이, 어서 석간수로 입이라도 행궈. 스님 화내시겠어."

"내 꼴이 우습지 자네? 하하하……."

무이를 따라 뒤란으로 돌아갔다. 암자의 뒤쪽에 석간수가 나왔다. 밤색 물통으로 계단을 타고 흘러든 물이 넘쳐서 흐르고 있었다. 무이는 한 바가지의 물을 떠서 통채로 머리에 끼얹고 있었다. 원각이도 작은 바가지로 물을 받아 마셨다. 혀끝을 자극하는 순간 요의가 느껴져서 저쪽으로 가서 방뇨를 했다.

무이와 나란히 방으로 들어갔다. 산속의 바람은 뜻밖에 차가웠다. 아랫역보다 위이기 때문인지 밤기운이 싸늘하게 심장을 파고들었다. 체격이 큰스님의 움직임은 매우 날래며 씨억한 모습이었다. 방을 말끔히 치우고 손수 공양마저 마련하고 있었다.

"스님, 제가 거들 일은 없습니까?"

스님의 눈치를 살피며 원각이 여쭈었다.

"흐허, 그냥 있는 게 날 돕는 일이오."

스님은 원각이마저 무이 등과 같이 취급해 버리고 있었다. 어떻든 같은 무리라고 할 수가 있으니 스님의 생각이 당연한 것일지도 몰랐다. 대각은 큰 대자로 늘어져서 이불을 뒤집어쓰고 자고 있고 무이는 이제 조금 정신이 드는지 눈이 다시 똘망똘망 빛났다.

공양상을 앞에 두고 원각은 정식으로 스님한테 인사를 올렸다. 스님은 자신을 선지라고 소개했다. 불빛 아래서 보는 선지 스님은 참으로 풍채가 좋았다. 배가 부른 듯한 모습은 스님이 사람 좋아 보이게 하는 첫째 요소처럼 보였다.

공양을 마치자 선지 스님이 물주전자를 버너 위에 올리면서 입을 열었다.

"그래, 원각 스님은 어떻게 이리루 왔나?"

"예, 떠돌다 보니 그리되었습니다. 누구한테 무이가 홍천 쪽으로 간다더란 얘기는 미리 들었기에 일대를 헤매었습지요."

"응, 화두는 바랑 속에 짊어지고 다니는가?"

"……."

원각이는 대답하지 못했다. 딱이 이번에 절간에서 내려올 적에 정한 화두는 없었던 것이었다. 다만 자신의 뿌리를 한번 찾아본다는 일념만을 가지고 있었지만 이것마저 막연한 바람일 뿐으로 구체적 실체는 아무것도 장담하지를 못하는 것이었다.

"비록 세상을 떠돌 적에도 항상 화두는 짊어지고 다녀야 해. 그래야 절밥 축내는 스님 행세를 할 수 있단 말일세."

선지 스님은 잠시 묵묵한 태도로 찻상에 놓인 찻잔을 채우기 시작했다. 솔잎의 향기가 고즈넉하니 코를 자극했다.

절간을 떠나 처음으로 사람다운 느낌을 가지게 하는 분위기였다. 사람은 그래서 안식처가 중요하더라는 말을 스님들은 많이 되뇌이는 모양이었다.

"대각이는 오늘도 인사불성인가 보군?"

"스님, 죄송합니다."

"흐어, 무이 네놈 입에서 그런 말도 나오냐? 참, 오래 살고 볼 일이로다. 나무관세음보살."

"스님, 그나저나 큰절 일은 잘 처리되었답니까?"

무이가 언제 술을 마셨냐는 듯이 정색을 하며 선지 스님한테 물었다. 무이의 말투로 봐서는 큰절에 무슨 심각한 일이라도 일어났던 모양 같았다.

"대중회의에 부쳐진다니 가타부타 말이 있겠지. 얼마나 믿었던 시자(侍者)놈인데……."

선지 스님의 말을 들으면서 무이를 바라보았다. 스님의 말씀을 통해 무슨 일이 벌어진 것은 분명한 것 같은데 정확한 사정은 모르기 때문이었다. 원각을 바라보는 무이의 입에서도 삐죽거리며 무슨 말이 나오려는 눈치였지만 입을 열지 않았다. 결국 선지 스님의 입에서 하소연 비슷한 소리가 흘러나왔다.

"스님도 사내니까 차라리 색시한테 눈이 멀었다면 내 이해를 하지. 원, 머리 깎은 사람이 대체 어떻게 그런 돈을 빼내느냔 말이야? 그러니 절간엔 말이야 의발시자를 잘 두어야 한단 말이 맞다니까."

원각은 그제서야 일의 내막을 알아차렸다. 의발시자(衣鉢侍者)라면 주지의 금전이나 의복 등에 관한 모든 일을 맡은 사람이었다. 그런 사람이 주지의 돈을 횡령해 버린 모양이었다. 절간에도 사람들이 사는 데다 보니 혹간 이런 일이 있을 수도 있는 것이었다.

"세상 인연 때문에 그리되었을 거예요. 아무리 머리를 깎았다고 해서 세상에서 맺은 인연까지 완전히 잘라 버리기는 어렵겠지요."

"그럼 속가에 있지 머리는 왜 깎고 스님이 되었어? 머리를 깎는다는 것은 그 만큼 모든 행위를 구도의 길에 맞춰야 모름지기 제대로 되는 법이야. 흐어, 부(富)라는 것이 뭔 줄 알아? 오죽하면 부운부(浮雲富)라고들 하지. 재물이란 구름같이 믿을 수가 없는 것이란 말일세."

선지 스님의 말씀에 원각과 무이는 아무런 말을 하지 못했다. 원각은 뜻밖에 선지 스님의 승려다운 단호함에 놀라고 있었다. 저토록 칼 같은 스님이 어떻게 무이의 이러한 행동을 용납하고 있는 것인가? 한편으로 보면 참으로 배려하는 스님일지도 모른다는 생각이 들었다. 암자 하나를 의지 삼아 자신의 수행을 완성하며 나아가는 방식도 의미 있는 일이 되리라 여겨졌다.

"맞습니다요 스님. 예전에는 백납의(百衲衣) 입은 스님들을 많이 보았는데 요즘엔 보기가 정말 힘이 들어요."

무이의 말은 맞는 말이었다. 원각이도 예전에는 오어사에 찾아드는 스님들 가운데서 수많은 데를 꿰멘 승복을 입은 스님들을 많이 만났다. 비록 옷은 여러 군데 꿰매었을지 몰라도 단아하고 깨끗한 맵시를 풍겼던 것이다.

머리 깎은 승려라는 것은 옷차림 하나라도 낭비를 해서는 안 되는 것을 말해 주는 것이었다. 승려에게 필요한 것은 밥을 먹을 수 있는 발우 한 벌과 목탁 하나면 과하지 않을 거라고 원각은 생각했다. 목탁 하나면 시주걸립(施主乞粒)을 해서라도 살아는 갈 수 있을 것이었다. 옛날 승려들이 차라리 존경스럽다는 생각이 들었다. 탁발을 해 보지 않고서는 수행의 진면목을 어찌 알 수 있을까? 날마다 입으로 들어가는 밥알갱이가 그저 굴러들어오는 것으로 착각들을 하고 있을른지도 모르는 일이 아닌가? 낯을 붉히지 않고 밥을 해결하려면 정말 제대로 승려의 길을 걸어가야 하리라.

차를 마시고 일어섰다. 원각은 정말 밤새 걷고 싶었다. 방에서 나와보니 달이 삐죽 모습을 드러내고 있었다. 달밤을 걸어 보는 일도 괜찮을 것만 같았다. 산속에서 혼자 걷는 길은 어떤 느낌일까? 그런데 까닭 모를 용기가 생기는 것이었다.

예전 같으면 오어사 큰절에 딸린 산중턱 암자를 혼자서 밤에 올라가지 못할 정도로 소심하고 무서움을 탔던 것인데 절간을 떠나면서 이런 담력도 커졌던 것일까? 전혀 무서우리라는 생각은 들지 않았다. 더욱이 바랑 속에 있는 오동피리에 의지하는 바가 큰 것인지도 몰랐다. 산해 스님한테 받은 피리만 생각하면 이상하게 힘이 솟아나는 듯했다. 이건 대체 무슨 조화란 말인가?

"하룻밤 쉬었다 가지 않고 그러는가, 수좌여."

"아닙니다, 스님. 있어 봐야 결례만 되는 걸요."

"스님이란 직업은 어차피 떠돌이 신세라네. 난들 여기 암자에서 주인노릇 하고 있는 거 아니네. 머리를 깎았으면 깎은 보람이 있어야 하지 않겠는가?"

산아래를 내려다보며 나무의자에 앉은 채로 선지 스님이 말했다. 스님의 말씀을 원각은 결코 허투루 듣지 않았다. 말씀이 모두 귀에 날카롭게 꽂히고 있었다. 원각은 묵묵히 스님의 말씀을 듣고만 있었다.

"나처럼 세상 천지 돌아다닌 승려는 아마 없을 걸세. 한번 집을 나서면 열흘 아니면 보름이 걸리기도 하지."

"어떤 특별한 일이라도……."

"그야 방방곡곡 쏘다니며 염불도 하고 부처님 말씀도 전하고 이런저런 행사 집전도 하고 그렇지. 절도랑 일들이야 윗역서 아랫역까지 모르면 서럽다 할 걸세. 자그마치 삼십여 년을 바랑 하나 짊어지고 오르락내리락하였으니 이제 이골이 날 법도 하건만 여기 며칠 머무르면 이제 좀이 쑤셔서 말이야."

스님의 말씀에 빠르게 머리를 스치는 것이 있었다. 원각의 머리 속에 산해 스님이 떠올랐다. 선지 스님이라면 산해를 충분히 알 수 있으리라는 생각이 들었다. 그리고 원각의 머리를 어지럽게 만드는 다른 하나가 있었다.

자신의 출생에 관한 일들, 혹여 선지 스님이 삼십여 년 전후의 오어사 일들에 대해 줏어들은 얘기가 있을까? 절 바닥의 일이란 뜻밖에 소문이 빠른 것이 바람처럼 이골 저골 들락거리는 객승들이 많은 까닭도 있지만 절간을 찾는 신도들의 행동반경이 대중없이 넓은 것이기도 하기 때문이었다. 마음만 먹으면 출생에 관한 일쯤이야 생각보다 쉽게 추적할 수도 있을 거라고 원각은 믿고 있었다.

"스님, 오어사에 들른 적은 있는지요."

여적 오어사에 적을 두고 있는 원각이 선지 스님을 보았던 기억은 없으니 이런 간접적인 물음이 터무니없을지 모르나 오어사에 관한 어떤 기억을 가지고 있을지도 또한 모르는 일이 아닌가. 무이가 여기를 아지트 삼아서 이렇게 자유롭게 지내는 것도 결코 무관한 일은 아닐 것 같은 생각도 들었다.

"무이가 몸담고 있다는 절간 말인가? 아하, 수좌도 같이 있다는 절이로구만. 오어사야 사연이 많은 절간 아닌가?"

"……."

원각은 선지 스님의 말씀에 바로 대꾸를 하지 못했다. 스님의 입에서 그런 말이 나오리라는 것은 상상도 하지 못했기 때문이었다. 무이는 석간수를 마시고 나오는지 뒤란에서 얼굴을 두 손으로 쓸어내리면서 번갈아 쳐다보고 있었다.

"오어사 한 암자에서 며칠을 묵었던 기억이 있네."

"우리 절 얘기 나누고 계셨어요?"

무이가 히죽 선지를 바라보며 물었다. 원각은 공연히 가슴이 설레이는 느낌이 들었다.

"그게 언제 적 일입니까, 스님?"

"글쎄, 아주 까마득한 옛날 얘기지, 자네 세상 나이쯤 되었나. 무이하고 갑장이라면서? 이제 보니 무이가 늘상 자네 말을 들먹거렸던 모양이네."

"에이 스님, 괜히 그런 말씀을 하시고 그러세요."

"근데 스님, 오어사에 사연이 많다는 말씀은 무슨 말씀이신지요?"

원각이 무이의 말을 무찌르며 물었다. 마치 스님의 입에서 자신에 관련된 얘기나 아니면 산해 스님에 관한 얘기를 들을 수도 있으리란 기대가 앞섰다.

"뭐, 사연 없는 절간 없지만 오어사야 오래된 사찰이니 이런저런 이적도 일어나고 뼈아픈 사연들도 더러 있었던 기억이 나네."

선지 스님은 태연히 말하고 있지만 원각의 가슴은 잔뜩 긴장이 들고 있었다. 무이는 이미 선지 스님이 어떤 말을 예비하고 있는지 짐작하고 있는 사람처럼 자꾸 스님의 말씀을 막으려 들었다. 오어사란 사찰의 유래가 이적에서 비롯되었다는 것은 알고 있지만 뼈아픈 사연이란 도무지 종잡을 수 없는 말이었다.

"뼈아픈 사연이란 뭐지……."

"어느 절간인들 그런 사연 하나 없겠는가마는 거기 산해라는 스님이 있었는데……."

"……."

원각의 머리가 쭈빗하게 서는 느낌이었다. 선지 스님의 입에서 산해라는 이름이 튀어나왔을 때에 원각의 온몸에 쩌르르 전율이 흘렀다. 오어사에서 처음으로 스님이란 사실을 후회하게 되었다는 산해 스님의 말씀이 떠올랐다. 사실 원각의 뇌리에 그날 이후 산해 스님에 관한 생각을 하지 않은 적은 단 하루도 없었다. 원각은 산해 스님께서 자신을 대하는 태도가 남다르다는 느낌을 그때 단박에 깨달았기 때문이었다. 원각을 보는 순간 방황하는 것을 나무라면서 언제 한번 만나려 했다는 말을 분명히 흘려놓았던 것이었다.

"스님, 그만 하세요. 이제 됐어요."

"아닙니다. 스님 계속 하세요. 어서요."

무이가 선지 스님의 말을 중간에 막으려 하자 원각이 다급하게 재촉했다. 무이는 한사코 선지 스님의 입을 막으려 하고 있었다. 원각은 순간 자신이 모르는 오어사 얘기를 무이가 알고 있는 모양이라고 생각했다.

"그 스님이 읍내 작부한테 아이를 밴 사건이 있었어."

"아이를 배요?"

"아아, 스님 이제 그만 해요. 듣기 좋은 얘기도 아닌 걸……."

"무이 자네는 좀 가만 있어. 왜 자꾸 스님 얘기를 막으려 들고 있어?

분명 뭔가 있는 모양인데 말이야. 혹시……."

　말을 하려다가 원각은 끝내 입을 다물어 버렸다. 왕방산에서 산해를 만났을 때에 그의 입에서 했던 말이 이제 이해가 되었다. 승려란 사실을 후회했던 일이란 바로 이것 때문이었다는 것을 알 수 있었다.

　"그 스님이 나중에 속퇴했단 얘길 들었는데 지금은 왕방산 산속에서 약초를 캐면서 기거하고 있다고 들었는데……."

　"스님, 아이를 밴 사건은 어떻게 되었나요?"

　"그야 나도 잘은 모르지. 그저 떠도는 소문만 들었을 뿐이니까. 듣기론 아이의 엄마가 머리를 깎았다지 아마……."

　"언제 머리를 깎았답니까? 그 아이는요?"

　"그건 나도 잘 모르겠어. 나도 근방을 떠돌다 그 무렵 들었던 것뿐이니 어디가 사실이고 거짓인 줄은 모르네만 그땐 그런 소문이 돌았네. 자네가 태생을 찾고 있다는 얘길 무이한테 들었네만 머리 깎은 승려가 인연 찾아 좋을 게 없어. 혹여 산해 스님을 핏줄로 마음에 두는 것은 아닐 테지……."

　원각은 심장이 멈춰 버리는 듯했다. 그 아이가 마치 자신처럼 여겨지는 것이었다. 아이의 어머니가 머리를 깎았다는 말에 원각은 까닭 모를 슬픔이 가득 몰려왔다.

　비구니가 되었다는 말이 아닌가? 대체 산해 스님의 아이는 누구일까? 그 여인은 비구니가 되어 지금 어디에서 수행을 하고 있을까? 이런 생각들이 빠르게 머리를 스쳐 지나갔다.

　원각은 바랑을 들쳐 메고 마음을 서둘렀다. 아까부터 여기에 있고 싶은 생각은 없었는데 이제 더욱 여기를 벗어나 걷고 싶었다. 이제 더욱 자신이 어디로 발길을 옮겨야 하는지 분명해졌다.

  정말 사람의 일이란 한 치 앞도 모른다는 말이 더욱 실감이 났다. 원각은 자신의 출생에 관한 일들이 하나씩 풀려가는 느낌을 받았다. 산해 스님의 거처도 알았고 산해 스님의 오어사 행적도 알았지 않은가? 마음을 먹으니 뜻밖에 일들이 수월하게 풀리는 것을 예전에는 어째서 알지 못했을까? 아이를 낳은 여인이 비구니가 되었다는 소식은 원각에게 대단한 일이 아닐 수가 없는 것이었다. 그런데 대체 이렇게 해서 뭘 어쩌겠다는 것인가? 원각의 생활에 뭐가 달라진다는 말인가?

  원각은 민숭머리를 맨손으로 감싸안았다.

8. **人牛具忘**(인우구망: 소와 사람 모두 잊다)

   인우구망(人牛具忘)은 소를 잊고 자기 자신도 잊어 버리는 상태를 묘사한 것으로서
   텅 빈 원상(圓象)만을 그리게 된다.
   채찍과 고삐, 사람과 소가 모두 비어 있으니 이제 공을 깨달은 것이다.
   이 경지는 전해도 알아듣지 못하는 경지이고 공(空)을 확연히 깨달아서
   한 군데도 집착함이 없기 때문에 번뇌가 없다.
   모두 다 마음에서 나왔으므로
   이 경지에 이르면 모든 경전의 뜻을 다 알고 해설할 수 있다.

뒤에 오는 이도 없고 앞에 가는 이도 없다

원각은 바랑 속에 간직했던 피리를 꺼내어 손에 쥔 채로 하산을 서둘렀다. 무이를 남겨두고 오는 것이 마음에 걸렸지만 무이는 원각이 자신보다 강하다는 생각이 들었다. 언제고 한번 마음을 담아 위로해 주리라 마음먹었다. 무이의 얼굴에서 원각은 여적 번뇌 망상 같은 것을 발견하지 못했다. 무이가 내심 이지러질대로 이지러진 마음을 다독이며 홀로 고통을 인내하며 살았을 생각을 하니 마음이 편치 않았다.

승려라고 꿈이 없는 것은 아니다. 욕망도 있고 쫓다가 좌절하는 것도 있다. 환희도 있고 비탄도 있다. 어떤 때는 부처가 되고 어떤 때는 마수가 된다. 마음속에 하루에도 몇 번씩 암흑과 광명이 교차하기도 한다. 밤에 극락이 되고 낮에 지옥이 어찌 되지 말라는 법이 있으랴. 가슴속에 회의를 품고 방황하면서도 한낱 부처가 되기를 쉼 없이 갈구하는 삶, 주기적으로 반복되는 이런 절간 승려의 삶이란 대체 뭐란 말인가?

세상 사람들 같으면 이리 뛰고 저리 뛰며 가족을 위해 일을 할 것이고 명예를 쫓고 재물을 욕망하며 끝없는 내일을 설계할 것이다. 인연들을 찾아 만나고 헤어지고 울고 웃으면서 부대끼며 사랑하고 그리워하면서 그렇게 지내리라. 크고 대단한 목표를 세우고 질주하는 사람도 있고 작고 조촐한 것에 만족하는 음유시인 같은 사람도 있을 것이다. 그러고 보면 산밑 사람들이나 절간의 사람들 사이에 크게 다르지 않을지도 모른다. 하지만 절간에 사는 사람들은 세상 사람들과는 뭔가 다른 삶을 살아야 하는 것이다. 그런데 대중들이 따르고 본을 받는 삶을 살지 못하고 오히려 방황하고 있는 삶은 과연 뭐란 말인가?

어둠 속을 뚫고 끊임없이 산길을 걸었다. 먼 길을 걸으면서 똑같은 생각들을 수없이 반복했다. 지금의 자신이 바른 행동을 하고 있는 것인가? 이제 내일은 발길을 어디로 옮겨야 할까? 차라리 이렇게 끝없이 걸어서 밤을 지새우는 것이 나으리란 생각이 들었다. 등이 따뜻한 방에 몸을 뉘인다 하여도 잠을 이루지 못할 것이었다.

눈을 감으면 여자의 얼굴이 떠올랐다. 아니, 상상 속의 여자의 얼굴일 뿐이었다. 어린 시절 한번 스친 여자의 얼굴이 어떻게 지금까지 기억이 난단 말인가? 아아, 비구니가 되었다는 여자, 그 비구니는 정말 자신의 어머니가 될까? 그럼, 산해 스님과의 관계는 뭐란 말인가? 별의별 생각들이 산속의 어둠 속에서 부유했다 사라지곤 했다.

원각은 잠시 너럭바위에 앉아 찬 기운을 피부로 느껴 보았다. 바랑 속에 집어넣은 피리를 다시 꺼내어 불어 보았다. 새벽이 가까워 오는 시간에 산속에서 피어나는 오동피리 소리가 구슬프게 들렸다. 대체 어떻게 만든 피리길래 이렇듯 청아하면서 애절한 소리가 나오는 것인가? 대체 어째서 이런 피리를 산해 스님은 자신에게 주었을까? 원각은 아아, 장탄식을 흘리며 벌렁 너럭바위 위에 드러누웠다. 살갗은 차가운 기운이 제압했지만 몸속의 기운은 활활 불타오르는 듯했다. 저만치 산새들이 푸드득 날아오르고 있었다.

치맛자락을 새의 날갯짓처럼 휘날리며 여자는 앞에 나타났었다. 이름을 묻고 머리를 만져준 여자의 손길이 참으로 따뜻하게 느껴졌다. 수줍어서 얼굴이 벌겋게 달아올라 여자의 얼굴을 잠시만 쳐다보았을 뿐인데 여자는 벌써 저만치 둥둥 날아가고 있는 것이었다. 그땐 정말 원각의 마음이 얼마나 아쉽고 안타까웠는지 몰랐다. 아아, 저토록 고운 어머니가 있다면 얼마나 좋을까? 원각은 그런 생각을 하며 어린 나이임에도 언젠가 그런 어머니를 만나게 되리라는 희망을 버리지 않았었다.

여자가 절간에서 떠난 바로 그날, 무이와 더불어 산길을 걸어 내려와서 밤새 삼포역까지 걸었던 기억이 새롭다. 그땐 대체 어떤 마음으로 그처럼 먼 길을 밤을 새워 이슬을 밟으며 어린것들이 걸었던 것일까? 그때를 생각하면 원각은 공연히 가슴이 들썩이며 술렁거렸다.

원각은 꼬박 하루를 걸었다. 한 모금의 물도 마시지 않았다. 머릿속에 떠오르는 갖가지 상념들을 떠올렸다 지우면서 하염없이 걷기만 했다. 그런데도 한 모금의 물도 마시고 싶은 마음이 일어나지 않았다. 온몸은 땀으로 젖어서 끈적한데 걸음을 멈추지 않고 한정 없이 걸어온 길이었다.

겨우 차부에 닿아 버스에 몸을 실었고 시내로 들어왔다. 하는 수 없어 여관에 들어가 몸을 씻고 잠에 빨려들었다. 다음날 아침이 되어서야 눈을 떴다. 원각은 오어사가 있는 읍내로 다시 향했다. 그의 생각에 자신은 아무래도 오어사 근방과 인연이 있는 것 같았다. 절간을 되도록 멀리 떠나 보리라는 작정은 벌써 물거품이 되어 버렸지 않은가 말이다.

원각은 눈을 뜨자 마자 일어나 읍내로 가는 열차에 올랐다. 이제서야 허기가 느껴져서 열차에 오르기 전 김밥으로 요기를 했다. 열차는 세 시간 만에 삼포역에 도착했다. 일이 이리 될 줄 알았더라면 애시당초 삼포를 떠나지 않았으리라. 원각은 지체하지 않고 시당리를 향해서 걸었다. 옥씨네부터 다시 들러 볼 생각이었다.

상당히 걸은 끝에 시당리 초입 옥씨네 집에 도착했다. 왕방산의 우뚝한 기상을 접함에 가슴이 설레기 시작했다. 밑도 끝도 없이 암자의 선지 스님 말만 듣고 무작정 떠나온 길이었다. 산해 스님이 작부한테 밴 아이의 행방은 어떻게 되었을까? 그리고 비구니가 되어 버렸다는 아이의 어머니는? 오직 원각의 머릿속에는 이런 생각만이 맴돌 뿐이었다.

옥씨네 집에는 인기척이 없었다. 이상하게 집안에 냉기가 맴돌았다. 옥씨의 모습도 없고 옥금슬의 모습도 없었다. 원각은 헛기침을 하며 안방을 열어 보았다. 그러나 안방은 텅 비어 있었다. 옥금슬의 어머니는 어디에 있을까? 혹 그새 돌아가신 것은 아닌가? 원각의 머릿속에 그런 생각들이 엇스쳐 지나갔다. 원각은 잠시 마당 가운데 펌프에서 물을 받아 목을 축인 다음 왕방산 쪽을 바라보았다. 사람의 목숨이 그렇게 헤프진 않을 것이었다. 병원에라도 옮긴 것은 아닐까? 이런 생각을 하며 왕방산의 기운을 깊은 호흡을 통해 느껴 보려는 순간에 옥씨가 대문 쪽에서 들어왔다.

"어르신, 다시 뵙게 되었습니다."

"아니 스님이 어떻게……."

원각은 옥씨에게 합장반배를 올리며 나무관세음보살을 마음속으로 외었다. 제발 나쁜 소식은 듣지 않아야 하리라고 부처님께 빌었다. 저번 날 목청껏 열성을 다해 외워 드린 염불이 헛되지는 않아야 할 텐데 하고 생각했다. 원각은 마음을 졸이며 옥씨를 바라보았다. 아아, 그런데 옥씨의 입에서 비감스러운 말이 튀어나왔다.

"스님, 아내가 떠났습지요."

"아니 저, 저런……."

원각은 말을 마치지 못했다. 입술이 파르르 떨렸다. 얼마 전에 보았던 사람이 세상을 떠나 버렸다는 사실이 현실임에도 불구하고 좀체 믿어지지 않았다. 옥금슬은 얼마나 충격을 받았을까? 어머니한테 끔찍한 효녀가 아니던가 말이다.

"차라리 잘 되었는지도 모르지예. 방바닥에 등 붙이고 누워 있는 것이 얼마나 고역이었겠습니까요. 그래 편한 마음먹고 보내줬지예."

"예, 나무관세음보살……."

원각은 진심으로 염불을 외웠다. 비록 몸이 아파 누워 있어도 사람의 생명이 집안에 있다는 것은 얼마나 든든한 일인가? 옥씨 부녀의 허전한 마음은 이를 데가 없을 것이었다. 마음속으로 부디 사람으로 다시 태어나도록 빌었다. 세상의 만물 가운데 사람으로 태어나기가 제일 어렵다는 말이 있다. 사람으로 태어나려면 그만큼 공덕을 많이 베풀어야 한다는 것이었다. 사람이 죽으면 가장 많이 개로 환생한다는 것이었다. 그래서 절간에서는 개를 소중히 대하고 있는 것이었다.

"스님, 저하고 왕방산 올라가지 않으실랍니까요?"

"예, 그러지요. 마치 그러려던 참인데……."

"혼자 있으니 적적해서 이틀에 한번은 오를 셈입니다요. 산해 스님이나 금실이가 더러 내려오기도 하겠지만 일간 무슨 창대회가 있다고 해서……."

"예에……."

소리대회는 산해 스님이나 옥금슬에게 중요한 일이었다. 그간 갈고 닦은 실력을 검증받는 계기요 반드시 기회를 잡아 전문 소리꾼이 되어야 할 것이었다.

원각은 옥씨와 함께 왕방산으로 향했다. 아직 해는 많이 남아 있어서 암자에 오르는 데는 어려움이 없을 것이었다. 내려오는 문제가 남아 있지만 거기까지 생각하지 않기로 했다. 하룻밤 거기에서 묵을 수도 있을 터였다. 대체 산해 스님의 정체는 무엇일까? 스님은 어째서 소리에 미쳐 있을까?

"근데 스님 어디서 오시는 길입니까?"

"예, 홍천에서 도반을 만나고 내려오는 겁니다."

"아, 그랬구만요. 아내 장례식에 은해 스님이 다녀가셨어요."

"예에? 어떻게……."

"산해 스님이 연락을 넣었던 모양입니다요. 듣자 하니까 산해 스님하곤 내왕이 있었던 모양입지요."

옥씨의 말에 원각은 놀라지 않을 수가 없었다. 은사 스님이 산해 스님과 내왕이 있었다니 정말 믿기지 않았다. 산해 스님에 관한 얘기는 일언반구도 없으신 분이 아닌가? 대체 은사 스님은 어째서 원각에게 산해 스님 이야기를 전혀 하지 않았을까? 원각의 머릿속에서 수많은 생각들이 가지를 치고 일어났다. 원각은 대답 대신에 고개를 끄덕여 주었다.

"운해 스님 도움 많이 입었습지요."

"예에, 부처님 뜻이지요. 나무관세음보살."

원각은 은사 스님이 이미 자신의 행적을 손바닥 보듯 들여다보고 있으리란 생각이 들었다. 세상의 인연이란 정말 거미줄처럼 연결되어 있는 모양이었다. 홍천에서 만난 선지 스님 역시 결코 인연 밖의 인연은 아닐 것이었다. 선지 때문에 원각이 걸음의 방향을 이리로 향했던 것이 아니고 뭔가 말이다.

왕방산 산해 스님의 암자에 당도했다. 저 아래서부터 옥금슬의 판소리가 들려 내려왔는데 암자에 당도할 때까지 멈추지 않았다. 소리의 가락을 타고 산해의 북치는 소리가 여백을 채우고 있었다. 원각이 옥씨와 나란히 모습을 드러내자 옥금슬과 산해 스님 모두 놀라는 눈치였다. 원각은 소리 없이 합장반배를 하며 예의를 갖췄다. 어깨에 짊어지고 올라온 바랑의 무게가 천근처럼 느껴졌던 모양으로 원각은 바랑을 벗어 정자의 마루에 내려놓았다.

"오라버니, 기별도 없이 어인 일이세요?"

옥금슬이 먼저 입을 열었다. 원각은 옥금슬 곁에 양반자세를 하고 앉아 북의 채를 잡고 있는 산해를 바라보았다. 산해의 표정은 대체 감정을 읽을 수가 없었다. 한 생각을 정지시킨 듯이 단아한 모습으로 앞만 응시하고 있었다. 옥씨는 이런저런 말도 없이 일을 하려는지 곧장 뒤켠으로 돌아가는 게 보였다.

"일이 이렇게 되었습니다. 나무관세음보살……."

"스님, 오라버니도 왔는데 좀 쉬었다가 해요."

산해의 허락이 떨어지지 않았는데도 옥금슬은 자세를 풀었다. 원각은 산해를 똑바로 바라보지 못했다. 산해 스님이 이상하게도 자신에 대한 까닭 모를 비밀을 간직하고 있는 사람처럼 여겨졌기 때문이었다. 감정이 그쪽으로 기우는 것을 손쓸 새도 없이 그렇게 되어 버렸다. 대체 산해는 자신에게 무어란 말인가? 원각은 한 점 움직임이 없는 스님을 향해 재차 허리를 굽혀 예의를 갖추고 정자를 벗어나 뒤란으로 가서 석간수를 떠서 벌컥벌컥 들이켰다. 겨우 몇 시간 이전에 옥씨네서 물을 들이켰는데 벌써 입 속이 바싹바싹 타들었다. 옥씨는 뒤란에서 텃밭을 일구고 있었다.

"오라버니, 어디에서 오신 거예요?"

"응, 홍천서 도반을 만나고 오는 길인데…… 아참, 금실이 어머니 돌아가셔서 많이 힘들었겠어? 내가 옆에 있어주지도 못했네."

"고마워요 오라버니. 많은 분들이 도움을 주셔서 무사히 장례를 마쳤어요. 오어사 스님들도 여럿 오셨는데요. 난, 혹시 오라버니가 거기 있나 되게 궁금했는데……."

"그랬어? 근데 창대회가 언제 있는 거야?"

"열흘 뒤에요. 서울에서요."

"금실인 잘할 수 있을 거야. 소리도 좋고 열심히 했으니까. 근데 산해 스님한테 무슨 일이 있었어?"

원각은 그게 궁금했다. 자신을 보고 일언반구 없는 스님에게 분명 무슨 일이 있었을 거라는 생각이 들었다.

"그건 모르겠어요. 어머니 돌아가신 일 말고 특별한 거 없었어요. 아참, 저번 날에 약간 다툼이 있으셨던 모양이에요."

"누구하고 다툼이 있었는데?"

"오어사 운해 스님이란 분하고 약간 언성이 높았는데 무슨 일인지는 몰라요. 옛날 오어사에 함께 있어서 가까운 사이라고 들었어요."

원각은 더욱 머리가 아득해졌다. 무슨 일로 언쟁을 했단 말인가? 그리 멀지 않은 데에 속퇴한 도반을 두고 인연을 끊지 않고 만나 오는 스님이 어째서 자신에게 한마디의 언급도 해 주지 않았단 말인가? 원각에게 자꾸만 이러한 생각들이 꼬리를 물고 떠올랐다.

저녁이 깊었고 원각은 자연스레 암자에 머물게 되었다. 옥씨와 원각은 가쪽 방에 여장을 풀었다. 옥금슬은 저녁이 깊어지고 있지만 스님과 정자에서 소리 연습에 여념이 없었다. 원각은 가만히 문을 열치고 나와 정자의 맞은편 나무의자에 앉았다. 산의 고지가 높은 탓인지 밤기운이 차갑게 느껴졌다. 그래도 싱그러운 나무들의 소생하는 소리가 귓전에 들리는 듯했다. 옥금슬이 내뱉는 진양조의 느린 소릿가락이 애절하게 떨리고 있었다.

사랑 사랑 내 사랑아 어어 두웅둥 네가 내 사랑이지야
광한루서 처음 보고 산하지맹 깊은 사랑 하월삼경 밤이 깊어
구곡같이 서린 정회 탐탐이 풀세에 없이 새벽 닭이 원수로구나
......

산속에서 듣는 맑고 청아한 소리는 그대로 부처님의 마음 같았다. 호르르 굴리며 긴 목을 빼는데 마치 득도의 경지에서 멈춰선 듯이 일순 멈췄다가 다시 굽이굽이 흘리며 가슴속에 저미어 들었다. 사이사이를 북소리가 파고들었다. 그런데 어느 순간 북소리가 멎고 그 여운을 잡아

매며 후루루 후루루 대금소리가 메아리를 쳤다. 원각은 저도 모르게 자리에서 일어나 정자 쪽으로 걸어갔다. 달빛의 흐릿한 기운 속에서 흘러나오는 석간수보다 맑고 풍경소리보다 청아한 소리, 대금이 어울리며 차츰 절정을 향해 나아가는 느낌이 들었다.

둥둥둥 내 사랑 어허 둥둥 내 사랑 저리 가거라 뒷태를 보자
이만큼 오너라 앞태를 보자 너와 나와 유정허니 어찌 아니가 다정허리
담담 장강수 유유 원객정 하고 불상송허니 강수에 원함정 우리 연분은
천장이니
......

아아, 이렇게 듣기 좋은 소리를 원각이 언제 또 들었던가? 절간에서 듣는 독경소리가 이렇게 애절함을 담고 있었던가? 소리가 그대로 깨달음이 되어 닫힌 마음의 문을 열어젖히는 듯한 느낌이 들었다. 산해 스님이 절간을 떠나 이렇게 은신을 하며 살아온 세월의 힘은 바로 이런 소리에서 나오는 것인지도 모른다는 생각이 들었다.

소리는 울었다 흐느꼈다 까르륵 뒤집었다 산속의 모든 분위기를 잡아끌었다. 옥씨도 어느 결에 방에서 나와 원각의 옆에 무연히 서서 옥금슬의 소리를 듣고 있었다. 바람 속에 깃발이 휘날리듯이 한참을 빠르게 절정으로 치닫으면서 소리는 끝이 났다. 원각은 일순 아쉬움이 일어나는 느낌이 들었다. 세상에 살면서 이런 밤의 정취는 처음이었다.

산해와 옥금슬이 그간 얼마나 열정을 다해 힘을 쏟아 연습해 왔던지를 충분히 느낄만한 소리임에 틀림없었다. 아아, 나무관세음보살. 부처

님의 가피로다. 원각은 마음속으로 소리쳤다. 산해 스님이 연주하는 대금소리는 절로 사연을 안고 굽이굽이 넘어가는 듯했다. 산해한테 건네받은 오동피리를 처음 불었을 때도 원각은 그런 감동을 받았다. 그러나 산해가 불어내는 대금소리는 감정의 굽이굽이를 돌 듯 귀에 들렸다.

원각은 객쩍은 마음에 정자를 벗어나 뒤란에서 달빛을 밟고 있었다. 멀리로 기적소리, 달빛은 교교히 떨어지는데 그리는 수심이 정말 만리의 세월을 거슬러 올라가고 있었다. 원각은 어린 시절의 흥분을 삼키고 있었다. 아아, 이런 순간에 어머니를 한번 만날 수가 있다면? 아니 어머니의 존재가 어디에 있는지라도 알아낼 수만 있다면? 아이를 낳은 부모들은 대체 그때 어떤 마음이었을까? 기르던 자식을 절간에 보내 버릴 수밖에 없었던 부모님의 심경을 교교히 떨어지는 달빛 아래서 어찌 가늠이나 할 수가 있을 것인가?

원각은 석간수를 떠서 벌컥벌컥 들이켰다. 입술이 바싹 타들고 가슴이 콩닥거렸다. 옥씨는 이미 방으로 들어가 버렸다. 멀리로 희미한 불빛들이 수평선 너머 밤바다에 묻힌 고깃배들의 불빛처럼 점점이 박혀 있었다.

"오라버니, 여기 계셨네요."

"어, 갈증이 나서……"

원각은 가슴이 벅찬 나머지 말을 잇지 못했다. 옥금슬의 소리가 이렇게 애절한 맛을 담아내리라는 것을 저번 날엔 미처 깨닫지 못했다. 거기다가 산해 스님의 정체에 대한 호기심 때문에 정말 벅찬 가슴을 제대로 가눌 수가 없었다.

"스님이 잠깐 정자로 오라시는데……"

"무슨 일로……."

"모르겠어요. 아직 아무 말씀 안 하셨잖아요. 원래 말수가 없으신 분이니 오라버니가 이해하세요. 절대 싫은 내색을 하느라 그러시는 거 아니예요."

"응, 알아……."

"그럼, 어서 가 보세요."

원각은 달빛 아래서 가만히 고개를 숙인 채로 정자를 향해 걸어갔다. 정자에는 산해 스님이 여일(如一)한 자세로 꼿꼿하게 앉아 있었다. 원각은 사뭇 긴장감이 들었다. 가슴이 두근거리며 불안한 느낌마저 들었다. 스님한테 무슨 말을 꺼내야 하나. 스님은 무슨 말씀을 하시려는 것일까? 이런 생각들로 순간 머리가 어지러웠다.

"올라와 앉으시게."

"예, 스님."

원각은 떨리는 가슴을 안고서 정자의 마루 위에 올라가 산해와 조금 거리를 두고 앉았다. 산해는 원각에게 여전히 눈길을 주지 않은 채로 말했다.

"내가 주었던 피리는 불어 보았는가?"

"예, 스님. 소리가 맑고 신비로웠습니다."

"……."

원각의 말에 산해는 머리만을 끄덕이고 있었다. 산해의 기다란 머리가 산바람에 가늘게 나부끼고 있었다.

"스님, 어찌 제게 그 피리를 주셨는지요?"

원각은 마침내 묻고 싶은 말을 꺼내놓았다. 소중한 듯한 피리를 서슴

없이 자신에게 주신 산해의 뜻은 뭐란 말인가? 상자까지 마련한 그 피리가 범상한 피리는 결코 아니란 생각이 들었다. 원각의 귓전에 피리소리가 맴도는 듯했다.

"그대가 소리를 찾아온 거 같아서……."

"제가 소리를 찾아오다니요?"

원각은 전혀 뜻밖의 말에 반문을 던졌다. 소리를 찾는다니 대체 무슨 말인가? 산해의 목소리는 결연하게 들리고 있었다.

"소리란 공(空)이며 색(色)이네. 있다가 없으며 없다가도 있는 것, 존재를 찾는 것이 어찌 이와 같지 않겠는가?"

"……"

원각은 산해의 말을 듣고 있었다. 산해의 피리가 존재에 따르는 것이라는 말에 원각은 까닭 없이 놀랐다. 산해는 원각에 대한 모든 일을 꿰뚫고 있는 듯이 보였다. 옥씨네 장례식에서 은사 스님과 대체 어떤 일로 다툼이 있었던 것일까? 원각의 머리는 잡다한 생각들로 어지러웠다.

"그대의 눈에 쓰여 있네. 하지만 그대는 출가수행을 하는 수좌가 아닌가? 수행이 깊어 절정에 이르면 모든 얽힘에 초연해지는 것이네. 그대의 수행이 한순간 해이함으로 퇴보하는 일이 없기를 바라네."

산해의 말은 원각에게 질타처럼 들렸다. 승려의 신분에도 불구하고 자신의 출생과 가족에 대한 뿌리를 찾아 나선 것을 일탈처럼 규정지으며 염려하는 말이었다.

"내가 소리를 간직한 것은 오래 전의 일이지. 한때 내가 머리를 깎은 것도 어찌 보면 소리와 관계된 일이 아니었나 싶네. 무모하게 끝나 버렸지만 나 역시 소리를 마음속에 간직하며 살아온 나날이라 할 수가 있어. 자네처럼 그렇게 무모하게 소리를 찾고 있는 것인데 아아, 나무관세음보살. 그것은 실로 있다가도 없고 없다가도 있는 것이니……."

산해는 자세를 흐트리지 않은 채로 머리를 움켜쥐었다. 산해의 목소리는 회한의 느낌을 머금고 있었다. 아아, 그리고 원각은 산해의 과거에 대한 이야기를 듣게 되었다. 산해의 입에서 과거사를 듣게 되리라고는 전혀 생각하지 못했다. 산해로부터 들은 이야기는 이러했다.

산해는 난리통에 태어났다. 아랫역 한적한 산골에서 대포집을 하는 여인의 아들로 태어난 것이었다. 그런데 산해의 아버지는 누구인지 몰랐다. 난리통에 반란군들한테 집단 윤간을 당했던 것인데 공교롭게 아이를 배 버린 것이었다. 산해의 어머니는 아이를 떼 보려고 익모초 독한 물도 마시고 높은 산에 올라가 데굴데굴 굴러 보기도 하였지만 헛수고였다. 끝내 아이를 낳았는데 아들이었다.

사람들은 반란군의 씨라며 산해를 구박했다. 전쟁이 끝나고 산해는 자랐지만 마을 사람들은 산해를 구박했다. 반란군들한테 당했거나 반란군들로부터 가족을 잃은 사람들은 산해가 반란군의 씨라는 이유로 혹독하게 구박했다. 산해의 어머니도 산해를 낳았지만 자식을 사랑하지 않았다. 오히려 저주하고 증오했기 때문에 아들이 죽어 버리기를 바랐다. 산해는 결국 마을을 떠나 버렸다.

산해는 어느 관(棺)을 짜는 공장에서 일을 했다. 그가 태어난 마을과는 삼십여 리나 떨어진 곳이었다. 관내에 사람이 죽으면 어김없이 산해가 일하는 관공장에서 관을 사갔다. 어떤 사람은 미리 관을 주문해 놓는가 하면 미리 관을 사다가 행랑채의 뒤쪽 처마 밑에 관을 매달아 놓기도 하였다.

관공장에서 소리하는 사람을 만났다. 그 소리꾼 사내는 난리통에 아내를 잃었다. 아내 역시 소리를 하는 여인이었다. 부부는 소리를 팔며 이 골 저 골을 떠돌아다녔다. 그러나 전쟁통에 쇠사슬에 엮여 산속에 끌려갔다. 산속에서 반란군들 밑에서 소리로써 목숨을 연명하다 아내는 끝내 반란군의 총을 맞아 죽었다. 탈출을 하다가 그리된 것이었다. 소리꾼 사내는 겨우 빠져나와 목숨을 건지게 되었다. 전쟁이 끝나고 이러 저리 떠돌다가 관공장에서 일을 하게 되었다.

산해는 관공장에서 소리하는 사내를 만나 소리를 익혔다. 소리가 산해의 관심을 끌었던 것은 산해가 소리를 좋아해서가 아니었다. 산해는 자신이 반란군의 씨라는 사실을 알고 있었기 때문에 반란군들이 죽인 소리꾼 사내의 아내한테 죄인이 되는 느낌이 들었다. 그래서 소리꾼 사내한테 죄값을 치러주고 싶었다. 소리꾼 사내의 명령은 무엇이든지 거역하는 일이 없었다. 소리꾼 사내의 일을 언제나 거들어 주었다. 이것이 자신의 아비들인 반란군들의 죄 값을 조금이나마 덜어내는 거라고 생각했기 때문이었다.

관공장에서 일을 하던 시절, 어느 날 기별이 닿았다. 삼십 리 밖의 어느 주막집 여인이 죽었다는 것이었다. 산해는 그 죽은 이가 바로 자신의 어머니라는 사실을 알았다. 사실 산해는 언제 적부터 아무도 모르게 어머니의 관을 정성껏 준비하고 있었다. 일꾼들이 모두 집으로 돌아간 밤에 혼자 남아 어머니의 관을 만들었다. 정성스레 갈고 다듬고 옻으로 칠을 먹여서 나름대로 보관하고 있었던 것인데 어머니의 부음을 듣고 산해는 소리꾼 사내와 더불어 리어카에 관을 싣고 어머니가 일하시던 대포집을 찾았다. 소리꾼 사내의 도움을 받아 장례를 치르고 산해는 다시 관공장에 돌아왔다.

그곳에서 몇 년간 소리꾼 사내와 일을 했다. 그때 소리를 익히게 되었던 것이었다. 그러던 어느 날인가, 소리꾼 사내는 자살하고 말았다. 아내에 대한 그리움이 사무쳐서 결국 죽어 버린 것이었다. 산해는 소리꾼 사내에게 미안한 마음과 죄스런 마음을 금할 수가 없었다. 어떻게 해서 자신의 죄 값을 치른단 말인가? 산해는 반란군 아비들에 대한 죄 값을 어떻게든지 자신이 치르고 싶었다. 그래서 생각한 것이 머리를 깎고 승려가 되는 것이었다. 승려가 되어 죽는 날까지 반란군 아비들로부터 죽은 수많은 불쌍한 목숨들을 위해 부처님께 빌어 드리고 싶었다. 구천에 떠돌지 말고 극락왕생하시기를 빌고 싶었던 것이었다.

산해는 결국 승려가 되었다. 그리하여 처음에는 오직 반란군 아비들의 죄를 대신 뉘우치며 부처님전 용서를 빌고 또 빌었다. 스스로 안이함보다는 고통스런 삶을 동경했다. 그런 삶만이 자신 아비들의 죄 값을 용서받는 길이라고 산해는 생각했기 때문이었다. 그래서 절간의 일도 항상 희생적인 태도를 보였다. 동료들에게 산해는 정말 의협심이 강하고 부처님의 말씀에 충직한 승려라 인정받게 되었다.

그러나 승려의 길이 생각처럼 쉽지 않았다. 산해에게 가장 커다란 적은 피가 끓어오르는 애욕이었다. 반란군들의 끓어오르는 욕정의 피를 받고 태어난 때문이었는지 모른다. 먹물옷 입은 지 다섯 해쯤 되었을 때에 그만 실수를 저지르고 말았다. 고의적인 실수는 아니었지만 산해는 그 일을 두고두고 후회했었다. 읍내의 작부집에서 그만 작부의 꼬임을 이겨내지 못하고 하룻밤 정을 품어 버린 것이었다.

이름이 '장옥화'라는 작부가 끝내 아이를 낳아 버렸다. 산해는 옥화가 아이를 임신한 사실을 한동안 몰랐다. 하룻밤 정을 통하고 더는 얼굴을 보지 못했기 때문이었다. 그러던 어느 날, 읍내의 장터에서 우연히 옥화를 만났다. 옥화는 배가 불러오고 있었는데 산해의 아이라는 말을 우연히 듣고 산해는 머리를 쥐어뜯었다. 옥화는 원래 몸을 파는 작부가 아닌데 산해한테 마음을 두었기에 그날 일이 치러진 것이었다. 산해는 이런 소식을 옥화한테 들었지만 어떻게 대책을 세울 수가 없었다. 사람의 죄란 결코 덮을 수가 없음을 산해는 그때 알았던 것이었다. 옥화가 아이를 낳았다는 말을 들었고 산해는 더 이상 절간에 머물 수가 없었다. 도반 운해 스님한테만 일의 자초지종을 말하고 산에서 내려왔다.

옥화는 아이가 세 살쯤 되었을 때에 아이를 산해한테 데려왔다. 그러나 산해는 도무지 아이를 맡을 자신이 없었다. 그래서 절친한 도반이던 운해 스님한테 아이를 맡겨 큰스님 되도록 가르침을 베풀어 달라고 하였던 것이었다.

산해 스님의 목소리가 파르르 떨리고 있었다.
"스님, 그 아이가 바로 저이지요?"
"……."
산해는 대답을 하지 않았다. 여일한 자세로 흐트러지지 않고 묵묵히 앞을 응시하고 있었다. 바람이 불어와서 가만히 산해의 머리를 나부끼고 있었다. 원각은 생각보다 자신의 핏줄을 쉽게 찾아 버린 느낌에 한편 허탈했다. 그러나 그리움의 벽을 입때까지 키워 왔던 생각을 하면 기쁨과 슬픔 등의 모든 감정들이 북받치게 만들었다. 아아, 정말 산해 스님은 자신의 아버지란 말인가? 원각은 더는 물으려 하지 않았다. 이 제 모든 것이 분명해졌기 때문이었다.

"스님, 큰절이나 한번 올리겠습니다."

"……."

스님은 움직이지 않았지만 언제 쥐어졌는지 산해 스님의 손에는 염 주가 들려 있었다. 스님은 염주를 묵묵히 돌리고 있었다. 원각은 마음 을 가라앉힌 다음 자세를 고쳐 잡고 큰절을 올렸다. 생전 처음 자신의 몸을 낳아준 부모한테 올리는 절이었다. 아아, 나무관세음보살. 모든 것들이 여기서 멈춰 버렸으면 하는 심정이었다.

"면목 없네. 미천한 이 사람을 용서하시게나."

산해 스님의 어깨가 격정적으로 흔들리고 있었다.

"스님, 참으로 무심했습니다. 이게 꿈은 아니지요."

원각의 목소리도 떨리고 있었다. 원각은 정말 믿어지지 않았다. 아버 지를 이렇게 만나게 해 준 것도 부처님의 뜻이라는 생각이 들었다. 이 렇게 빨리 만나게 되리라는 것을 상상도 하지 못했다.

"꿈인들 어찌하겠는가. 어서 일어나 앉으시게."

산해 스님은 한동안 격정적인 떨림을 눌러 잠재운 뒤에 마음을 애써 가다듬으면서 말하고 있었다. 원각은 땅에 댄 이마를 세워 일어나 앉았 다. 달빛이 교교히 떨어지고 있었다. 차갑던 바깥 바람은 이제 몸에 열 기를 불러 일으켰다.

"어찌 저를 이토록 내버려 두셨는지요?"

"으흠, 나무관세음보살……."

이렇게 말은 했지만 산해의 목소리는 흐느껴서 그만 말을 잇지 못하고 있었다.

"못난 소생을 용서하십시오. 이제야 부모를 찾아뵙는 죄가 큽니다."

"그런 말씀 마시게. 서운하고 야속했던 감정들일랑 이제 벗어 버리시게. 큰스님 되어야 하네. 내가 속죄 못한 아비들의 죄 값을 그대가 큰스님 되어 갚아 드려야지……."

원각은 쏟아지는 눈물을 억지로 참았다. 그러나 끝내 울음이 터져 버리고 말았다. 원각은 엉엉 소리 내어 울어 버렸다. 산해 역시 어깨를 들썩이며 흐느끼고 있었다. 원각은 자신이 어째서 스님이 되었는지 굳이 말씀하지 않아도 알 수 있게 되었다. 절간에 보내진 깊은 뜻을 이제 잊어서는 안 될 일이라고 생각했다.

산해가 몸을 일으켜 세우더니 원각에게 다가왔다. 원각은 여전히 울음을 억제하지 못하고 흐느적거리고 있었다. 산해는 흐느끼고 있는 원각의 어깨를 짚었다. 원각이 산해의 가슴팍을 끌어안았다.

"인홍아, 미안하다."

산해의 넓은 가슴이 원각을 덥석 끌어안았다. 바람이 훌쩍 불면서 지나갔다. 바람소리가 마치 울음소리처럼 한순간 나뭇가지를 흔들고 지나갔다.

"아, 아버지……."

이십육 년 만에 불러 보는 아버지란 단어였다. 원각은 산해를 꼬옥 끌어안았다. 산해의 입에서 원각이 대신 '인홍'이란 이름이 튀어나왔다. 어린 시절 아름다운 여인의 입에서 들었던 순간처럼 감미로웠다. 아아, 그래도 이렇게 뒤늦게나마 느껴 보는 부모의 체취가 원각은 얼마나 정겨운 것인지 몰랐다. 밤새도록 이렇게 부둥켜안은 채로 있고 싶었다.

"자식이 부모를 찾는 것은 인지상정인 것을 누구를 탓하겠는고. 언제든 기다리고 있을 터이니 들르거라."

산해의 목소리는 이제 어느새 다정한 아버지의 목소리로 변해 있었다. 말도 아까처럼 높이지 않고 친근감 있게 낮춰서 말했다. 원각이는 이런 느낌이 정중한 것보다 훨씬 좋다는 생각이 들었다. 이런 분위기를 원각은 오래 느껴 보고 싶었다.

"운해 스님도 참으로 무심하십니다."

"네가 탓할 일은 아니다. 운해 스님 또한 너를 위해 많은 애를 썼다. 나는 인홍이 네가 이번 일을 딛고 일어서서 더욱 수행정진에 매진할 것임을 믿는다."

원각은 아버지를 만난 기쁨에 취해 모든 일들이 부처의 뜻대로 잘 되리라는 상서로운 예감을 받고 있었다. 이렇게 만남의 과정이 어렵지 않도록 쉬이 예비하신 것도 모두 부처의 뜻이 담겨 있으리라 생각했다.

"바람이 차니 어서 방으로 들어가자."

"먼저 여쭐 말이 있습니다."

"내게 궁금한 것이 많은 모양이구나."

"어머니가 머리를 깎으셨다는 말씀을 들었습니다."

"나무관세음보살."

"어디 계신지요. 꼭 한번 만이라도 만나 뵙고 싶습니다."

"인홍이 네가 아주 많은 것을 들었구나. 운해가 그런 말을 했을 리는 없을 터인데……."

"오다가다 절간에서 들은 얘깁니다. 많은 세월 어머니를 그리워하면서 살았습니다. 눈이 푸른 납자 입에서 무슨 말인가 싶을 테지만 정말 어머니가 그리웠습니다. 어머니를 뵙는다고 수행정진하지 못할 이유가 없습니다. 부디 숨기지 말고 말씀해 주십시요."

"한번은 만나야겠지. 어서 들어가자."

산해가 원각의 손을 잡았다. 아버지란 존재의 체온이 이렇게 따뜻하다는 사실을 처음 깨달았다. 산해의 방에서 창에 열중이던 옥금슬이 원각이 들어가자 창을 멈추었다.

"무슨 얘기를 그렇게 나누었나요?"

"……."

원각은 아무런 대답을 하지 않았다. 원각의 눈가에 눈물 자국이 선명히 드러나 보였다.

"어머, 오라버니 우셨어요?"

"아, 아니…… 그저 스님 말씀이 슬퍼서 잠시……."

"금실아, 오늘 연습은 그만하자. 어서 아버지 하고 가서 자거라."

"스승님은 원각 오라버니 하고 주무실 거예요?"

"으흥, 그래야지. 사내들 끼리나 밤새 껴안아도 되겠지."

"그럼 그러서요. 저는 저쪽 방으로 건너갑니다."

"참, 금실이가 내 바랑 좀 가져다 줘."

옥금슬이 바랑을 곧장 가져왔다. 산해 스님이 자리를 폈다. 원각은 겉옷을 접어 윗목에 가지런히 정리하고 몸을 눕혔다. 산해가 불을 끄지 않은 채로 원각의 곁에 나란히 누웠다.

"스님, 아니 아버지라고 부를게요."

"그래, 인홍이 편하도록 하거라. 정말 이게 꿈이 아닐른지……."

"저를 이미 알고 계셨잖아요. 저번 날에 벌써 저를 알고 계셨을 터인 데……"

"하지만 운해 하고 약속했지. 절대 부자지간의 정을 느껴선 안 된다고 말이야. 운해도 오래도록 비밀을 간직하느라 애를 많이 썼지. 하지만 이제 그럴 것이 없어. 인홍이는 결코 깨달음의 세계를 무너뜨릴 사람은 아니라 믿으니까."

"저도 모르겠어요. 정말 일이 어찌 되어갈지……"

"그럼 안 되지. 수행의 시간이 얼마인데 이제 그런 소리를 하면 그동안 인홍이한테 공력을 들인 절간의 모든 사람들한테 욕을 멕이는 법이야. 누구나 한때 가족에 대한 그리움은 있는 법이니 그리 알고 마음 가다듬고 수행정진에 매진해야지."

산해는 큰 체격으로 원각을 안았다. 원각은 산해의 체취를 감미롭게 느끼고 있었다. 비록 어머니의 품은 아니지만 이렇게 자신을 낳아준 아버지를 만나 체온을 느끼고 있다는 것이 정말 믿어지지 않았다.

"스님……"

"응. 인홍이 목소리가 예전하고 똑같네."

"인생이란 뭘까요?"

"……"

"바르게 사는 길은 어떤 길일까요?"

"글쎄, 그걸 알면 큰스님 되었게. 난, 그저 땡추스님도 못되는데 무슨 수로 대답을 해. 결국 진실이 아닐까 생각해. 자기한테 진실하고 남을 속이지 않고 사는 것……"

"사랑은 뭔가요?"

"그야 모르지. 어떤 스님이 그러던 걸, 사랑하다 죽어 버리는 것이 사랑이라고. 근데 승려한테 사랑은 독약이거든."

"독약이요?"

"그럼, 승려는 사랑을 먹으면 취해서 바로 죽어 버리게 된단 말이지. 내가 너와 인연을 맺은 것도 다 그놈의 하룻밤 못잊을 독약 때문이었지."

"정말 어머니를 만나 보고 싶습니다."

"만나야지, 짐승들도 제 어미를 그리는데 하물며 사람이 살아 있으면서 만나지 못한다면 이 얼마나 불행한 일이겠어. 그런다고 푸른 청송이 뿌리가 뽑히는 것도 아닐 테고……."

산해의 말에 원각은 가슴이 뛰었다. 이제 그리던 어머니를 정말 만나보게 되는구나 생각하니 정말 가슴이 벅차서 말이 나오지 않았다. 비록 머리 깎고 수행정진하는 승려의 신분이지만 자신의 가족을 만나게 된다는 사실에 뿌듯해졌다. 수행이란 외로움에서 빛을 발한다는 말도 그르다는 생각이 들었다.

"너무 원망하지 말아라. 내 혼을 불어넣어 만든 피리를 지니고 다닌 세월만큼 나는 속죄를 하고 뉘우침을 구했으니 정말 나를 용서해라."

"부모님을 찾으려는 마음을 가졌을 때부터 이미 모든 것은 용서가 되었지요. 용서라기보다 몸을 주신데 대한 보답의 마음이지요."

"인홍이가 그렇게 생각해 주니 마음이 한결 가볍구나. 나는 평생을 너에 대한 죄스러움과 이름 없는 아비들의 죄스러움으로 마음의 감옥에서 살아온 셈이지. 이제 너를 만나 용서를 받으니 마음의 빛이 절반은 덜어진 느낌이야."

산해는 원각의 손을 이불 속에서 꼬옥 잡아쥐었다. 산해의 입술은 거의 떨리고 있었다. 산해의 손이 원각의 얼굴을 쓰다듬었다.

"인홍아, 아아, 정말 불러 보고 싶은 이름이었는데……."

"아버지, 어머니는 어디 계신가요?"

"내일 만나 보도록 하자. 정리할 마음들은 일찌감치 정리를 해야 한다. 네 존재를 확인하는 것이 굳이 정진에 도움이 된다면 미룰 필요가 없느니라. 일의 순서가 이리 되었으니 모두 부처님의 뜻이라 여기고……."

"정말 실감이 나지 않습니다."

"그럴 테지, 하지만 난, 멀찍이서 너를 지켜보고 있었으니 결코 꿈처럼 여겨지진 않는다만 아무렴 너를 안고 있으니 참 좋구나."

"어머니 얘기를 들었어요. 일찍이 산문(山門)에 드셨다구요. 우연히 홍천 한 암자에 들렀다가 선지 스님을 뵈었지요."

"일이 그리되었던 게로구나. 옥수암 주인장이 바로 선지가 맞지. 그 스님은 팔도를 꿰고 있는 사람이니 어릴 적 전설이 주절이 나올 법도 하구나. 그런 인연들이 도처에 널려 있으니 세상에 깨달음도 멀고 성불하기도 멀다는 것이지."

"근데 어머니는 어떤 분이신가요?"

"글쎄로구나. 어쩌다 하룻밤 정을 나눈 것이 너를 만나게 되었던 거야. 내가 네 어머니에 대해 아는 것이 뭐가 있어야지. 술집에 잠시 적을 두었던 모양인데 호구지책으로 말이야. 예전엔 여간해서 호구 삼는 일도 힘이 들었으니까. 네 어머닌 몸을 맡기는 작부가 아니었어. 말하자면 공양주 보살 같은 격이지…… 하지만 맵씨가 제법이었다. 정말 예뻤어.

취중에 어찌하여 일이 그리되었던지 모른다만 내가 비록 승적 지닌 정통 승려는 못되었다만 후회는 없느니라. 아아, 나무관세음보살······."

산해의 말을 통해 원각은 정말 어머니를 그릴 수가 있을 듯싶었다. 마음속에 떠올리니 예전의 자태가 잡힐 듯이 들어온 것이었다.

"제 기억이 맞는다면 아마 저도 보았지요. 어릴 적 오어사에 찾아와서 인홍이란 이름을 부르고 머리를 쓰다듬으셨지요. 저는 바로 그분이 어머니였을 거라고 여적 믿어 왔습니다. 운해 스님께선 한사코 수행에 방해된다 싹뚝 자르려 하시지만 저는 마음속에 한번도 그날의 느낌을 지워 버린 적이 없어요."

"네가 마음고생이 컸겠구나. 이제 다 지나간 일이다. 내일이면 또 한 인연을 만나게 되니 그간에 언짢은 마음은 모두 비워 버리구······ 일체개고(一體皆苦)가 아니더냐. 사람은 만났다가 헤어지고 헤어졌다가 또한 만나는 것이니······."

원각은 마치 어린아이처럼 가슴이 부풀었다. 부드러운 아버지의 음성에 취해 스르르 눈을 감았다. 먼 길을 쉬지 않고 걸었던 행보가 이제 아늑한 강보에 드니 모든 신경의 긴장감이 풀리면서 나른해졌다.

새벽에 원각은 피리소리에 눈을 떴다. 자리에서 일어나 보니 산해는 이미 자리에 없었다. 밖으로 나가 보니 정자에 먼 산 밑을 바라본 채로 피리를 불고 있었다. 피리소리가 참으로 구슬프면서 듣는 맛이 좋았다. 감정의 굴곡들이 굽이굽이 드러나는 음이었다. 어떻게 저런 피리를 만들었으며 어떻게 이런 피리소리를 연주해내는 것인가? 산해 역시 가족에 대한 그리움을 이런 피리 소리로 달래 왔을 거라는 생각이 들었다.

"한번 불어 보겠느냐?"

"아, 아닙니다. 듣고 있어도 느껴져요."

"아비도 간절한 그리움이라는 것이 있지. 그래 이 피리를 만들었던 게야. 소리 역시 색(色)이 아니겠느냐. 그러니 소리 속에 모든 그리움이 묻어 있는 것이지. 사람이 말이다. 소리로 수행을 하는 것이나 절간에서 면벽참선에 드는 것이나 큰 차이가 없더니라. 소리를 통해 아비들의 죄를 용서받는 것이지. 우리가 머리를 깎고 산문에 들었던 일이나 애비가 소리로써 마음을 닦고 하는 것들이 어찌 보면 운명이 아닌가 싶다. 아아, 이제 너도 이리 만났으니 시시각각 공덕 쌓는 일에 게을리 하지 말아야지……."

"예에 아버지. 나무관세음보살."

아침 공양을 마치고 암자를 나섰다. 옥금슬은 소리의 연습에 여념이 없고 옥씨는 이미 산에서 내려가 버렸다. 원각은 산해와 함께 길을 재촉했다. 대체 어머니를 만나러 어디로 가는 것인가? 어머니는 어느 사찰에서 수행을 하고 계시는가? 생각만 해도 가슴이 설레어 떨리는 것이었다. 만나면 무슨 말부터 물어 봐야 할까? 머리를 쓰다듬어 주시던 바로 그분이 맞는지도 물어 볼 작정이었다. 아아, 오늘은 정말 아이들이 봄 소풍을 떠나는 모양으로 원각은 발걸음이 떨리면서 적잖이 긴장감도 들었다.

읍내의 버스 터미널에 도착했다. 산해가 두 장의 표를 사왔다. 십여 분 남짓 기다렸는데 홈에 버스가 들어왔다. 낙산이란 푯말이 눈에 들어왔다. 낙산이라면 삼포에서 그리 멀지 않은 작은 면소재지가 아닌가?

"낙산에 가면 된다."

"낙산에 계셨군요?"

산해는 대답 대신 고개를 끄덕였다. 아아, 나무관세음보살. 마음만 먹으면 언제든 달려갈 수 있는 거리를 어찌 여적 알지 못했던 말인가?

"참으로 허망합니다."

"그럴 것이야. 너를 지키고 싶은 마음이 커서 멀리 가지 못했던 것이지. 네 어머니가 머리를 깎고 내 앞에 나타났을 때에 되도록 멀리 가 버리라고 하였는데 그러지 못하더구나. 그게 자식 가진 부모의 모정이란 법이야. 미워하지 말아라."

버스를 타고 삼십여 분을 달려서 낙산에 닿았다. 낙산에서 내려 굽이굽이 산길을 따라 걸어 들어갔다. 산은 가파르지 않았는데 오솔길을 따라 드리워진 소나무들이 웅장한 자태를 뽐내고 있었다. 어머니에 관한 이야기를 듣고 싶었지만 산해는 한사코 아는 것이 없다는 말로 얘기를 꺼내지 않았다. 인연이란 정말 묘한 것인가? 한순간의 일로 서로 잘 알지도 못한 채로 천 년의 업을 떠안아야 하는 것인가?

산길을 걸어서 오르기 시작한 지 시간 반이 지났을 것이었다. 산의 중턱에 동해를 향하고 있는 작은 암자가 눈에 들어왔다. 그림 같은 암자임에 첫눈에 봐도 알 수가 있을 것만 같았다. 암자의 마당에 들어가니 아기자기한 느낌이 전해져 왔다. 산속에 끼어 있는 작은 정원, 나무들, 그리고 작은 석등이며 대리석 불상들이 보였다. 산속은 우거졌지만 암자의 위로 지붕이 뚫려서 해가 쨍 하고 내리쬐고 있었다. 새들이 어지러울 정도로 지저귀고 있었다. 바닷가 쪽에서 미풍이 점잖게 불어오고 있는 느낌이 들었다. 나무 이파리들이 몸을 흔들며 싱그러운 봄의 길목을 자축하고 있는 모양 같았다.

마당에 들어서면서 산해가 크게 말을 했다.

"진성 스님 계세요."

원각은 진성 스님이 어머니라는 것을 미루어 짐작했다. 어머니, 대체 머리를 깎은 어머니의 모습은 어떨까? 태어나서 처음 만나게 되는 어머니, 생각하니 울컥 가슴 밑바닥에서 울음의 뿌리가 요동치는 느낌이었다. 얼마 후, 안에서 머리를 깎은 비구니 스님이 밖으로 나왔다. 체격이 작고 단아한 느낌을 풍겼다.

"아니, 산해 스님이 여길……."

"진성, 오늘 귀한 손님이 왔어요."

비구니 스님의 시선이 원각을 향하고 있었다. 진성 스님은 한번에 눈치 챘던 모양으로 입을 벌리고 다물지 못하고 있었다.

"아니, 이, 이게 원각 스님이……."

"인홍아, 어머니시다. 인사 올려라."

원각은 바랑을 짊어진 채로 마당에 무릎을 꿇고 큰절을 올렸다. 절을 올리는 순간에도 이게 마치 꿈처럼 생각되었다. 산해를 만날 때는 아니었는데 어머니라니 정말 실감이 나지 않았다. 자꾸만 마음에 불안한 구석도 생겼다.

"인홍아, 어떻게……."

"스님, 정말 제 어머니가 맞으신지요?"

원각의 음성은 제대로 말이 되어 나오지 않았다. 어머니를 볼 수 있다니 정말 믿어지지 않을 정도였다. 진성은 대답하지 않고 와락 원각을 끌어안았다. 진성 역시 현실이 도무지 믿어지지 않는다는 표정이었다. 산해는 객쩍게 섰다가 저만치 걸어가서 펌프질을 했다.

"그래, 기어이 찾아왔구나. 네가 기어이 에미를 찾아왔어."

진성의 어깨가 떨리고 있었다. 가냘픈 몸에서 어떻게 그런 힘이 나오는지 진성의 품에 안겨 원각은 하염없이 눈물을 흘리고 있을 뿐이었다.

"어, 어머니……."

"오, 오냐. 우리 인홍이가 기어이 어미를 찾아왔구나."

"어쩌면 그렇게 무심……."

"용서해다오. 하지만 한번도 너를 잊지 않았다. 에미는 너를 항상 지켜보고 있었어."

진성 스님의 입가에서 휘파람소리 같은 탄식이 흘러나왔다. 산해 스님도 이때는 곁에 바짝 다가와서 어깨를 가볍게 들썩거리고 있었다. 이렇게 모든 가족이 만났다는 생각을 하니 예전의 살아온 일들이 주마등처럼 머리를 스쳐 지나갔다.

원각은 끊임없이 터져나오려는 울음을 꾸역꾸역 눌러 삼키다가 그만 폭발해 버렸다. 도저히 참을 수가 없었다. 아니 실컷 울어 버리고 싶었다. 어머니를 그리워하던 지난 세월이 생각하면 기가 막힐 노릇이었다. 불상 앞에서 밤새워 어머니를 그리며 훌쩍였던 기억이 새삼 떠올랐다. 아아, 나무관세음보살. 인생이란 무엇인가요?

원각은 진성을 모시고 방 안으로 들어왔다. 산해는 객쩍은 모양으로 자꾸만 한숨을 눌러 삼키며 뒷걸음질을 쳤다. 방으로 들어오자 진성은 원각의 얼굴을 매만지며 눈물을 흘렸다. 진성은 여전히 흐느끼는 목소리를 하고 있었다. 한순간의 이런 감정들이 원각에게 몹시 낯설게 느껴졌지만 결코 싫은 느낌은 아니었다. 태어나서 이렇게 흥분된 순간은 정말 처음이라고 생각했다. 진성 스님이 흐느끼듯 다시 입을 열었다.

"고생이 많았다. 용서해다오."

"어머니, 어째 저를 절간에 버리셨어요?"

"용서해라. 버린 것은 아니었다. 에미는 널 큰스님으로 만들고 싶었느니라. 에미가 어째서 머리를 깎은지 아느냐?"

원각은 어머니의 품을 가만히 밀쳐내며 떨어졌다. 세상의 인연은 부모자식간이지만 부처님의 제자로서 유별한 비구와 비구니가 아닌가? 어머니가 머리를 깎은 까닭을 원각이 대체 무슨 수로 알겠는가 말이다. 원각은 눈물을 흘리며 하염없이 바라보았다. 진성의 이마에 가느다란 주름살이 드러나 보였다. 연세가 얼마나 되셨을까? 뜻밖에 몸이 수척해 보였지만 눈빛만은 맑고 깨끗한 느낌을 풍겼다.

"네가 큰스님 되도록 빌고 싶어서 그랬더니라."

"아, 어머니……."

"너무 길었어요. 혼자서 걸어온 세월이……."

"그리 생각 말거라. 네 곁에 언제나 에미가 있었느니라. 오어사 큰절 행사 때면 멀찍이서 항상 너를 보았느니라. 너만 모를 뿐 너는 언제나 결코 혼자는 아니었지. 다만 운해 스님이 네 수행에 방해될까 극구 앞에 나선 것을 말렸던 게야."

원각은 어머니를 와락 끌어안았다. 어머니는 원각의 얼굴을 매만져주었다. 어머니의 손맛은 아버지의 손맛보다 정겹고 따뜻했다. 산해가 들어오니 이제 다시 가족이 모두 모여 있게 되었다. 원각은 이제야 자신의 뿌리가 어떻게 시작되었는지 깨달을 수가 있었다.

"너희 아버진 너 때문에 머리를 길렀지만 나는 너 때문에 머리를 깎았느니라. 나는 비록 세월이 길었지만 외롭지 않았다. 항상 부처님과 함께했으니까."

진성 스님이 저쪽에서 사진첩을 꺼내 왔다. 사진첩 속에는 원각의 어린 시절이 가지런히 정돈되어 있었다. 어린 시절 뿐만 아니라 성장한 모습도 진성의 사진첩에 모두 담겨 있었다. 원각은 매우 놀라웠다.

"운해 스님은 내게도 은인이시다. 너를 이렇게 사진 속에 담아 내게 건네시지."

"아아, 나무관세음보살……."

원각은 더는 말을 잇지 못했다. 운해 스님은 어째서 부모님에 대한 일 언반구의 말씀도 하지 않으셨을까? 원각은 대체 이해가 되지 않았다.

"운해 스님을 원망하지 말거라. 너를 친자식처럼 여기셨던 분이니라. 너한테 존재에 대한 얘기를 하지 않은 것은 은사로서 당연한 법이다. 하지만 이제 너도 제법 나이를 먹었고 법랍도 적은 세월이 아니니 이제 스스로 겪어도 되겠더란 생각을 하셔서 무이와 함께 산을 내려가게 하셨던 것이야."

원각은 정말 놀랄 뿐이었다. 이러한 모든 일들을 진성 스님이 모두 알고 있다니 말이다. 원각은 문득 홀로였다고 생각했던 시절이 결코 혼자가 아니었다는 사실을 깨달았다. 아아, 이런 주위의 기도와 염려 덕분에 그래도 자신이 여기에 서 있게 되었다는 생각이 들었다. 아아, 나무관세음보살.

진성은 정성스레 공양을 지어서 내어왔다.

"에미가 지어주는 공양이니 맛있게 먹거라."

"예, 어머니. 근데 하나 물어 볼 게 있어요."

진성이 원각을 향해 고개를 돌린 채로 바라보았다.

"어머니가 저를 이토록 반기시는데 어째서 은사 스님께선 한사코 비밀을 간직하려고 하셨을까요?"

"그건 너의 수행에 혼돈을 주지 않기 위해 그리한 것이다. 너의 수행이 깊은 줄을 알기에 이제 스스로 소를 찾아 나서 보라고 하신 것이지."

원각은 그적에서야 고개를 끄덕였다. 진성이 만들어 내온 산채는 어떤 절에서 먹는 음식보다 맛있고 달콤하게 느껴졌다. 어머니가 만들어 준 음식을 먹는다는 것이 정말 믿어지지 않을 정도였다.

공양을 마친 뒤에 진성과 더불어 암자의 여기저기를 구경했다. 바다로 연결되는 흙 계단을 나란히 밟아 보았다. 오솔길을 따라서 아기자기한 꽃송이들이 새싹을 피워 올리고 있었다. 어머니의 손길이 느껴지는 모습이었다. 바닷가에 나가서 발을 담구어 보았다. 이럴 때는 승려가 아니라 어리광을 부리는 아이처럼 보였다. 수많은 세월에 느껴 보지 못한 가족의 정취를 모두 느껴 보려는 것처럼 원각은 한순간이라도 놓치지 않고 감각 속에 새겨넣었다. 이런 추억의 경험들을 절간에서 꺼내 볼 수 있으리라 생각했다.

"어머니, 큰절 올리겠습니다."

"나무관세음보살……."

원각은 어머니에게 큰절을 올렸다. 이제 언제 다시 볼 수 있을까? 마음만 먹으면 언제라도 만날 수가 있으리라. 그러나 원각은 그러지 않으리라 맹세했다. 아버지가 전해 주신 피리가 있으니 언제나 부모님을 불러올 수가 있지 않는가? 자식을 위해 불철주야 오랜 세월 암자에서 도를 닦으며 기도하고 계신 어머니의 정성에 보답하기 위해 결코 흔들리지 않으리라 마음을 다지고 있었다.

"원각 스님, 성불하세요."

어머니의 말투가 이제 아까와는 달랐다. 원각이도 이런 순간이 오리라는 것을 이미 예상하고 있었던 일이었다.

"스님, 건강하시고 성불하세요."

"나무관세음보살……."

원각은 쏟아지는 눈물을 주체하지 못했다. 그러나 마음만은 결기를 가지고 있었다. 이런 시간들을 마련한 것이 모두 부처님의 가피라고 생각했다. 하룻밤 행복한 꿈을 꾸고 있는 것은 아닌가? 이런 애틋한 생각마저 들었다.

산해 스님이 진성한테 합장반배를 하며 돌아서고 있었다. 진성도 한 치의 흔들림이 없이 예의 바르게 합장반배를 하고 있었다. 이것이 바로 수행자의 세계인지 모른다. 세상 사람들과 유별한 경계, 그 경계에서 의연함을 지니는 것이 바로 불제자들이 지녀야 하는 마음가짐인지 모른다.

진성은 암자의 입구까지 배웅했다. 진성의 표정은 상당히 절제하는 모습이 역력했다. 원각은 순간 어머니를 실망시켜 드리지 않고 싶어 의연하게 행동했다. 활짝 웃어 보이며 손을 흔들어 주었다. 진성은 멀리서 손을 흔들어 주고 있었다. 원각은 이를 악물고 뒤를 돌아보지 않으려고 애를 썼다. 그러나 자꾸만 뒤를 돌아다보았다. 뒤를 돌아다볼 때마다 진성은 작은 모습으로 손을 흔들어 주고 있었다. 원각의 눈가에 다시 눈물이 맺히고 있었다. 그래도 이제 마음의 안정이 되었다. 마음만 먹으면 언제든 어머니를 뵈올 수가 있다는 생각을 하니 떠나는 길이 두렵지 않았던 것이다.

삼포로 돌아왔다. 산해 스님과 이제 헤어질 시간이었다.

"스님, 반드시 큰스님 되시게."

"예, 스님. 건강하셔야 합니다."

"운해 스님을 아버지라 여기시게."

"예 스님, 그러지요. 짧은 시간이나마 충분했습니다."

"……."

산해 스님의 고개가 숙여졌다. 원각은 산해 스님이 흐느끼는 거라고 생각했다.

"스님, 옥금슬이 한테 좋은 결과 있었으면 좋겠어요."

"다 부처님 뜻대로 되겠지요."

산해 스님과 헤어지고 돌아서는 길이 원각은 뜻밖에 가벼웠다. 이제 자신의 존재가 다소 손에 잡히는 듯이 보였다. 어디에서 와서 어디로 가는 길인가? 원각은 이제 자신이 돌아갈 집을 알고 있었다. 서둘러서 걸음을 재촉했다. 차부에 가서 버스를 타리라.

원각은 차부에서 버스를 타고 오어사에 돌아왔다. 오어사를 향해 걷는 내내 그 오솔길이 예전의 오솔길이 아니었다. 이제 수행정진에 매진할 수가 있을 것도 같았다. 무이 스님의 뜻이 바로 이러했던 것인가?

"원각이 들어오느니라."

"스님, 큰절 올립니다."

원각은 운해 스님을 향해 큰절을 올렸다.

"네가 오늘쯤 오리라 여겼느니라. 그래 세상 경험을 많이 했는 게야?"

"예, 스님."

"그래 소를 발견하고 소를 제대로 타 보기는 했어? 소의 뒷다리는 잡아 봤어?"

"예, 스님······."

"어서 네 방에 올라가서 쉬거라."

"그간 별일은 없으신 거지요?"

"네가 더 잘 알면서, 어서 올라가 봐."

원각은 은사 스님의 방에서 나와 자신의 방으로 돌아왔다. 소를 찾아 나선 지 얼마만인가? 그러나 은사 스님의 물음에 대답은 그렇게 했지만 소를 타 보기는커녕 꼬리도 만져 보지 못했던 것 같다. 다만 그림자의 자취만 보았을 뿐이었다. 본디 없는 것을 찾아 고향으로 갔지만 역시 자취가 없었다. 설령 꼬리를 잡아 보았다 하더라도 다스리기 어려웠을 것이었다. 소를 탄 사람은 얼마나 수고로울까? 고삐를 꽈악 움켜잡아야 떨어지지 않을 것이었다.

소를 거꾸로 타고 집에 돌아가는 길이 뜻밖에 편했다. 오동피리 불면서 석양길에 환상곡을 듣는 것이야말로 한 깨달음의 세계가 아닌가? 부처는 어디 있는가? 부처 있는 세계에서 놀아야 하는 이유는 대체 무엇인가? 부처 없는 세계는 바삐 지나가라 하였던가? 암자 속에 앉아 마음의 얼룩진 꽃자리를 보았더니 금까마귀가 날아서 바다로 들어가는 것을 보았던 것도 같았다. 새벽하늘에 둥근 해가 떠오르면 이제 존재의 자취 기억에서 사라져 버리리라. 미륵의 누각문을 활짝 열고 큰 소의 걸음으로 들어왔던 것이다.

9. 返本還源(반본환원: 본래 자리로 돌아오다)

반본환원(返本還源)은 이제 주객이 텅 빈 원상 속에
자신의 모습이 있는 그대로 비침을 묘사한다.
깨닫고 보니 집착과 애착을 놓으면 쉬운 것을 정말 어렵게 해 왔고,
너무나 헤매었구나. 이제는 깨달음의 본질,
세상의 모든 실상을 알게 되니 세상사에 관심이 없어지고 애착, 집착을 내지 않으니
어디에도 걸림이 없고 즐거움만 남는다. 꿈에서 깨어나 환상에 속지 않는 경지이다.

미륵의 문을 활짝 열다

원각은 일상으로 돌아왔다. 지난 경험을 추억하는 일은 매우 절간 생활에 활력을 불어넣었다. 무이 역시 오어사에 돌아왔다. 무이가 돌아오던 날, 은사 스님은 원각과 무이를 나란히 불러 앉혔다. 그리고 상자 속에서 나무조각을 꺼내놓았다.

"아니 스님, 그건……."

"사라진 나무조각이 어디서……."

원각과 무이는 동시에 놀랐다. 원각의 기억에도 나무조각은 분명 자취를 감추었지 않는가? 그런데 대체 어디서 다시 가져왔는가? 아니, 무엇 때문에 숨겨두었던 나무조각을 다시 꺼내놓았는가 말이다.

"너희들이 왔으니 이것들이 여기 있는 것이다."

"예에?'

원각의 눈이 동그래졌고 무이 역시 놀라는 눈치였다.

"이 나무조각들은 아직 완성되지 않았다. 마지막 눈동자를 새기지 못했어. 하지만 이제 나는 굳이 새길 생각이 없느니라. 바로 너희들 몫이기 때문이지. 너희들의 수행에 따라서 눈동자가 새겨질 것이야. 너희 둘이 사람이 되어 왔을 것이니 이 조각도 사람의 형상으로 바뀌어 가겠지. 자, 받아라."

원각과 무이는 동시에 나무조각을 받아들었다. 은사 스님의 뜻을 이제 알 수 있을 것만 같았다. 예전에 어느 절의 큰스님이 나무조각 두 개를 깎아서 하나는 마을로, 하나는 산으로 보냈다는 이야기가 있었다. 마을로 보낸 조각은 고양이가 되어 개의 시달림을 받으면서 겨우겨우 살았지만 산으로 간 조각은 산속의 왕 호랑이가 되어 쩌렁쩌렁 산속을 울렸다는 것이었다. 비록 존재는 같고 시작은 같지만 어떤 환경에서 어떻게 수행하느냐에 따라 고양이가 되고 호랑이가 된다는 교훈을 은사 스님은 말해 주고 싶었던 것이리라.

원각은 방으로 돌아와서 생각해 보았다. 이상한 것은 자신이 하룻밤 껴안고 잤던 옥화라는 여인이었다. 어머니가 아버지를 만났을 때에 술집에서 부르는 이름이 바로 옥화라고 했다. 이것 또한 기이한 인연이 아닌가 하는 생각이 들었지만 이제 인연 따위에는 관심이 없었다. 누릴 것을 충분히 누렸다고 생각했기 때문이었다. 구운몽의 성진 스님이 잠깐의 꿈속에서 칠 선녀들과 희롱하고 커다란 깨달음을 얻었던 것처럼 원각이 역시 많은 깨달음을 얻었던 것도 같았다.

원각은 자정이 넘은 시간에 법당에 들어갔다. 법당에서 한없이 부처님전 절을 올렸다. 모든 일들을 부처님께서 예비하셨다는 생각이 들었다. 옥화를 만난 것이나 무이와 술을 마신 것이나 옥금슬의 꿈에 나타난 자신이 정말 옥금슬을 만나게 되었던 것이나, 그래서 산해 스님을 만나고 산해 스님을 통해 어머니 진성 스님을 만난 일들이 마치 구운몽의 성진이 잠시 일장춘몽을 꾸었던 것과 크게 다르지 않다는 생각이 들었다.

원각은 더욱 수행정진에 매진했다. 불경을 외고 항상 하던 탑돌이도 게을리하지 않았다. 그리움은 그리움 대로 슬픔은 슬픔 대로 왜곡하지 않고 받아들이는 것이 수행의 정석이라고 생각했다. 눈에 보이는 것은 보고 귀에 들리는 것은 듣는다. 보고 듣고 냄새 맡고 만지고 맛보는 것들의 오감이 활력을 되찾을 때에 의식도 깨달음도 활력이 넘칠 것이었다.

예로부터 소는 인도나 중국에서 농경생활의 필수적인 동물이었다. 그래서 사람과는 친숙한 관계를 맺고 있다. 세존께서 성불하기 이전에 '고타마'라고 불렀는데 '고타마'가 바로 소를 의미하는 것이다. 잃어 버린 소를 찾아나서 소를 보고 잡아끌어서 마침내 소와 내가 하나가 되어 결국 공적(空寂)이 되고 다시 일상생활로 되돌아가는 것이다. 이것이 인간 마음의 작용을 섬세히 반영하고 있는 것이다.

원각은 두 가지 새로운 소식을 접했다. 옥금슬이 소리대회에서 소리를 인정받아 명창이 되었다는 소식을 접했다. 그리고 다른 놀라운 소식은 은사 스님으로부터 들었던 것인데 무이에 관한 것이었다. 무이가 남자구실을 못한다는 소리를 작부 지영으로부터 들었던 것인데 무이가 그리된 것은 신체적인 장애가 있어서가 아니라 스스로 거세를 해 버렸다는 사실이었다. 무이의 깨달음의 세계가 참으로 치열했다는 사실을 알게 된 순간 원각은 몹시 부끄럽기 그지없었다. 소신공양을 했던 옛날 큰스님들과 비견해도 무이의 행동은 뒤지지 않을 거라는 생각이 들었다. 차라리 그처럼 괴로워하며 술집과 세상을 떠돌아도 항상 무이의 바랑 속에는 부처가 들어 있었던 것이다. 그리고 무이의 단호한 행동은 분명 깨달음의 깊이가 아니고 무엇이랴. 무이의 행동은 쉬이 아무나 행할 수 있는 행동이 아닌 것이었다. 무이야말로 생불이 아니고 뭐란 말인가?

원각은 이런 소식을 접하고 더욱 수행정진에 매진하리라는 각오를 새겼다. 이제 어떤 순간이 닥쳐도 소의 자취보다 더욱 뚜렷한 추억을 꺼내어 볼 수가 있는 것이었다. 수행이란 외로운 것이지만 외로움을 뛰어넘은 수행이 정말 참수행이 아닌가? 원각은 목탁을 집어들고 석탑을 향해 걸어갔다. 달빛이 교교히 석탑 위에 떨어져 미끄러지고 있었다. 아아, 나무관세음보살…….

10. 入廛垂水(입전수수: 시중에 들어가 중생을 제도하다)

입전수수(入廛垂水)는 지팡이에 큰 포대를 메고
사람들이 많은 곳으로 가는 모습을 묘사하고 있다.
고요함과 시끄러움을 다 떠나서 자유자재로 왕래하는 경지에 들어
이 세상의 가장 귀한 대자유를 성취하여 모든 괴로움을 여읜다.
모든 형식과 대상에 구애받지 않고 괴로움을 여의는 것과 상관없는 신선법이 아니라
불법으로 남은 여생을 중생들을 교화하다가 해탈하게 되는 경지이다.

＊그림: 송광사 심우도